insel taschenbuch 4976
Abigail Assor
So reich wie der König

Sarah, die sechzehnjährige, bildschöne Französin, hat nichts. Driss, der Sohn einer der wohlhabendsten muslimischen Familien hingegen hat alles, ist reich wie der König. Sarah beschließt, ihn zu verführen, ihn zu heiraten. Ihr Weg dahin führt sie durch die Stadt Casablanca in all ihren Facetten: von den Armenbaracken mit den Prostituierten und Abgeschlagenen, wo Sarah mit ihrer Mutter lebt, bis in die Villenviertel auf den Hügeln, zu den reichen Jugendlichen, die jointsrauchend in üppigen Gärten an Pools sitzen und nachts durch die Clubs der Stadt ziehen – während sich unten, in den Baracken, alle nach einem Ort weit weg sehnen, einem unerreichbaren Ort. Sarah ist entschlossen, diesen Ort zu erreichen, ganz gleich, was sie dafür opfern muss.

Abigail Assor, 1990 in Casablanca geboren und aufgewachsen, hat in Paris und London studiert. Ihr Debütroman So reich wie der König stand auf der Shortlist für den Prix Goncourt du Premier Roman.

Nicola Denis, geboren in Celle, übersetzt u. a. Honoré de Balzac, Éric Vuillard und Marie-Claire Blais und erhielt 2021 den Prix lémanique de la traduction.

Abigail Assor

SO REICH WIE
DER KÖNIG

Roman

Aus dem Französischen von
Nicola Denis

Insel Verlag

Die Originalausgabe erschien 2021 unter dem Titel
Aussi riche que le roi bei Éditions Gallimard, Paris.

Die Arbeit der Übersetzerin am vorliegenden Text wurde
vom Deutschen Übersetzerfonds gefördert
im Rahmen des Programms »NEUSTART KULTUR«
aus Mitteln der Beauftragten der Bundesregierung für
Kultur und Medien.

Erste Auflage 2023
insel taschenbuch 4976
© der deutschen Ausgabe Insel Verlag
Anton Kippenberg GmbH & Co. KG, Berlin, 2022
© Éditions Gallimard, Paris, 2021
Umschlaggestaltung: Rothfos & Gabler, Hamburg
Umschlagfoto: Mia Takahara/plainpicture, Hamburg
Satz: Dörlemann Satz, Lemförde
Druck: CPI books GmbH, Leck
Printed in Germany
ISBN 978-3-458-68276-9

www.insel-verlag.de

SO REICH WIE
DER KÖNIG

1

Ein Junge hatte ihr gesagt, anderswo, ganz weit weg, gebe es Sand, der weich sei wie Samt und weiß wie Wolken, und er hatte von den Muscheln und dem Salzgeschmack gesprochen, und von einer Musik der Wellen; sie hatte ihm nicht geglaubt. Die kleinen Dreckskerle aus Carrières Centrales schwindelten einem immer etwas vor, um einen zu behexen. Hier, unter ihr, war der Sand gelb und grau; er roch nach den Zigaretten, die in ihm ausgedrückt worden waren, und er konnte ihr die Haut schürfen, wenn sie sich an ihm rieb. Das war widerlich, aber so war er eben, der Sand von Casablanca. Wenigstens war es echter Sand.

Seit ungefähr drei Stunden schliefen sie inzwischen schon in der Sonne. Die Sonne von Casablanca enttäuscht einen allerdings nie – jedes Mal ein Ertrinken, sie überzieht und überschwemmt einen, bringt einen restlos zum Schmelzen. Vielleicht würden sie hier alle gemeinsam sterben, so schnell schmolzen sie, irgendwann würden sie ganz verschwinden, der Reihe nach zu klebrigen Fetttröpfchen werden, und wenn ihre Eltern sie suchen und zum Strand 56 kommen würden, wäre nur noch eine riesige Pfütze zu sehen, trübe und grünlich, und sie wüssten nicht, dass die Pfütze ihre geschmolzenen Körper enthielt. Na ja, vielleicht würden die anderen von ihren Eltern nicht einmal gesucht werden, immerhin waren sie schon dreiundzwanzig. Aber ihre Mutter würde sie suchen, mit Sicherheit.

Sie wusste nicht mehr, wo die Körper anfingen und wo sie aufhörten, wo sich die Grenzen ihrer Haut befanden; da waren die warmen, schnarchenden Beine und all die Sandkörner, ein Zipfel des rauen Handtuchs und ihre Nase irgendwo in einer Armbeuge. Sie dösen vor sich hin, und die Fußbälle, die auf das Wasser prallen und alle nass spritzen, das Geschrei der Straßenkinder, die dahinter auf der Avenue heulenden Autohupen ändern daran nichts – das sind die Geräusche des Lebens, sie erinnern uns daran, dass wir nicht tot sind, sagte Yaya immer.

Schließlich machten sie sich vorsichtig voneinander los. Aus der unförmigen Masse lösten sich die Körper nacheinander wie einzelne Fäden; wie ein Tanz, ein moderner Tanz aus Frankreich – kein Tanz von hier. Die Jungen hatten ihre Arme um die Beine geschlungen, die Mädchen hatten sich auf den Bauch gelegt und die Beine angewinkelt, um sich wie Lolitas zu fühlen. Sarah aber wollte so etwas Albernes nicht mitmachen. Sie setzte sich zu den Jungs. Sie unterhielten sich ein bisschen, tranken Wasser von Sidi Ali und sagten: Sidi Ali schmeckt aber säuerlich. Yaya warf Steine in den Atlantik, er sagte, eines Tages würde er unfreiwillig eine Möwe töten, daran wäre dann aber die Möwe schuld, denn sie müsse eigentlich wissen, dass Yaya jeden Tag genau an dieser Stelle Steine in den Atlantik warf. Recht hat er, dachte Sarah. Ärgerlich war, dass Driss sie nicht anschaute. Er verhielt sich genauso wie vor einem halben Jahr, dieser Dreckskerl, wie damals, als diese schmutzige Geschichte noch gar nicht angefangen hatte. Dabei schauten sie alle Jungs, sogar die verärgertsten, immer noch an; sogar nach ihren schlimmsten Lügen schauten sie sie weiterhin an. Als der Typ aus dem La Notte erfahren hatte, dass sie erst sechzehn war, hatte er sie weiterhin angeschaut – noch mehr sogar. Driss aber mit seinem Heft, in dem er irgendwelchen Blödsinn notierte, schmiss mit Sand um sich und tat so, als wäre sie Luft. Sonderlich gut sah er ohnehin nicht aus. Eher hässlich sogar.

»Mann, hört der endlich auf, der kleine Scheißer da?«

Das kam von Chirine, die noch auf dem Bauch lag, wie eine amerikanische Schauspielerin. Ein Straßenjunge versuchte, ihr einzelne Zigaretten zu verkaufen oder Flash-Wondermint-Kaugummi. Manchmal wurden sie aufdringlich, diese Straßenjungen. Sie bettelten: Flash Wondermint, bitte, Madame, Flash Wondermint, bitte. Sie sprachen extra Französisch, das wirkte wohlerzogen.

»Was ist denn, Chirine?«, fragte Alain.

»Der kleine Scheißer fragt mich jetzt schon zum zehnten Mal.«

»Nervt er dich?«

»Ja, ganze zehn Mal!«

Also stand Alain auf, das machte er gut, und ging zu dem Kleinen. Er war noch nicht einmal vierzehn, klapperdürr, mit Flecken auf der braunen Haut.

»Wie heißt du, Kleiner?«, fragte Alain auf Arabisch.

»Abdellah.«

»Abdellah. Abdellah, meine Freundin hat dich schon zehn Mal gebeten, wegzugehen. Du lässt uns jetzt in Ruhe, verstanden?«

»Aber, Monsieur, nur eine Zigarette, Monsieur, nur eine, bitte.«

»Siehst du, wie penetrant er ist«, stieß Chirine auf Französisch hervor.

»Dann ein Kaugummi, Monsieur, bitte.«

Alain gab dem Jungen einen freundschaftlichen Klaps auf den Rücken und versuchte ihn zum Gehen zu bewegen, indem er auf die Straße deutete. Aber der Junge ging nicht. Er hatte seine durchlöcherten Turnschuhe in den Sand gestemmt, unnachgiebig, wie ein Krieger, kampfeslustig. Immer noch sagte er mit flehentlicher Stimme: eine Zigarette, bitte, Monsieur, eine Zigarette; in seinen Augen aber war nichts Flehentliches. In seinen Augen war der Kampf.

»Lass schon, ignorier ihn einfach«, sagte Chirine, ohne ihren Satz beenden zu können: Ein schnelles, aggressives Geschoss sauste durch die Luft und traf den Kleinen am Arm; er bekam Angst und rannte los. Es war Badr. Er hatte seinen Schuh nach ihm geworfen. »Den wären wir los«, sagte er.

Sie überließen sich wieder ihrer Trägheit, ihrer schwitzenden Haut, dicht an dicht. Sie schliefen noch ein bisschen, und sie lachten. Ein paar Stunden später, als die Sonne tiefer stand, machten sie sich auf den Heimweg. Sarah schlüpfte in ihr Kleid und in ihre Badeschuhe, und sie gingen alle auf die große Avenue zu, wo die Motoren heulten und die Maishändler. Sie küssten sich zum Abschied, und als sie an der Reihe war, Driss zu küssen, bemühte sie sich um einen besonders langsamen Kuss auf seine Wange, der etwas bedeuten, der ihm auf die Sprünge helfen sollte. Das funktionierte nicht. Kaum hatte sie ihre Lippen gelöst, wandte er sich wortlos und mit gesenktem Blick dem Boulevard zu und ging zum Parkplatz von McDonald's. Dort stand sein Motorrad.

Auch die anderen brachen auf, alle in verschiedene Himmelsrichtungen. Sarah tat so, als würde sie nach Norden gehen, Richtung Anfa Supérieur, dort, wo die schönen Villen schlummerten, doch bald schon schlug sie den Weg Richtung Osten ein, nach Hay Mohammadi. Sie lief fast eine Stunde lang, und als sie das Haus erreichte, war es stockdunkel.

Es war eine verfallene Ansammlung aus Ziegelsteinen, warmes Wasser hatte es nie gegeben. Da die Fenster weder Läden noch Vorhänge hatten, sah sie von draußen, dass die Glühbirnen ausgeschaltet waren und ihre Mutter noch nicht zuhause war. Etwas weiter rechts lag das Barackenviertel, das sich hinter einem verrosteten Zaun ausdehnte – die Baracken dort bestanden aus alten, flachgedrückten Benzinkanistern, sodass man überall die Namen und Farben der Tankstellen sah, Afriquia, Mobil, Total. Wenigstens, dachte Sarah, gab es bei ihr Ziegelsteine, das war, trotz der Feuchtigkeit und auch wenn es nicht die tollsten Ziegelsteine waren, gar nicht übel; ihre Mutter sagte immer, solange man nicht hinter dem Zaun ist, ist man eben nicht hinter dem Zaun. Gerade wollte sie die Tür aufmachen, als sie die Stimme hörte – sie hatte gewusst, dass er da sein würde, der kleine Dreckskerl.

»Sarah! Sarah!« Ohne sich umzudrehen, sagte sie auf Arabisch zu ihm: »Tut mir leid, aber das hast du echt verdient.« Sie hörte ein leises Lachen. Auf der anderen Seite des Zauns balancierte Abdellah wie ein Affe auf dem Eisendraht. »Glaubst du, du bist was Besseres, Lalla Sarah, weil du mit den Reichen rumhängst?«

Diese Geschichte mit den Reichen tischte er ihr immer wieder auf. Er musste lachen, wenn er sie *Lalla* nannte, weil das ein Adelstitel war und er meinte, dass sie sich für eine Königin hielt. Doch eines Tages, das wusste sie, würde man sie wirklich Lalla nennen, und der kleine Araber wäre immer noch in seinem Barackenviertel.

»Natürlich bin ich besser als ihr. Ich bin nämlich Französin. Wir sind nicht vom gleichen Schlag, du Idiot.«

Als sie ihm das im Hineingehen an den Kopf warf, konnte sie noch deutlich hören, wie Abdellah zischte: »Wir sind ganz genau vom gleichen Schlag.«

2

Ein halbes Jahr früher

Es war eine Masche von Driss, die Mädchen nicht anzuschauen. Schon als sie ihn zum ersten Mal gesehen hatte, Anfang des Jahres 1994, waren seine Augen über sie hinweggeglitten. Als wäre sie ein Luftzug – nichts an Driss kam ihr entgegen. Plötzlich war sie wieder das kleine Mädchen im Lynx, dem Kino in der Avenue Mers Sultan, in das sie sich oft hineinschlich, schlangengleich. Dann versenkte sie sich vollständig in die stürmischen Pupillen der ägyptischen Stars; und die schönen Augen Kairos, die sie doch von der Leinwand anstarrten, gaben ihr nichts zurück. Auch sie glitten über sie hinweg.

An diesem Tag, ein halbes Jahr vor dem Strand 56 und dem ganzen Rummel, war sie gerade mit Kamil im Campus, dem Café gegenüber vom Gebäude K des Gymnasiums, in das die hübschen Mädchen und die Lederwestenjungen gingen – dem für die Bessergestellten. Ein paar Meter davon lag auch das Billard-Café, in das sie manchmal ging. Dort konnte man rauchen, was man wollte, und die Sandwiches mit Thunfisch und Tomatensauce mitbringen, für die man bei Moustache, dem Alten aus dem Lebensmittelladen in der Straße nebenan, anschreiben ließ. Kamil hätte sie allerdings nie gestanden, dass sie schon einmal im Billard-Café gewesen war. Er hatte ihr die Tür aufgehalten, als sie hineingegangen waren, und sie hatte gehört, dass er mit seinem Vater in der Telekommunikationsbranche arbeitete. Das sagte schon alles.

Kamil war nicht hässlich, schön aber auch nicht, was ihr sympathisch war. Manchmal dachte sie, dass er ein bisschen angab mit seinem Auto und seinem Haus in einem der schicken Stadtviertel, wohin alle abends Kartenspielen gingen; aber Jungs von seiner Sorte gab es wirklich schlimmere. Hinter seinem schwarzen Kaffee und dem Bananasplit schaute er sie an. Er wirkte so verblüfft, dass ihm jeder ihrer Gesichtszüge einzeln entgegenfieberte. Er sah und mochte die lange, gerade Nase, ebenso die braune Haut und die Prinzessinnenaugen, die sich bis zu ihren Schläfen zogen. Er mochte alles, wollte alles besitzen. Also nahm er sie jetzt schon zum dritten Mal mit ins Café. Sarah hatte im vergangenen Jahr eine Technik gelernt: abzuwarten, bevor sie sich auszog. Das funktionierte gut. Idiotisch, diese Jungs, die einem dafür wochenlang einen Kaffee nach dem nächsten zahlten. Manchmal sogar noch danach, wenn sie sich für verliebt hielten. Kamil war der Schlimmste, er hatte sie noch nicht einmal geküsst; das fand sie schon ziemlich nett.

Er redete viel. Er sagte: Meine Villa in Dar Bouazza hat fünf Schlafzimmer und sechs Badezimmer, ich nehme dich mit, weißt du, na ja, wenn du willst. Er sagte: In Casa hat man es wirklich gut, aber was ich gern einmal sehen würde, das ist Amerika, auf der anderen Seite des Atlantiks. Ist dir klar, dass, wenn wir am Strand 56 sind, am anderen Ende des Ozeans tatsächlich Amerika liegt? Wenn ich gehe, nehme ich dich mit, warum lachst du denn, ich meine es ernst, wirklich.

Doch Sarah lachte. Sie zweifelte nicht, dass es ihm mit seiner Begeisterung ernst war. Sie lachte, weil er ihr plötzlich wunderschön vorkam, und sie selbst sich noch schöner mit ihm, dort drüben, auf der anderen Seite des Wassers. Sie würde einen großen, grünen Hut tragen, und er einen Schnurrbart, und so würden sie wie richtige Herrschaften in einem Hafen durch die Menge schreiten, die sich an den Schiffen drängte. Überdreht und nervös lachte sie über diese amerikanischen Schönheiten, denn sie waren verboten, so schön waren sie. Kamil unterbrach sich angesichts der kleinen Spötterin, aber Sarah bettelte: Nein, rede weiter.

Als er von der feuchten Schwüle in einem New Yorker Kabarett erzählte, hielt er auf einmal inne: »Hey, Kumpel!« Er hatte hinter Sarah jemanden entdeckt; sie wandte sich um. Im Türrahmen setzte ein junger Mann seinen Helm ab; er hatte kurze Beine und einen schwabbeligen Bauch. Bei Kamils Worten lächelte er, seine kleinen, von dem dicken Zahnfleisch verdrängten Nagezähne kamen zum Vorschein, und das dicke Zahnfleisch wölbte sich unter dem Schatten seiner Hakennase, die zum Boden zeigte. Wirklich hässlich, keine Frage. Driss kam auf sie zu.

»Lang ist's her, Driss! Du schuftest wohl wie ein Verrückter für deinen Vater?«

»Ja, ziemlich … ziemlich, und du?«

Kamil plauderte wieder über die Telekommunikationsbranche und über Amerika; da sah Sarah plötzlich diese Augen. Sie waren winzig, aber grün, aus einem unbequemen Grün, einem Grün von draußen, einem Grün der Natur, dem Grün der Thymianblätter im Hohen Atlas, das in niemandes Augen etwas zu suchen hatte – und dieses Grün glitt über sie hinweg. Driss sah sie nicht an.

Mit seinem watscheligen Gang, der seinen Bauch schlackern ließ, machte er schon wieder Richtung Motorrad kehrt, als Kamil ihr zuraunte: »Dieser Typ ist der Reichste der Reichen. Reicher als wir alle zusammen. Vielleicht so reich wie der König. Aber siehst du, er ist trotzdem schwer in Ordnung.«

So hatte es angefangen: Driss war nämlich reich. Reicher als sie alle und genauso reich wie der König, reicher als Kamil und die Villa in Dar Bouazza. Vielleicht aber auch, weil in seinen winzigen grünen Augen Thymian war und Lorbeer, dessen Blätter sie als Kind so oft in der von Loubna zubereiteten Rindertajine hatte zerkochen sehen. Loubna war das *Mädchen* ihrer Freundin Séverine, bei der sie im ganzen letzten Grundschuljahr mittwochs immer zum Essen gewesen war. Statt *Dienstmädchen* sagte Séverine *Mädchen* – weil sie höflich war und Französin. Und Sarah sagte mit vollem Mund und verschmierten Zähnen: Bei mir zuhause gibt es auch eine Loubna, mit Thymianblättern, Rindfleisch und Oliven, und Tontöpfe, wie bei dir. Auch Gold und Kronen, Diamanten auf dem Boden, und in meiner großen Villa stolpert man über sie, wie hier, genau wie bei dir. Es war nicht schlimm, wenn Séverine ihr nicht glaubte.

Ja, der Thymian hatte in dieser ganzen Geschichte wohl seinen Teil der Verantwortung. Später dachte Sarah, dass sie, wären da nicht die Augen und mit ihnen die Tajine, Séverine und das letzte Grundschuljahr gewesen, nicht so weit gegangen wäre; sie hätte sich einen anderen gesucht, der ebenfalls reich war, vielleicht ein bisschen weniger, aber doch reich genug. Jedenfalls hatte sie nach dieser Begegnung überall die Thymianaugen gesehen. Schon im Café war Kamils Gesicht blasser und größer geworden, hatte sich einmal um sich selbst gedreht, um zu dem von Driss zu werden, mit seiner Hakennase, seinem Zahnfleisch, seinen Nagezähnen und diesen Augen. Und so war es, als hätte sie mit Driss geredet, im Campus bei einem Bananasplit. Als Kamil sie ein paar Tage später ins Kino eingeladen hatte, war es die Hand von Driss gewesen, die sie mit dem Klettverschluss der Brieftasche hantieren sah, und dieselbe Hand, die ihre drückte, als mit Amina Rachid auf der Leinwand geschimpft wurde, weil sie dem Schaflieferanten die Tür geöffnet hatte, während die Ärmel ihrer Djellaba hochgekrempelt waren. Kamil schleckte an einem Wassereis und lachte bei dem Geschrei des Ehemannes – *Sogar dem Lieferanten zeigst du dich splitternackt, und wer bin ich, vielleicht das vierte Schaf?* –, und wieder war es Driss, den Sarah im Dunkeln lachen hörte. Es war, als hätte sie in der darauffolgenden Woche in der Villa in Dar Bouazza mit Driss Karten gespielt, ja, als hätte sie sich auch mit Driss geliebt und dabei gehofft, dass diese Liebe nicht das Ende für die Kaffees im Campus, für das Kino und für die Villa in Dar Bouazza einläutete. In der neunten Klasse war Sarah immer sofort zur Liebe bereit gewesen, um sich ein Panini ausgeben zu lassen, aber ein paar Tage später spuckten ihr die Typen dann mit ihren Kumpels in den Gängen der Schule ins Gesicht, nannten sie eine Nutte und zahlten ihr nie mehr irgendwas. Auch die Mädchen sagten mit angewidertem Gesicht: Die Französin ist keine Jungfrau mehr, so eine *hchouma*. Sarah scherte sich nicht darum, weil es noch haufenweise andere gab, reiche Typen in Casa und haufenweise Paninis – aber es war ihr öfter passiert, dass manche nicht einmal mehr das Panini kauften, und das war grauenhaft. Daraus hatte sie gelernt. Seit der zehnten Klasse hatte sie eine neue Zielgruppe: ausschließlich Jungs, die schon älter und nicht mehr auf dem Gymnasium waren, mindestens neunzehn und mit einem Luxuswagen. Bei ihnen spielte sie die schüchterne Verliebte, wie die anderen Mädchen; und wenn sie sich liebten, sagte sie immer, es sei ihr erstes Mal. Das funktionierte besser – nach der Nacht bei sich zuhause hatte Kamil sie nach wie vor vom Gymnasium abgeholt und ihr mittags ein Essen spendiert. In seinem

Porsche-Cabrio sagte er, dass er sie liebe, und sie hielt seine Hand – sie roch ein wenig nach Thymian.

Angeblich hatte Driss' Vater einen Rolls-Royce. Seit ihrer Begegnung ritzte sie mit der Spitze ihres Kugelschreibers seinen Vornamen in die Holztische des Gymnasiums. Zuhause starrte sie aus dem Fenster ins Weite – sie hatte keine Augen für die wehende Wäsche oder die kleinen Jungs, die Klebstoff schnüffelten. Zum tausendsten Mal sah sie, wie sich Driss' kurze Beine auf das Motorrad schwangen. Reicher als sie alle, so reich wie der König; und auf ihren Lockenkopf setzte sie sich keinen Helm, sondern eine Königinnenkrone, so reich wie die Königin.

3

Wenn man direkt neben dem Barackenviertel Carrières Centrales wohnte, aber nicht drinnen, hatte das den Vorteil, dass man sich ein Stück weiter im Westen befand, näher an Anfa Supérieur, also auch an Amerika. Obwohl dazwischen nur ein Drahtzaun lag, war man draußen, so als hätte man sich schon fast daraus befreit. Als Sarah sah, wie Abdellah mit fünfzehn Wasserkanistern, die größer waren als er selbst, aus der Innenstadt kam, lief sie schnell in die kleine Küche, spülte eines der beiden Gläser und füllte es mit fließendem Wasser. Dann setzte sie sich betont lässig vor die Tür, schlug die Beine übereinander und tat so, als würde sie sich, das Wasserglas in der Hand, mit geschlossenen Augen sonnen. Keuchend näherte sich Abdellah dem Zaun – mittlerweile schleifte er die Kanister hinter sich her –, und als sie ihn hörte, öffnete Sarah die Augen und zugleich den Mund in ihrem schönsten Überraschungsausruf:

»Oh, hallo Abdellah! Ganz schön heiß heute, was?«

Dann legte sie den Kopf auf die Seite, klimperte mit den Wimpern, schenkte ihm ihr breitestes amerikanisches Lächeln und nahm einen Schluck aus ihrem Glas. »Ganz schön heiß heute, was?«, das war einer der Lieblingssätze der Schauspieler in den *telenovelas*, die im Billard-Café rund um die Uhr liefen, und sie fand, das klang richtig gut. Sie wiederholte ihn oft auf den Mädchentoiletten des Gymnasiums vor dem Spiegel, mit unterschiedlichen Betonungen und manchmal mit englischem Akzent, während sie sich die Stirn mit dem fleckigen Handtuch abtupfte, das sämtliche Hände trocknete, aber noch von niemandem gewaschen worden war. Manchmal beobachteten sie dabei ein paar andere Mädchen und prusteten vor Lachen, aber Sarah scherte sich nicht darum. Ganz schön heiß heute, was, Abdellah? In Wirklichkeit war es gar nicht so heiß. Abdellah beachtete sie kaum durch den Zaun und schleifte die Kanister nacheinander zu seiner Tür. Sarah nippte noch immer an ihrem Wasser. Sie wartete, bis Abdellah im Haus verschwunden war, bevor sie alles auf den Boden spuckte; man trank es besser nicht in echt, dieses eklige Wasser.

Abdellah war zwar nett, aber ein richtiger kleiner Dreckskerl. Er verdiente es, dass sie ihm so ein Theater vormachte. Einmal hatte er zu ihr gesagt: Lalla Sarah, du bist auf der anderen Seite vom Zaun und du meinst, dass du draußen bist? Vielleicht sind ja eher wir draußen, und du bist in Wirklichkeit drinnen. Das war ein richtiger Dreckskerlspruch, der einem wie Schmutz unter der Haut und unter den Nägeln sitzt. Seither träumte sie nachts oft davon, dass sie in einem Sandmeer schwamm, mit einem Drahtzaun über den Mund; er ließ überall Sandböen in ihre erstickte Kehle dringen, und sie versuchte zu schreien, und der Sand war drinnen, und draußen war er auch. Irgendwo hörte sie das Geräusch von fließendem Wasser.

Doch eine Woche nach dem Café, in dem sie Driss gesehen hatte, passierte etwas – etwas, das mit den Augen zu tun hatte, genauer gesagt mit Augen, die thymianfarben sind und über die Mädchen hinweggleiten. Da wusste Sarah, dass sie nachts nie mehr davon träumen würde; und dass das Wasser, das sie bald trinken würde, nur noch das aus den Sidi-Ali-Flaschen sein würde; und dass sie eines Tages in einer Badewanne aus hellem Marmor, die hundertmal so groß wäre wie sie und zum Garten hinausführte, in diesem Wasser baden würde. Gerade wartete sie in dem Cabrio vor der Villa in Anfa Supérieur auf Kamil, als sie plötzlich ein Motorrad aufheulen hörte.

Sie wandte den Kopf: Da, hinter ihr, war Driss, der erst auf das Nummernschild des Wagens und dann zur Villa schaute. Dieser Idiot brauchte eine Weile, bis er begriffen hatte, dass sie auf der Beifahrerseite saß. Als er sie endlich sah, klappte er das Visier an seinem Helm hoch und rief mit seiner hellen, zittrigen Stimme:

»Wohnt hier Kamil?«

»Ja«, antwortete sie.

»Schöne Grüße von Driss«, und schon startete er wieder sein Motorrad.

Er fuhr davon. Aber das war nicht schlimm; dieses Mal hatten die Thymian- und Lorbeeraugen sie gesehen. Seit dem Tag im Café Campus dachte sie nur noch an ihn und an sich selbst, wenn sie erst einmal bei ihm wäre, sie beide hoch oben auf Kupfertabletts, die ihre Diener in der stockfinsteren Nacht mit ausgestreckten Armen balancierten; daran, wie sie tanzten, einander gegenüber, im Rhythmus der arabischen Hochzeitslieder und der bewundernden Zurufe der Gäste, vor denen sie mit den schimmernden Goldfäden in ihrem Brautkaftan, mit den schimmernden Rubinen in ihrem Diadem prahlten. Sobald sie von dem Tablett heruntergestiegen wäre, würde ihr eine für diesen Anlass zurechtgemachte Bedienstete die Stirn abtupfen; Sarah würde ihr nicht danken.

Anstatt ins Gymnasium zu gehen, war sie eines Tages bis zur Rue de la Méditerranée, dem kleinen Weg am anderen Ende von Anfa gelaufen – er war von Hibiskus und Geflecktem Schierling gesäumt, und die Bäume darüber neigten sich einander zu, bis sie sich berührten, und bildeten einen Hochzeitsbaldachin, unter dem sie, langsam und ungesehen, weitergelaufen war. In den darauffolgenden Tagen hatte sie all die Rolex-Modelle aufgelistet, die er ihr schenken würde – sämtliche Modelle, die Kamil trug –, hatte sich Namen für ihre zukünftigen Gärtner ausgedacht, die sie einstellen und je nach Belieben mit einem Fingerschnippen wieder entlassen würde. Sie würden sich darum reißen, bei ihr zu arbeiten, so gut würde sie sie bezahlen. An einem warmen Januartag, gegen Mittag vor Kamils Haus, hatten sich endlich dann Driss' Augen auf sie gerichtet, sie waren nicht über sie hinweggeglitten. Und Sarah wusste, dass die Jungs, die sie sahen, ihre Augen danach nicht mehr von ihr abwenden konnten.

Da bekam sie Lust, zum Zaun zu gehen, nach Abdellah zu rufen und ihm zu sagen: Abdellah, es ist mir egal, wenn Drinsein bedeutet, zwischen dem Hibiskus und den Büschen von Anfa zu gehen, Wasser von Sidi Ali zu trinken, ohne es wieder auszuspucken, und Gärtner vor die Tür zu setzen, die weniger arm sind als du, dann ist es mir egal, dann ist mir das Drinsein egal.

4

Am Anfang hatte sie gedacht, dass sie nur ein bisschen länger mit Kamil zusammenbleiben müsste, um Driss irgendwann wiederzusehen. Doch das war nicht der Fall gewesen. Kamil, dieser Idiot, wollte sie immer alleine sehen. Er sagte: Wir könnten doch eine Spritztour mit meinem Auto machen. Oder er sagte: Wir könnten vielleicht was rauchen, wir beide, oben auf dem Dach meiner Villa. Und dann brausten sie über die Straße nach Azemmour, oder sie schliefen über Casa in der Sonne ein, zwischen der aufgehängten Wäsche und den riesigen Satellitenschüsseln. Sie wachten auf, wenn der Muezzin zum Abendgebet rief und all die weißen Dächer wegen der Sonne, die auf sie niedertropfte, schon orangefarben waren. Eigentlich war das gar nicht übel; aber Driss würde sie so nicht wiedersehen. Leider konnte sie Kamil nicht begreiflich machen, dass sie auch andere Leute sehen wollte; Jungs kann man zu einem bestimmten Zeitpunkt nur um bestimmte Dinge bitten, sonst werden sie panisch. Sarah wusste, wie das lief. Am Anfang muss man um ganz einfache Dinge bitten. Zum Beispiel sagen, dass man gerne Sardinen essen möchte, auch wenn man in Wirklichkeit gar keine Lust hat, Sardinen zu essen. Indem man Ansprüche stellt, gibt man sich sofort als wertvolles Mädchen zu erkennen, und außerdem sind Sardinen leicht aufzutreiben. Anschließend lädt der Junge einen zum Sardinenessen ein und ist rundum mit sich zufrieden. Und selbstzufriedene Jungs sind restlos aufgewühlt, sie bringen alles durcheinander und denken, das alles nenne sich dann Liebe. Das war also nicht sehr schwer. Nach einer Weile konnte man zu einer anderen Anspruchshaltung übergehen, wie *Ich hätte gerne dieses Parfum* oder *Ich würde gerne auch andere Leute sehen*. Es war also besser, Kamil nicht vor den Kopf zu stoßen, ihn in Ruhe für Sardinen und Coca-Cola zahlen zu lassen und ihn im Gegenzug hin und wieder zu küssen. Um Driss wiederzusehen, hatte sie eine andere Strategie: Sie hatte mit Yaya gesprochen.

Yaya kannte alle, und er war alterslos. Man wusste nicht genau, was er machte, aber man wusste, dass er immer irgendwo in der Nähe des Gymnasiums zu finden war, oft im Billard-Café, wo er am hintersten Tisch Dosenthunfisch in Öl aß. Er sagte, in seinen Adern fließe Thunfischöl und er müsse es dosenweise essen, um am Leben zu bleiben. Das war sicher völliger Unsinn. Eines Nachmittags hatte sie das Billard-Café betreten; er saß da wie immer, ganz hinten, und kaute. Sie setzte sich ihm gegenüber.

»Hallo. Ich heiße Sarah.«

Er tat so, als würde er sie nicht sehen, aber sie wusste, dass er sie irgendwann anschauen würde. Alle Jungs schauten sie irgendwann an, und Yaya war auch ein Junge, obwohl man das gerne vergaß.

»Ich muss dich etwas fragen.«

»Nein.«

Er hatte einfach so Nein gesagt, ohne den Blick von seiner Thunfischdose zu heben, mit seinem ölig glänzenden Mund. Seinetwegen roch es im ganzen Café nach Thunfisch, aber auch nach Zigaretten, Gras und dem Eau de Cologne, mit dem sich die kleinen Abiturienten besprengten.

»Warum nein?«

»Du hast doch nichts, kleine Französin. Du kannst mir nichts geben.«

Dass er ihr so etwas ins Gesicht schleuderte, hatte sie geärgert. Durch die Selbstsicherheit von Yayas Stimme war ihr allerdings die Lust zu lügen vergangen.

»Woher weißt du denn, dass ich nichts habe?«

»Ich weiß alles.«

Bei dieser Antwort hatte er den Kopf gehoben und sie so eindringlich angeschaut, dass sie gedacht hatte, er wüsste vielleicht wirklich alles von ihr: von dem schäbigen Mosaik über dem Waschbecken bei ihr zuhause, den Fliesen, von ihrer Mutter, von jedem einzelnen Panino, das sie sich verdient hatte, und sogar von dem, was in ihren Adern floss – vielleicht stimmte die Sache mit dem Thunfischöl ja. Er musste ihre Verärgerung bemerkt oder sie irgendwie charmant gefunden haben, jedenfalls sagte er gleich danach seufzend:

»Na gut, was willst du denn?«

»Driss.«

Kaum hatte sie das gesagt, hatte er das Öl ausgespuckt – es war ihm aus der Nase gekommen.

»Driss? Den Reichen mit dem Motorrad?«

»Ja.«

»Mit deinem Gesicht und deinem Hintern willst du ausgerechnet Driss?«

»Ja.«

Er hatte ein paar Sekunden lang geschwiegen. Dann wischte er sich mit dem Ärmel über den Mund, klaubte mit den Fingern einzeln die gerade ausgespuckten Thunfischfetzen auf und steckte sie sich wieder in den Mund. Und mit einem weiteren Seufzer sagte er:

»Du musst aber wirklich arm sein, Kleine.«

5

Yaya sah man im Billard-Café, aber oft auch auf dem Gehweg in der Rue Al Kabir neben dem Gymnasium. Er hockte immer zwischen der roten Ampel und dem Imbiss Jus Ziraoui. Er hatte die Ellbogen auf die Knie gestützt, rauchte und summte altmodische Melodien aus Tunesien. Er sagte, seine Mutter sei Tunesierin, und das sei das Lied, das sie damals, als er klein und glücklich gewesen sei, dort für ihn gesungen habe. Er sagte, eines Tages wolle er wieder zurück, bald schon, sicher nächstes Jahr schon – denn Sidi Bou Saïd sei in jedem Fall viel besser als dieser versiffte Gehweg, viel besser als das Billard-Café, die Autos und die Luftverschmutzung; in Sidi Bou Saïd würde er den Platz mit den Orangenbäumen wiedersehen, die Zitronenbäume längs der Wege und auch die Gitarren, die Kastagnetten, die weißen Kleider und die Mädchen. Das erzählte er nun seit tausend Jahren – aber bisher war er noch nicht zurückgegangen. Manchmal stritt Yaya alles ab, all diese Geschichten aus Tunesien, und er schwor auf das Grab des Propheten, dass er keine Melodien aus Sidi Bou Saïd singe, sondern Suren aus dem Koran; dass er sie von seinem Großvater gelernt habe, der in Mekka gewesen sei, und dass er eines Tages aufhören werde, Mist zu bauen und auch nach Mekka gehen wolle. Anderen erzählte er, dass sein Vater Tunesier sei, ein reicher Kaufmann aus Hammamet. Chirine hatte er einmal im Vertrauen gesagt, seine Mutter sei Schauspielerin in Constantine. Also, es war kompliziert.

Oft verschwand er kurz vor dem Ramadan. Erst nach einer Weile merkte man, dass es an den Yaya-Orten auf einmal leer war – dass niemand mehr auf dem Gehweg und kein Öl mehr auf seinem Tisch war. Man dachte, er müsse irgendwo in der Nähe sein, ein bisschen so wie der Mond, wenn man ihn nicht sieht. Das war beruhigend. Dann begannen allmählich die Fragen: Hast du Yaya in letzter Zeit gesehen? Nach zwei oder drei Wochen folgerte man, dass er wohl, wie angekündigt, nach Tunesien zurückgekehrt war. Schließlich gab es ja wohl auch in Tunesien den Mond. Doch er kam immer wieder; wenn man ihn fragte, wo er gewesen sei, sagte er: Aber ich war doch gar nicht weg.

Sarah rechnete damit, dass er es auch mit ihr so machen würde – dass er ihr erst Driss versprechen und dann plötzlich abhauen würde. Doch am Tag nach ihrem Gespräch im Billard-Café war er pünktlich vor dem Jus Ziraoui zur Stelle. Schon von Weitem sah Sarah ihn dahocken und unter seiner roten Baseballkappe etwas vor sich hin murmeln – bestimmt eine Koransure aus Sidi Bou Saïd.

Sie wollte sich gerade neben ihn setzen, als er aufstand.

»Was fällt dir denn ein?«

»Ich wollte mich setzen.«

Yaya wiegte traurig den Kopf hin und her.

»Glaubst du wirklich, dass du dich einfach hier auf meinen Gehweg setzen kannst?«

Dann legte er Sarah seinen dünnen Arm um die Schulter und zog sie ins Jus Ziraoui hinein.

Sie war schon mehrmals mit Kamil dagewesen, auch wenn er den Laden hasste. Er sagte, es seien die ekligsten Säfte in ganz Casa, dass er, wenn sie einen Saft wolle, sein Dienstmädchen bitten könne, ihr einen zu machen, und dass er besser schmecken würde. Aber Sarah verging jedes Mal vor Unschlüssigkeit, wenn sie vor der großen Theke mit den Früchten, den Schokoriegeln, den Milchtüten und dem triefenden Mixer stand. Kamil zahlte fünf Dirhams für sie; und ihr Rausch begann. Sie zeigte mit dem Finger auf die Früchte und skandierte ihre Namen: Orange! Banane! Datteln! Avocado! Dazu wählte sie Merendina-Kuchenstücke, Henry's Biscuit, Vollmilch oder Honig. Der Junge hinter dem Tresen mixte alles und riss dabei Witze; manchmal zerdrückte er mit dem Ellbogen eine Kakerlake. Sarah nahm den Saft und ging zu dem Tisch an der Wand. Kamil war so angewidert, dass er mit gekreuzten Armen sitzen blieb, um ja nichts anzufassen, während sie trank. Beide Ellbogen auf den Tisch gestützt, sog sie kräftig an dem Strohhalm; das sämige Gebräu kroch langsam nach oben. Kamil fragte: Stören dich die Ameisen auf dem Glas denn nicht? Es störte sie nicht. Am Schluss war ihr speiübel, aber sie bestellte noch einen Saft.

»Was willst du?«, fragte Yaya.

»Nichts.«

Vor Sarah lagen die Bananen, die Kekse, die Wassermelonen, die Sahne, und in ihrem Kopf entstanden alle möglichen Kombinationen.

»Nichts, bist du sicher?«

»Ja.«

Yaya zuckte mit den Schultern und bestellte einen Orange-Erdbeer-Honig-Zitrone-Zimt-Saft. Während der Mixer lief, musterte er Sarah.

»Ich zahl ihn dir, wenn du willst.«

Ein paar Minuten später tranken sie ihren Saft auf den Hockern vor der Wand. Sie hatte sich zum ersten Mal Tofita-Bonbons dazumixen lassen, sie knirschten zwischen ihren Zähnen.

»Gut. Ich nehm dich einfach immer mit, wenn ich seiner Clique was liefere. Aber bei ihm musst du die Arbeit schon alleine machen.«

»Einverstanden«, sagte Sarah und legte den Kopf in den Nacken, um die letzten Tropfen direkt aus dem Glas zu trinken.

Yaya sah sie belustigt an.

»Was willst du von Driss? Spritztouren mit dem Motorrad?«

Sarah stellte ihr Glas ab.

»Sein Motorrad ist mir egal.«

»Schmuck? Er ist nicht der Typ, der Schmuck schenkt.«

»Ich will keinen Schmuck.«

Mit dem leeren Glas zerquetschte sie eine Ameise, die über den Tisch lief.

»Was willst du dann?«

Sarah betrachtete die Insektenleiche unter dem Glas; sie bildete einen winzigen Fleck, der unter den Fruchtresten kaum zu sehen war. Außer der Mörderin würde nie jemand von dem Verbrechen ahnen – darüber musste sie lachen. Die Augen immer noch auf ihr Opfer geheftet, antwortete sie:

»Ich will ihn heiraten.«

Das erste Treffen wurde noch für denselben Abend vereinbart. Sie wollten zu Badr gehen – eine Poolparty.

6

Sie warteten vor dem großen maurischen Tor, das aus inzwischen unmodernem Zedernholz bestand. In Anfa Supérieur sah man kaum noch Riad-Eingänge oder Zellij-Brunnen; stattdessen Schmiedeeisen, große Glasfenster, weiße Villen wie in Los Angeles und Hunde. Eine Minute vorher, als sie in die Rue Ibnou Jabir eingebogen waren, hatte der Labrador von der Eckvilla sie angebellt. »Scheißköter«, zischte Yaya, nachdem er vor Schreck zusammengezuckt war. »Mann, die halten sich ernsthaft Straßenhunde im Haus. Die denken wohl, sie seien Franzosen.«

Langsam wurden die schweren Torflügel aufgezogen: Das kleine Dienstmädchen vor ihnen wischte sich die Hände an der Schürze ab. Willkommen Lalla, willkommen Sidi – sie nickte ihnen lächelnd zu. Dann führte sie sie einen kleinen Weg aus im Gras eingelassenen Steinen hinauf – sie liefen zwischen Palmen und rotem Hibiskus, und Sarah zählte ihre Schritte –, eins, zwei, drei, zehn, fünfzehn, genauso viele wie in ihrer Straße in Hay Mohammadi, dabei waren sie noch nicht einmal im Garten. Am Ende des Wegs lag der Pool.

Es war stockfinster, und er schimmerte zwischen den ringsum angeordneten Lampen: blau wie der Frühlingshimmel um acht Uhr nachts im Monat Ramadan, wenn die Sonne gerade verschwunden ist, es keine Sterne gibt und die Leute sich zum Fastenbrechen zuhause um den gedeckten Tisch beim *Iftar* versammeln. Jedes Jahr während des Ramadans lief sie abends von der Barackensiedlung bis zur Corniche, und von der Corniche zum Sun. Das war ein Club, der Eintritt kostete, und immer, wenn sie tagsüber hingehen wollte, schmiss der Türsteher ihr seinen Schuh an den Kopf. Aber zur *Iftar*-Zeit, wenn keiner da war, sprang sie über das Geländer, ging die Lehmtreppe hinunter und am Restaurant vorbei bis zu den Liegestühlen, die direkt am Meer standen. Sie waren übereinandergestapelt. Sie zog ihre Sandalen aus und kletterte darauf. Ganz oben setzte sie sich im Schneidersitz vor das Meer. Dann streckte sie sich aus, Königin unter dem königsblauen Himmel, der nur für sie existierte. Wenn er sich schwarz färbte, stand sie auf. Sie sprang auf den Sand, schrammte sich die Knie auf, knickte mit dem Knöchel um, zog ihre Sandalen wieder an und ging zurück nach Hay Mohammadi.

»*Ahlane*, meine Lieben!«

Während Yaya alle begrüßte, wollte Sarah schon loslaufen, sich in den himmelblauen Pool stürzen – doch auf einem Liegestuhl neben dem Gitarre spielenden Badr saß Driss. Da fiel ihr wieder ein, dass auch sie eines Tages – das ganze Jahr über und ohne über ein Geländer klettern zu müssen – in einem Pool ihres Königreichs ihr eigenes Himmelblau haben könnte. Sie setzte sich in einen Liegestuhl zu Yaya.

»Sag mal, Yaya«, sagte Badr, während seine Finger über die Saiten glitten, bringst du uns jetzt Mädchen mit?«

Alain, der neben ihm saß, lachte auf. Er trank in großen Schlucken einen Whisky-Cola und strich mit der freien Hand Chirine, die ihren Kopf auf seinen Schoß gelegt hatte und gähnte, über das glatte Haar. Driss war etwas abseits und kehrte den anderen den Rücken zu – er spielte Karten, alleine.

»Keine Sorge, Alter«, sagte Yaya und nahm seine Kappe ab. Er zog ein kleines Plastikpäckchen hervor und legte es auf den Tisch. »Ich vergesse dich nicht.«

»Nimm dir was zu trinken«, sagte Badr und stand auf.

Alain hatte sich schnell auf das Hasch gestürzt, um daran zu riechen, und dabei fast Chirines Gesicht eingeklemmt: »Mann!«, beschwerte sie sich mit einem spitzen Schrei, der sich anhörte wie bei den in Essaouira über den Hafen kreisenden Möwen, und setzte sich auf. Während sie sich das Haar aus dem Gesicht strich, streifte sie Sarahs Blick und lächelte ihr zu. Aber Sarah war das egal; was sie interessierte, war Driss' gebeugter Rücken, der von dem energischen Kartenmischen beinahe bebte; so als wären Badrs Gitarren, Chirines Schreie, Yayas Gras und sie selbst am anderen Ende seiner Welt, ganz weit weg, Richtung Süden, verschluckt zwischen den Dünen von Dakhla. Badr kam mit dem Geld wieder zurück. Yaya fasste Sarah bei den Schultern:

»Ich muss los, kann ich euch das Herzchen hierlassen?«

Badr erstarrte. Entgeistert schaute Chirine zu Alain, der mit verblüfftem Gesicht seinen Joint zwischen den Fingern hielt; und Driss, der die plötzliche Stille hörte, sah zu ihnen hinüber. Dabei begegneten seine Augen Sarahs Augen, möglicherweise erkannte er sie – sofort senkte er den Blick.

»Los, Brüder«, insistierte Yaya, »eine kleine, sechzehnjährige Französin, die heute Abend noch nichts vorhat.«

»Sechzehn!«, rief Chirine. »Und deine Eltern lassen dich einfach so ausgehen?«

Sarah zuckte mit den Schultern und lachte ein bisschen. »Ja«, sagte sie. Badr musterte sie mit seinen schwarzen, geweiteten Pupillen, er fragte, wie sie heiße und ob sie auf das französische Gymnasium gehe – auf dem auch er ein paar

Jahre zuvor gewesen sei, wie alle wohlhabenden Marokkaner aus Casa. »Ja«, wiederholte sie. Mit ihren Augen versprühte sie all ihren Charme und die Arglosigkeit und das Rätselhafte und die Schönheit, all das, was ihr in ihrem bisherigen Leben zu dem verholfen hatte, was die Welt anderen zu schenken vermochte, Paninis, Säfte, Kinokarten, Parfums. Und es funktionierte, wie jedes Mal.

Die ganze Nacht lang rauchten sie, tanzten auf dem Rasen, schubsten sich ins Wasser; Sarah amüsierte sich königlich. Driss legte noch immer seine Karten, Badr aber schaute sie unverwandt an, mit seinen kleinen schwarzen Murmeln. Sie wirkten, als wären sie auf seine prallen Wangen aufgenäht worden, und das hatte sie, als Yaya weg war, einfach so, ganz unverfroren verkündet: »Badr, deine Augen sehen aus wie aufgenäht.« Diese Formulierung war ihr spontan eingefallen. Sie hatte den Nachmittag damit verbracht, ein Kleid zu kürzen, das ihre Mutter beim Institut français erbettelt hatte – ein langes blaues Strandkleid, das bestenfalls einmal einer Schauspielerin am dortigen Theater gehört haben musste oder einer Sängerin, vielleicht aber auch der Frau des Vorsitzenden des Cercle amical des Français, der Frau des Tennistrainers aus Mohammedia, einer Studentin, die kurz vor ihrem Auszug aus Casa ihre alten Sachen weggeschmissen hatte, egal wem, ja, wirklich egal wem, vorausgesetzt – Sarah betete beim Nähen –, dass keine dieser Frauen mit diesem Kleid auf dem Gymnasium gesehen worden war. Und so trennte sie alles auf, was man ihr gab, und nähte es neu zusammen, bis sich die Kurven der ehemaligen Besitzerin, die von ihren Bewegungen aufgeworfenen Falten und der Geruch auflösten, bis sie, von der Schere durchtrennt, ihr Leben ließen. Badr hatte gelächelt.

»Ganz schön frech, Yayas Herzchen.«

Zuerst hatte er sich neben sie gesetzt, mit seinen nach Chlor riechenden nassen Haaren und seiner Gitarre, um ein bisschen anzugeben; er sang auf Englisch und gab zu der Melodie statt des Refrains manchmal irgendein obszönes Zeug auf Arabisch von sich. Dabei fingen alle an zu lachen. Er warf Sarah stolze Blicke zu, kniff seine Augen zusammen, die wie zwei zerquetschte Kakerlaken auf seine fettig und verschwitzt glänzenden Wangen aufgenäht waren, und wiederholte noch lauter die gleichen Grobheiten, die erneut, wenn auch weniger entschieden, mit Gelächter quittiert wurden. Er hatte sich in sie verknallt.

Später streckten Badr und sie sich unter der großen Palme am Himmelspool aus, pafften Rauchkringel mit Yayas Hasch in die Luft, und er fragte plötzlich:

»Wer bist du eigentlich?«

Bisher hatte er sie an der Hand genommen und über den Rasen gewirbelt, hatte sie nassgespritzt und gerufen: »Was will Yayas Herzchen denn gerne trinken?« Aber gefragt hatte er nicht. Jungs, die lieben, möchten von solchen Dingen nichts wissen, Sarah kannte das schon; sie wollen beschwingt lieben, so wie man eine Blume liebt; und so können sie monatelang lieben, solange sie nichts von den Wurzeln wissen, von der Rückseite der Haut und vom Staub. Doch als sie ausgestreckt am Pool lagen, hatten weder Badr noch sie sich irgendetwas zu sagen gewusst; seit zehn Minuten, seit sie ihren Joint rauchten, äffte Alain ein paar Meter weiter den Straßenhändler nach, der in Casa Eier und Javelwasser verkaufte – er schrie wie eine Ziege –, und Chirine lachte laut auf. Sarah hörte sogar, wie Driss ein bisschen kicherte. Der arme Badr musste also wohl oder übel etwas sagen. Er konnte sie unmöglich ihrem Schweigen überlassen.

»Wie jetzt, wer bin ich?«, fragte Sarah zurück und betrachtete die Blätter der Palme über ihnen.

»Ein schönes, sechzehnjähriges Mädchen wie du, das mit Dealern rumhängt und mit so Alten wie uns – das sieht man nicht alle Tage.«

Bevor sie antwortete, wandte Sarah den Kopf, um ihn anzuschauen. Wieder musste sie sämtliche anmutigen Zaubermittel mobilisieren, um Badr von dem kleinen, zerfallenen Haus in Hay Mohammadi abzulenken.

»Du weißt, wer ich bin.«

»Ach ja?«

Auch er hatte den Kopf gewandt und ließ sich mit besorgter Miene anschauen wie ein kleines Kind.

»Ich bin Yayas Herzchen.«

Bei diesen Worten brach Badr in Gelächter aus, und Sarah wusste, dass es ein Lachen der Erleichterung war.

Sie erhoben sich und gingen zu den anderen in den Liegestühlen. Badr raunte Sarah Klatschgeschichten zu – sobald er ihr zu nahe kam, wich sie zurück, wohl wissend, dass in diesem Zurückweichen all seine Hoffnungen erwachten, sie bald wiederzusehen, dazu all die Zweifel und Ängste, und dass sie es diesen Hoffnungen, diesen Zweifeln und diesen Ängsten zu verdanken hätte, wenn sie bis zum Ende aller Zeiten oder zumindest bis zum Ende ihrer Schönheit zu allen weiteren Poolpartys bei Badr eingeladen werden würde. Sogar bei all den späteren Poolpartys, wenn sie Driss' Ehefrau sein und ein neues blaues Kleid tragen würde, das eine andere Frau als sie genäht hätte, wäre sie zu Gast, das wusste sie jetzt, und während sie mit ihrem zarten Brautfuß ohne jede Hornhaut und ohne jeden Schmutz das Wasser in Badrs Pool streifte, würde Badr sie anschauen und sich fragen, ob er einen größeren Pool hätte haben müssen, damit sie ihn hätte lieben können. Ja, das hätte er.

»Die arme Chirine«, sagte er zu ihr. »Halb Araberin und halb Jüdin. Die wird keiner heiraten wollen.«

»Und was ist mit Alain?«

Vor ihnen beugte sich Chirine über Alains Schultern und küsste ihn in den Nacken.

»Alain ist Jude, er ist schon vierundzwanzig, und in Casa gibt es niemanden mehr. Aber sobald eine echte Jüdin auftaucht, macht er sich aus dem Staub, darauf kannst du Gift nehmen.«

Bis um vier Uhr morgens hatte Driss sich abseits gehalten, in seinem Liegestuhl und mit seinem Kartenspiel. Er errötete, wenn man das Wort an ihn richtete, oder er zitterte vor Erregung, wenn jemand flüchtig ein Motorrad erwähnte. Dann sagte er: Was für ein Motorrad? Welche Marke? Sobald das Thema gewechselt wurde, überließ er sich wieder seinen Träumereien. Als Chirine merkte, dass Sarah ihn vom Pool aus beobachtete, wo sie komplett angezogen schwamm, flüsterte sie ihr vom Rand aus zu: Der Arme, es wäre gut, wenn er einmal ein Mädchen kennenlernen würde.

7

Um sechs Uhr weckte sie das Fadschr, das erste Gebet des Tages. An ihrer Wange spürte sie den rauen Stoff des Liegestuhls, an den sie sich schmiegte, um dem Licht auszuweichen. Darüber musste sie lachen – sogar in einem Garten in Anfa Supérieur wurde man von der Moschee und der Sonne geweckt, wie in Hay Mohammadi. Jemand hatte eine Decke über sie gebreitet, und als sie die Augen aufschlug, sah sie Chirine, die neben ihr herumkramte. »Oh Mann, tut der mir leid«, sagte sie jetzt schon zum zweiten Mal. Sie suchte unter dem Liegestuhl, im Gras, in einer Handtasche. Neben ihr seufzte Alain: Beruhige dich doch.

»Bleib lieber noch ein bisschen«, sagte er, »die Schlüssel suchen wir später.«

»Das geht nicht, das passiert mir jetzt schon zum dritten Mal mit ihm.«

Als sie sah, dass Sarah die Augen aufgeschlagen hatte, stürzte sie zu ihr. »Sind meine Schlüssel vielleicht bei dir?« Sarah tastete neben ihren Beinen herum, bis sie den klirrenden Schlüsselbund unter ihren Fingern spürte. »Da sind sie«, sagte sie. Chirine griff nach den Schlüsseln und rannte über den Steinweg auf das Tor zu.

»Ihr Chauffeur hat die ganze Nacht lang vor der Tür gewartet«, erklärte Alain. »Sie hat ihn vergessen.«

Er saß in einem Liegestuhl. Er rekelte sich und setzte hinzu, dass Chirine sich einfach wie alle anderen ihren Führerschein kaufen solle, so gefährlich sei es nun auch wieder nicht, in Casa Auto zu fahren. Alain war klein und dünn, mit der dunklen Haut der marokkanischen Juden, die dunkler war als die der Araber; er roch nach Tabak und Seife. Am Vorabend hatte Yaya auf dem Hinweg zu Sarah gesagt, dass Alain ein Drogenproblem habe, er liefere ihm immer alles umgehend, werde aber ganz damit aufhören, wenn das so weitergehe; das Geld sei ihm egal.

»Du wirst sehen, wie dünn er ist. Kiffen reicht ihm nicht mehr, er nimmt völlig durchgeknallte Sachen.«

»Was denn?«, hatte Sarah gefragt.

»Karkoubi, wie die Straßenkinder. Dreimal in der Woche will er welches.«

Im Barackenviertel hatte Abdellah Sarah schon oft Karkoubi angeboten, aber sie hatte es nie angerührt. Das war die Droge der Verrückten und Verbrecher; als sie Alain am Abend zuvor zum ersten Mal im Garten gesehen hatte, wie er, im Mondlicht und unendlich zerbrechlich, mit schüchterner Stimme Badrs Refrains mitsang, hatte sie sich gefragt, ob Yaya sich nicht geirrt hatte. Im Morgenlicht aber war der Schorf auf seiner Haut nicht zu übersehen – in der Halsfalte, im Nacken, auf dem Handrücken, unter den Schultern. An manchen Stellen war er noch ganz blutig. Sie sah auch, dass er eine Menge schwarzer Zähne hatte, dass einer, direkt hinter dem rechten oberen Schneidezahn, ausgefallen war. Und im Sonnenlicht nahm sie seine Augen deutlicher war – Augen voller Hungersnot. Sarah kannte diese Hungersnot der Augen nur zu gut; sogar, wenn die Kinder aus den Barackensiedlungen aßen, hatten sie diese Augen; Augen, die Angst hatten, es könnte das letzte Mal sein.

»Wo wohnst du?«

Er hatte sich wieder in den Liegestuhl gesetzt und rauchte Kif aus einer langen Holzpfeife.

»Direkt nebenan«, log Sarah.

»Ich in Gauthier, aber ich kann dich absetzen, wenn du willst«, schlug er vor und hielt ihr die Pfeife hin.

Sarah ließ sich Zeit, den Rauch langsam einzuatmen. Sie mochte Kif, weil es süßlich schmeckte, süßlicher als Haschisch; beim Einatmen drückte sie die Zunge mit kleinen Bewegungen an den Gaumen, dann schluckte sie, und jeder Speicheltropfen war ein bei Jus Ziraoui gemixter Tropfen Kokosnuss-Honig-Sauermilch-Soda-POMS-Saft.

»Nett von dir, aber ich laufe gerne«, sagte sie und stieß den Rauch aus.

Alain lächelte; sogar mit seinen schwarzen Zähnen, sogar mit dem klaffenden Loch hinter dem Schneidezahn, das aussah wie eine Teerpfütze auf der Straße nach Aïn Sebaâ, war es ein schönes Lächeln. Ein riesiges Lächeln in seinem knochigen Kiefer, und die Fältchen und Grübchen, die Flecken und Furchen auf seiner Haut rahmten es wie eine Krone aus Bronze und Dattelstücken.

»Ihr Französinnen seid immer so leichtsinnig«, sagte er und griff wieder nach seiner Pfeife.

Das war wirklich der Spruch eines reichen Dreckskerls. Für die war die Straße nur dazu da, Hunde und Arme aufzulesen. Beide bedeuteten ein schreckliches Risiko für Töchter aus gutem Hause, deren Reinheit die Mischung mit anderen Gesellschaftsschichten nicht überleben würde; und wollte es der Zufall, dass ein Reicher absurderweise gezwungen war, aus seiner Villa zu treten und einen Fuß auf den Makadam zu setzen, musste es sich zwangsläufig um einen Mann handeln. Dabei begegnete Alain auf der Straße hin und wieder bestimmt auch Töchtern aus gutem Hause. In dem alten Peugeot 106 seines Chauffeurs musste er im Rückspiegel, wie als verlängerte Spitze des herabbaumelnden Wunderbaums, doch ab und zu ein junges Mädchen in Jeans und mit Handtasche sehen, ohne Kopftuch, das durch die allgemeine Armut schlenderte, ohne daran etwas zu finden. Dann murmelte er kopfschüttelnd, während die Holzkugeln der Sitzauflage seinen Rücken massierten: »Immer so leichtsinnig, diese Französinnen.« Mädchen, die auf der Straße Jeans trugen, konnten nur Französinnen sein, die die Regeln nicht verstanden hatten.

Es waren die gleichen Französinnen, die, ohne mit der Wimper zu zucken, mit dem gemeinen Volk in den Bus stiegen, statt sich ein Taxi zu nehmen oder einen Chauffeur zu haben wie alle Marokkaner in Anfa Supérieur; oder die Brot und La vache qui rit zu fünf Dirham in den schmuddeligen *mahlabas* im Viertel Bordeaux kauften, statt im Café Campus Mittag zu essen. Auch wenn die vermögendsten Leute noch immer Marokkaner waren, könnten sich die Franzosen in Casa mit ihren Expat-Verträgen und ihren Firmenhäusern doch wenigstens Mühe geben, ihr Geld ein bisschen breiter zu streuen, dachte Sarah. Womöglich begriffen sie nicht, dass das Geld hier die einzig gültige Macht war, womöglich hofften sie, ihre Zeit in Marokko zu nutzen, um – dieses Wort stieß sie ab – zu *sparen*; aber in diesem Land funktionierte das Gesetz der Reichen und der Armen anders. Kamil sagte immer, nur die Franzosen würden die unmissverständliche Gesellschaftsordnung derartig mit Füßen treten. Sarah gab ihm vollkommen recht. Wenn sie deren Geld hätte, würde sie jeden Tag im Campus Mittag essen, Pizza mit schwarzen Oliven, Käse-Panini, Coca-Cola, *Baghrir*-Pfannkuchen mit Honig und Marmelade. Sie würde alles auf einmal herunterschlingen, mit offenem Mund auf dem elastischen Käse und den eingelegten Erdbeeren kauen und sich die Finger lecken – in die *mahlaba*, mit ihren Armen und all den Séverines, würde sie keinen Fuß mehr setzen. Séverine ging täglich dorthin, so als würde sich mit jedem weiteren Mittagessen ihre große Villa im Stadtviertel Oasis verflüchtigen. Sie begann so schreckliche Dinge zu sagen wie: *Wenn's fünf Dirham kostet, muss man das ausnutzen.* Sarah sah, wie sie in den Ladenraum ging, der nicht breiter war als ein Gang, und erhobenen Hauptes auf das Kühlregal zusteuerte, wo sich Trinkjoghurts, Kekspackungen, Käse und Thunfischdosen stapelten. Dahinter waren die Orangen zu sehen und Moustache: Vor der Wand, an der seine pinkfarbene Fliegenklatsche hing, saß er auf seinem Hocker und lauerte den Fliegen auf. Der Käsegeruch ringsherum störte ihn nicht – die Kühltheke funktionierte nicht mehr; aber die Fliegen ärgerten ihn. Er musste sie alle töten, eine nach der anderen. Mitten in einer Bestellung, als er gerade dabei war, ein Glas Milch zu servieren oder ein Stück Edamer abzuschneiden – wegen seiner roten Paraffinschale nannte man ihn hier den roten Käse –, vernahm er ein leises Brummen, und plötzlich war er wie gelähmt. Mit seinen großen, argwöhnischen Pupillen fahndete er in sämtlichen Richtungen nach der Fliege – und wenn er sie ausfindig gemacht hatte, riss er die Augen auf; er ähnelte einem Uhu. Jetzt ging es ums Ganze. Sobald in der *mahlaba* jemand einen Laut von sich gab, brachte Moustache ihn mit einer Geste zum Schweigen. Ohne den Feind aus den Augen zu lassen, tastete er nach der Fliegenklatsche hinter sich, und nach einer kurzen Pause – er legte sich seine Taktik zurecht – schlug er mit der ganzen Gelenkigkeit, zu der sein dicker Körper fähig war, an die Wand. Oft gelang es ihm beim ersten Anlauf; aber ebenso oft verfehlte er sein Ziel. In einem stummen, unkontrollierbaren Wutanfall schlug er kreuz und quer um sich, während die Leute Schlange standen. Es war, als würde er tanzen. Manchmal wartete man in Moustaches *mahlaba* eine geschlagene halbe Stunde, und falls jemand auf die Idee kam, ihm die Reparatur der Kühltheke vorzuschlagen, sah er den Betreffenden mit angewiderter Geringschätzung an, so als bedeutete eine Reparatur die erbärmlichste Kapitulation überhaupt.

Sobald die Fliege erledigt war, konnte sich Séverine mit ihrer Pariser Schlaghose über die Scheibe beugen und mit dem Finger auf die gelblichen Brotstücke deuten, die wie Kartoffeln aussahen. Wenn sie zwei davon wollte, sagte sie mit ihrem Akzent aus dem Rifgebirge, dem gleichen wie ihre Loubna, *jouj, ʿafak.* Es wäre klüger von ihr gewesen, nicht den Akzent ihres Dienstmädchens nachzuahmen, sondern sich wie die Adligen einen Akzent aus Fès zuzulegen. Sarah versuchte es hin und wieder, allerdings ohne sonderlichen Erfolg – sie hatte ihr ganzes Arabisch von Abdellah gelernt, und dieser Idiot redete wirklich wie ein Bauerntölpel. Sie tröstete sich mit dem Gedanken, dass es vor allem gut ankam, kein Arabisch zu können und nur Französisch zu sprechen.

Mit seiner einzigen Gabel verstrich Moustache Thunfisch in Tomatensauce auf den beiden Sandwiches, die Séverine bestellt hatte. An den guten Fliegentagen trat er einen Schritt zurück, hob den Arm, rief: »Aufgepasst, Lalla Sivrine!«, und warf ihr die Sandwiches zu. Während er sich den Thunfisch von den Fingern leckte, verfehlte Séverine das Geschoss um Längen, und sie prustete vor Lachen, bevor sie es aufhob. Dass er sie Lalla nannte, obwohl sie doch jeden Tag in seine *mahlaba* mit dem Käsegeruch kam, obwohl sie gierig in das Brot biss, das zwischen den Schuhabdrücken gelandet war, war wirklich die Höhe. Aber die Alten in den *mahlabas* hatten ein sicheres Auge. Sie erkannten immer sofort, wer ihnen überlegen war. Zu Sarah sagte Moustache nie »Aufgepasst, Lalla Sarah!«

Und während Séverine auf dem Schulhof im Gymnasium ihre Sandwiches ungeniert vor allen anderen aufaß, versteckte Sarah sich im Billard-Café eine Straße weiter, wo die Kif-Raucher und die Yayas bis abends und manchmal bis spät in die Nacht hinein herumlungerten. Ihre einzige Beschäftigung bestand darin, sich auf den Metallstühlen zu fläzen, ins Leere zu starren, sich ein paar Beleidigungen zuzurufen und bei Haroun, dem Betreiber, ein Omelett mit zwölf Eiern zu bestellen. Haroun saß immer bei ihnen und hasste es, aufzustehen – auf einen Minztee wartete man eine Stunde, und oft gingen die Kunden selbst in die Küche, um ihn zuzubereiten, bevor sie zwei, drei Münzen auf den Tisch warfen. »Mach dir dein Omelett doch selbst, du Blödmann«, sagte Haroun jedes Mal. Und jedes Mal kapitulierte er vor dem empörten Stöhnen, der drohenden Pleite, dem Vorwurf des Verrats und der allgemeinen Schande seiner Faulheit, erhob sich irgendwann von seinem Stuhl, ging in die Küche, jammerte, weil er keine Eier mehr hatte, und schleppte sich zu Moustache, um welche zu kaufen.

Wenn Sarah hereinkam, ging sie sofort in den ersten Stock hinauf, wo nur zwei Tische vor einem großen Glasfenster mit Blick auf die Straße standen. Sie leckte erst die Tomatensauce rings um den Thunfisch auf, kaute dann lange jedes einzelne Stück, als wäre es Kaugummi, und sah von oben die Königinnen auf dem Gehweg, die reichen Marokkanerinnen vom französischen Gymnasium mit ihren Hüfthosen und ihren Lederhandtaschen. Fröhlich strebten sie auf das Café Campus zu, wo sie mit dem Geld, das ihnen ihr Vater morgens zugesteckt hatte, bevor sie zu ihrem Chauffeur in den Renault gestiegen waren, für fünfzig Dirham essen würden, und sie erstarrten kurz, wenn ihnen eines der Straßenkinder ein bisschen zu nahe kam. Unmöglich, dass sie und Sarah aus demselben Fleisch waren. Wenn eines dieser Mädchen auf dem Gymnasium sie anschaute, dann mit sanfter Verachtung und etwas Mitleid.

Alain aber, in seinem Liegestuhl und mit der Pfeife im Mund, betrachtete sie ebenso neugierig wie belustigt, als entdeckte er ein unbekanntes kleines Tier, von dessen Existenz er bisher nichts geahnt hatte. Das Gute an den alten, unverheirateten Vierundzwanzigjährigen war, dass sie nur mit anderen alten, noch unverheirateten Vierundzwanzigjährigen herumhingen und dass sie sich, weil es kaum noch welche gab, nicht mehr erlauben konnten, ausschließlich mit anderen Reichen herumzuhängen. Schon zwischen Badrs Haus in Anfa Supérieur und Alains Wohnung in Gauthier lag eine ganze Welt; während der Gymnasialzeit der beiden war es äußerst unwahrscheinlich gewesen, dass sie je ein Wort miteinander wechseln würden. Aber wenn man mit vierundzwanzig in Casa nicht so schlau gewesen ist, sich vom Acker zu machen oder Kinder in die Welt zu setzen, nimmt man die Freunde, die man kriegen kann – Badr, Alain, Chirine und Driss bildeten also eine unfreiwillige Gemeinschaft, gondelten wie die Idioten in ihren protzigen Autos durch die Stadt, warteten darauf, dass etwas passierte, und probierten neue Drogen aus, die Yaya aus Frankreich mitbrachte. Das haut richtig rein, sagte Yaya, während er ein paar Kokainbeutelchen aus seinem Anorak zog; in Paris sind alle ganz verrückt danach. Auch wenn Sarah keine Rolex hatte, würden diese vier wahrscheinlich keine weiteren Nachforschungen anstellen. Und nicht zuletzt war es bestimmt ganz angenehm, völlig unerwartet eine unbekannte kleine Schönheit auftauchen zu sehen, die sich, naiv und gelehrig, zwischen sie verirrt hatte.

8

Es dauerte ewig, bis sie aus Anfa Supérieur wieder zuhause war. Sie musste die Straßen mit den vielen Palmen und Villen hinuntergehen, die im morgendlichen Sieben-Uhr-Licht menschenleer waren: Die Mütter schliefen, und die Jaguars parkten in den Innenhöfen; diese Straßen Anfas sahen alle gleich aus, und die meisten hatten keine Schilder. Wenn man sich verabreden wollte, sagte man: Nach dem Hôtel Suisse gehst du geradeaus, dann die dritte rechts, das zweite Haus mit der schwarzen Tür. Sarah verlief sich dort jedes Mal. Sie ging wieder an dem Straßenwächter vorbei, der in seiner grünen Kabine auf einem Hocker saß und, den Kopf im Nacken, schnarchte. Auf seinem Schoß lagen sein Kugelschreiber und sein vollgekritzeltes Spiralheft – in Casa waren die Wächter offiziell dazu da, das Viertel vor Dieben zu schützen, aber in Wirklichkeit notierten sie alles Kommen und Gehen in ihrem Sektor und erstatteten der Polizei darüber Bericht. Sarah wollte gerade an die Kabinenscheibe klopfen und nach dem Weg fragen, als sie den Schrei hörte – ihr erklärter Lieblingsschrei von allen Schreien der Welt.

»Lbiiiie!«

Es musste mindestens drei Straßen weiter sein, aber den Schrei des *viouzabi*, der noch durchdringender war als der des Muezzins, hörte sie, als würde er ihr direkt ins Ohr brüllen. Und auch die schönen Damen in ihren Villen mussten ihn hören, als würde er ihnen direkt in ihre zarten und weißen und diamantbehangenen Ohren brüllen, und bestimmt schimpften sie in ihren Betten: Dreckskerl, da schreit schon wieder der *viouzabi*, dreckiges *viouzabi*-Pack. Unten drängten sich wahrscheinlich die Dienstmädchen – den *viouzabi* durfte man auf keinen Fall verpassen, wobei sein Schrei, wenn der Karren den Hügel von Anfa in Angriff nahm, zwar merkwürdigerweise immer die gleiche Lautstärke hatte, aber selbst von den geübtesten Ohren falsch eingeordnet wurde. Wenn die Dienstmädchen keuchend zur Tür stürzten, bog er meist schon in die folgende Straße ein. Dann musste man auf sein nächstes Kommen warten, am nächsten Tag vielleicht oder in der Woche darauf; bis dahin zischten die Damen beim Tee mit schnarrender Stimme: Dreckiges Pack, mein Dienstmädchen hat den *viouzabi* verpasst, jetzt sitzen wir immer noch auf dem alten Kram.

Sarah kannte den *viouzabi* gut, allerdings von der anderen Seite des Lebens. Morgens zog er mit seinem Karren durch die reichen Viertel und nahm mit, was die Chirines und die Badrs nicht mehr wollten: Geschirr, Stofftiere, einen Stuhl, viele abgelegte Kleider – daher auch sein Name. Anschließend verkaufte er sie für praktisch null Dirham an die Armen im Stadtzentrum. Sarah und ihre Mutter hatten ihm eine ganze Reihe von Sachen abgekauft, aber ihr bestes Schnäppchen war der Ventilator, acht Dirham und nur ein kaputter Flügel. Sie kannte es gut, sein altes, dunkles Gesicht, das glänzte wie ein mit dem Messer zerfetztes Stück Wachs, seine Augen und seine gehäkelte Chéchia, die aussah wie von einem algerischen Imam. Sarah wusste, dass es ihr, selbst wenn sie einmal mitten in Anfa leben würde, selbst wenn sie Seidentücher in den Karren werfen und dabei ihren leeren, ausweichenden Blick aufsetzen würde, um seinem nicht zu begegnen – vielleicht hätte sie ja eine Sonnenbrille –, ja, dass es ihr selbst beim besten Willen der ganzen Welt und Marokkos nicht gelingen würde, ihn nicht zu erkennen. Zum Glück würde wenigstens er sie nicht erkennen – schließlich war er Geschäftsmann.

Trotzdem war sie dem Klang seiner Stimme nachgelaufen, ganz aufgekratzt von ihrer Nacht im Liegestuhl, und vielleicht von dem Kif. Sie hatte sich mehrmals in der Straße geirrt, bevor sie vor einem Busch seinen Karren stehen sah, auf den sich nach und nach die Teller und Schüsseln stapelten, die ein Gärtner auf den Armen balancierte. Als sie näher gekommen war, hatte der *viouzabi* gesagt: Du bist keine von hier. Er hatte sich von dem Kleid nicht täuschen lassen. Die Armen schauen einander in die Augen.

Schließlich hatte der *viouzabi* sie nach Hause gebracht. Bis um zehn Uhr hatte sie ihn auf seiner Runde durch das Viertel begleitet, während sie auf der Karrenwand saß wie eine Herzogin in der Kutsche, mit einer großspurigen Handbewegung die Hunde grüßte oder in sein Geschrei einstimmte. Dann murrte er – das ist zu schwer, Mädel –, und sie stieg ab, um ihm ein bisschen zu helfen. Zwei Minuten später war sie es wieder leid, vollführte ein paar Tanzschritte, kleine Sprünge und Pirouetten und sagte: Ist dir nicht zu warm, *viouzabi*? Wie viel nimmst du ein, *viouzabi*? Und der Alte lachte. Er verdiente bestimmt mehr Geld als sie mit seinen dubiosen Geschäften; sie aber konnte wenigstens noch so tun als ob. Wenn man erst einmal einen Armenberuf ausübt, kippt plötzlich alles, und man wird in den Geschäften abschätzig beäugt. Dann ist es endgültig vorbei. Es war immer noch besser, gar nicht zu arbeiten, wenn man sich ein bisschen Würde bewahren wollte.

Sie fand ihre Mutter auf dem Sofa ausgestreckt. Sie schnarchte lauter als der Wächter in Anfa, ein unregelmäßiges Knurren, das gelegentlich ahnen ließ, welchen Weg der Rotz in den hinteren Nasengängen nahm. Vielleicht hätte sie Wächterin werden können, wenn sie mit ihren hundertzehn Kilo in die kleinen grünen Kabinen gepasst hätte und wenn sie hätte arbeiten wollen. Ihre Knöchel waren dick und violett wie ihre Waden, ihre Fußnägel ganz schwarz, und sie hatte einen Kropf, der im Takt der Halsgeräusche zitterte, einen weißen Kropf, der wegen ihres Ekzems leicht gerötet, aber vor allem weiß war – nicht wie Sarah, deren Haut die Farbe von Terrakotta hatte. Du bist so dunkelhäutig, weil du auf deinen Vater kommst, hatte Monique zu ihr gesagt. Dein Vater, der Soldat, sagte sie, der Militär, genauso schön wie Marlon Brando. An anderen Tagen sagte sie: ein reicher Kaufmann, ein Schauspieler vom Theater, ein Opernsänger. Nun, er hatte eine ganze Menge gemacht. Der einzige Vater, den Sarah je gekannt hatte, war wohl der dicke Joe gewesen, auch wenn er kaum mit ihr gesprochen hatte. Sie hatten jahrelang in seiner Wohnung gelebt, als sie noch in Cannes gewesen waren. Ihre Mutter arbeitete auf dem Markt, und er zahlte die Schule. Alles lief gut, aber dann, als Sarah zehn Jahre alt war, hatte der dicke Joe angefangen, sie komisch anzusehen, und da hatte Monique sie gepackt, sie und den Koffer, und sie waren auf das Sofa bei Rita gezogen, der Verrückten mit ihrer Wahrsagerei – das hatte für sie beide gereicht, weil Sarah damals klein und ihre Mutter noch nicht dick war. Danach war Didier gekommen, der einen Schnurrbart hatte und ihnen von Marokko erzählte, da drüben sei es besser, sie würden dort alle drei ein Geschäft eröffnen. Also machten sie den Koffer wieder zu und verabschiedeten sich von Rita, die ihnen eine große Zukunft mit vielen Goldstücken prophezeite. Als sie dann in Casa waren, hatte Didier das ganze Geld genommen und sich aus dem Staub gemacht, ein Geschäft hatte es nie gegeben. So war das gewesen.

»Maman!«, sagte Sarah und rüttelte an der dicken Schulter.

Sie hatte ihr nichts zu sagen – überhaupt sagten sie nicht viel zueinander –, aber immerhin war das Sofa ihr Bett, und sie war müde. Monique breitete sich ständig überall aus, wo sie nichts verloren hatte, dabei hatte sie ein eigenes Schlafzimmer. Sarah nahm ihr nie ihr Bett weg, sie respektierte es, und außerdem ekelte sie sich davor, an ihrer Terrakottahaut die dreckigen Laken zu spüren, in denen die Alten aus dem Cercle amical des Français oder die vom Spielkreis schliefen. Sie blieben nie die ganze Nacht. Wenn einer von ihnen zu oft kam, begann Sarah der Form halber zu nörgeln, und Monique wurde wütend und sagte: »Sei still, verdammt, ohne den hätten wir nichts zu essen.«

»Maman!«

Monique rieb sich die Augen.

»Wie spät ist es?«

»Elf Uhr«, erwiderte Sarah.

Monique stemmte nacheinander ihre Kilos hoch und brüllte dabei wie die Kühe nebenan. Nach diesem Unternehmen fuhr sie sich mit den Händen über das Gesicht und durch die Haare, obwohl kaum noch welche übrig waren.

»Warum musst du denn schon wieder um diese Uhrzeit nach Hause kommen, ehrlich jetzt.«

Und sie stand auf. Wenn Sarah spät nach Hause kam, ließ Monique immer diesen Satz fallen, und dann stand sie auf. In Wirklichkeit war es ihr egal, was Sarah gemacht hatte, deshalb schloss sie mit einem »ehrlich jetzt«, um zu betonen, dass es sich nicht um eine Frage handelte. Das war einer ihrer Gluckenmutter-Sätze, die sie hin und wieder von sich gab, als wollte sie für sich selbst eine Komödie aufführen. Es gab noch andere, wie »Lass dich nicht auf diese Drogen ein«, wenn Sarah vor dem Haus saß und Kif rauchte, oder »Tu was fürs Gymnasium«. Sie fanden beide, dass das irgendwie gut klang, und normal, wie ein Song auf Englisch. Es machte nichts, dass abends, wenn der schwarze Himmel einen Vorhang vor ihr Theater zog, andere Sätze fielen. Sarah saß in einem orange-farbenen Schlafanzug, den sie beim *viouzabi* gekauft hatte, im Schneidersitz auf dem Sofa und aß, die leeren Verpackungen auf dem Schoß, mit schokoladeverschmiertem Mund ein viertes Merendina. Monique beobachtete sie versonnen im Licht der Glühbirne; dann, kurz bevor sie zu einem der Alten aus dem Cercle ging, murmelte sie wie im Selbstgespräch: So wie du aussiehst, brauchst du nie zu arbeiten.

9

Das nächste Mal sahen sie sich im La Notte. Manchmal holte Yaya sie mit einem Taxi ab. Das gehört einem Bruder, sagte er, wir machen *ness-ness* – das bedeutete halbe-halbe, und so hießen auch die Milchkaffees. Seit Sarah verstanden hatte, dass die Jungs ihr unbegrenzt Kaffee ausgaben, damit sie vor ihren Augen an einem Tisch im Campus sitzen blieb, bestellte sie einen *ness-ness* nach dem anderen und trank sie in einem Zug leer, um sofort wieder den Kellner heranzuwinken und stolz ein weiteres *ness-ness* in die Runde zu rufen. Um es richtig auszusprechen, musste man einfach die Vokale weglassen, was eine vehemente Geste erforderte, ein Kopfrucken, wie bei einem lauernden Gepard, ein Gepard, der plötzlich eine gespaltene Schlangenzunge hervorschnellen lässt und zischend zum Angriff übergeht: *nss-nss*. Sie widmete sich diesem Spiel mit Leidenschaft, unermüdlich. Der Junge ihr gegenüber sah zu, wie sie gestikulierte, die Tasse leerte, hastig den Arm hob, mit ihren ungeduldigen Fingern gereizt auf den schmutzigen Tisch trommelte, bis – endlich – der nächste *ness-ness* eintraf und der kleine Zirkus von Neuem losging. Wenn sie den Brechreiz kommen spürte und sich ein Sidi Ali bestellte, konnte das Gespräch beginnen.

»Willst du für die Fahrt etwa Geld von mir?«

Sie stand vor dem Haus, in einem Kleid aus Goldlamé, das sie an einem Stand in Maarif geklaut hatte; im roten Taxi schob Yaya lässig seine Ray-Ban-Kopie ein Stück weit herunter – es war Mitternacht.

»Los, steig ein.«

Wenn Yaya das Taxi hatte, fuhr er wochenlang wild hupend durch Casa, legte die Kassette mit der Hochzeitsmusik seiner Cousine ein, klatschte im Takt der Darbukas, anstatt das Steuer zu halten, und sang. Vermutlich nahm er gar keine Kunden mit. Abdellah amüsierte sich hinter dem Zaun der Barackensiedlung. Er sagte: *hayhay*, Lalla Sarah, was ist das denn für ein Kleid, willst du zum König, oder was? Seine Mutter, die vor ihrer hohen Wand aus Schrottteilen saß und ihre jüngste Tochter stillte, sagte: Sei still, Abdellah. Sie mochte es nicht, wenn man vom König sprach, sie hatte Angst vor der Polizei.

Mit offenen Fenstern, es gab nämlich gar keine, sausten sie über die Corniche, und Yaya sagte: Heute Abend im La Notte ist die Hölle los. Oder er machte sich über sie lustig und sagte: Driss kriegst du sowieso nie, ein Bettelmädchen wie dich guckt der doch gar nicht erst an. Als sie angekommen waren, ließ Yaya sein Taxi einfach mitten auf der Straße stehen. Er ging, den Arm um Sarahs Schulter gelegt, an der Warteschlange vorbei und schüttelte dem Türsteher die Hand: Das ist meine Kleine.

Die Clique stand mit einigen anderen ganz hinten – ein paar reiche Mädchen vom Gymnasium, verheiratete Pärchen mit teuren Uhren, alleinstehende alte Männer um die vierzig, Nutten. La Notte war der einzige Ort in Casa, wo man samstagabends noch Rock oder Slow tanzen konnte. Zu Elvis Presley hatten sich alle zu zweit zusammengetan, sie tanzten mit vom Boden abhebenden Füßen, ihre Hände machten wellenförmige Bewegungen, die Mädchen wirbelten herum, bogen sich nach hinten und endeten, atemlos und ausgelassen, den Kopf im Nacken, auf ihrem Unterarm. Ganz schwindlig wurde einem davon. Ein Junge aber saß in dem ganzen Trubel reglos und mit krummem Rücken auf der roten Lederbank, auf der Wand der grünlich schimmernde Schatten seiner Hakennase – Driss hielt einen Pfefferminzsaft in der Hand. Er verzog das Gesicht. Doch als der Refrain begann, ruckte er mit dem Oberkörper vor und zurück, sodass der Pfefferminzsaft auf seine Jeans spritzte. Dann hielt er plötzlich inne. Er sah sich besorgt um, als wollte er sich vergewissern, dass ihn niemand beobachtet hatte. Sarah drehte sich belustigt zu Yaya um; doch der war allerdings schon auf und davon.

Als Junge war Driss kompliziert, denn eigentlich war er gar kein richtiger Junge. Sarah hatte verstanden, wie sie tickten, all die Kamils und Badrs, die kleinen Idioten vom letzten Jahr, und dann die Alten aus dem Cercle ihrer Mutter, die auch nicht viel anders waren, nur hässlicher. Sie hatte gelernt, dass ein Junge einen die ganze Zeit im Blick hat, schlimmer als die Polizei. Sie lassen ihre Augen überall über die Mädchenkörper wandern, wohlwollend, strafend, beobachtend, als wären sie ihr Eigentum. Aber dass die Frauen sich eines schönen Morgens einfach einen Schleier übers Gesicht hängen, darüber regte sich in Casa niemand auf. Es hieß: Das ist normal, die Armen, sie sind müde. Auch wenn Driss im schönsten Haus von Anfa wohnte – mit seinen über alles hinweggleitenden Augen wirkte er, als würde er nichts sein Eigentum nennen.

Er sprach wenig. Dabei hatte Sarah gemerkt, dass alle Jungs ständig vor ihr herumgrölten, vielleicht weil sie selbst ganz still blieb; sie wusste wohl, dass sie keine Mädchen mochten, die mitreden wollten, nicht einmal, wenn sie so hübsch waren wie sie. Die Gesprächigen wie Chirine, die viel Raum beanspruchten, gingen ihnen immer irgendwann auf die Nerven, als ärgerte es sie, dass ihnen ihr grölendes Territorium von einem Körper streitig gemacht wurde, der normalerweise unter Kontrolle war, ihnen jetzt aber auf einmal wild und gefährlich schien. Die mangelnde Zähmung erschreckte sie. Kurz, Jungs waren im Allgemeinen sehr empfindlich, und man musste größte Vorsicht walten lassen, um sie nicht zu verstören.

Sie setzte sich neben ihn auf die rote Bank. Fast berührte ihr Terrakottaknie seine Jeans. Driss' Blick, sein Pfefferminzsaft und sein verkrampftes Lächeln schwebten immer noch im Leeren; sie glaubte zu spüren, dass er sich anspannte. Mit dem Bein schob sie ihr Kleid ein bisschen hoch und entblößte einen Oberschenkel. Man konnte sehen, wie sich die blonden Härchen aufrichteten. Sie wartete und betrachtete die Bewegungen der Rocktänzer, schön, folgsam, still und beruhigend, wie es sich gehörte. Er schaute nicht hin; er grölte nicht. Und so blieben Driss und Sarah steif nebeneinander auf der Bank im La Notte sitzen, auf beiden Gesichtern ein verkrampftes Lächeln, in den Händen den schimmernden Pfefferminzsaft, ihre angespannten Körper zwischen den Schatten, vor den Leuten aus Fleisch und Blut, die überbordend und lebendig lachten; vor den Nutten, die sich amüsierten.

Dann begann der erste Slow; auf der Tanzfläche lösten sich die Rocktänzer voneinander, allgemeines Raunen, Pause; die Mädchen, die noch saßen, hielten sich kerzengerade, die Beine übereinandergeschlagen, die Hände auf den Knien. Schon ließen die stehenden Jungs ihre Blicke herumschweifen; viele landeten auf ihr, wie zwanzig Taschenlampen, die alle auf die Geräuschquelle gerichtet sind. Sarah wusste, dass sie rasch handeln musste. Mit einer luftigen Bewegung, die ihre Locken fliegen ließ, drehte sie sich zu ihm.

»Willst du tanzen?«

Er schrak zusammen, beinahe hätte er seinen Pfefferminz-saft verschüttet; doch endlich sah er sie an. Noch nie waren seine Augen so nah gewesen. Die Iris bewegte sich – nicht we-gen der Lichter. Bald würde Sarah es wissen: Es war ein ban-ges Zittern, das Driss oft befiel, als würde das aufstrebende Marokko ihn Sekunde für Sekunde erschüttern.

»Nein.«

Es war ein rohes Nein, wie das, das Sarah den Typen aus der Innenstadt entgegenschleuderte, die ihr im Auto folgten, wenn sie draußen herumlief, und die ihr zuriefen: Steig ein, Gazelle, los, steig bei mir ein. Sie hatte keine Zeit, etwas zu sa-gen; Badr stand vor ihr. Er war schneller auf sie zu gekommen als die anderen, mit seinem dicken, wabbeligen Bauch, sei-nen mutigen, aufgenähten Augen. Er war ein bisschen außer Atem, als er ihr die Hand reichte – tanzen wir?

Willenlos stand sie auf, noch immer ratlos, mit abwesen-dem Blick. Badr führte sie zur Tanzfläche, als sie plötzlich seine Hand losließ. Sie drehte sich zu Driss, ging auf ihn zu. Sie beugte sich zu ihm herunter und starrte ihn wütend an, so wie die Männer die Frauen anstarren, damit sie ihnen nicht weglaufen. Und sie sagte:

»Ich bin verliebt in dich.«

Dann ging sie zurück auf die Tanzfläche, wo Badr auf sie wartete. Während des Slows sah sie, dass Driss sich nicht ge-rührt hatte – er schaute ins Leere, mit seinem Pfefferminz-saft in der Hand, seinem krummen Rücken und seinem ver-krampften Lächeln. Aber diesmal wippte sein Bein.

10

Den Satz *Ich bin verliebt in dich* hatte Sarah viele Male aus
dem Mund ihrer Mutter gehört, wenn ihr der dicke Joe
Käse auf dem Markt in Cannes kaufen sollte. Sie hatte ihn in
der Barackensiedlung gehört, als Abdellahs Schwester einen
Typen geheiratet hatte, der was Besseres war als sie und sie
da herausholen sollte – der Chauffeur einer Familie aus dem
Viertel California. Freudestrahlend war Basma mit diesem
Idioten in die widerliche Innenstadt gezogen und am Opferfest mit lauter blauen Flecken zurückgekommen. Keiner hatte
eine Bemerkung gemacht. Sogar die Nutten sagten *Ich bin verliebt in dich*, wenn sie schwanger wurden und vom Fleck weg
geheiratet werden mussten, damit sie nicht mit den anderen
ledigen Müttern im Gefängnis landeten – und das Kind im
Waisenhaus. Es gab viele, die sich in den Hinterzimmern der
Restaurants ihr Kind wegmachen ließen, aber sie starben oft
dabei, verbluteten auf Sesseln, über die man Strandtücher gebreitet hatte; irgendeinen Trottel zu heiraten schien tatsächlich die erträglichere Lösung zu sein. Die Nutten schrien sich
vor den Türen ihrer Typen die Kehle heiser: Ich bin verliebt in
dich oder in dich oder in dich. In Wirklichkeit wollte sie nie
jemand.

Die Jungs vom Gymnasium, die seit ihrem dreizehnten
Lebensjahr zu ihnen gingen, sagten immer, sie seien Frauen-
pack: wie Frauen, nur weniger Frau; Frauen hätten auf ihre
Würde zu achten. Dabei fand Sarah sie ausgesprochen würdig

mit ihrem furchtlosen Blick, dem Geld, das nur ihnen gehörte, ihren stolzen Brüsten und ihrer Unabhängigkeit von den Ehemännern. Sie waren ungezähmt – vielleicht waren die Nutten nicht deshalb unbeliebt, weil sie weniger Frau, sondern, weil sie zu viel Frau waren.

Und so sagte Sarah zu den Jungs, mit denen sie schlief, *ich bin verliebt in dich.* Das war die einzig denkbare Wiedergutmachung dafür, sich von ihnen berührt haben zu lassen, die einzige Möglichkeit, weiterhin Geschenke anzunehmen. Sie musste es richtig sagen, damit man ihr glaubte, und das war schwer. Immer wenn sie die Formel aussprach, hörte sie auf dem Grund ihrer Stimme unwillkürlich den Hunger – den gleichen Hunger wie ihre Mutter vor den Käseauslagen auf dem Markt. Dieser Hunger war nicht zu verleugnen – noch kilometerweit weg hätte man gedacht, wenn man sie hörte: Sicher hat das Mädchen, das das gerade gesagt hat, nicht zu Mittag gegessen. An ihrem Tonfall erriet man auch die Hoffnung, Basmas Hoffnung, eines Tages Strom zu haben, und man ahnte die Verzweiflung der Nutten, die bald eingesperrt werden würden. Sarah wusste genau, dass man das alles hören konnte, aber es war nichts daran zu ändern; mit genau dieser Betonung hatte sie die Wörter auszusprechen gelernt. Im La Notte, mit Driss, handelte es sich um einen Notfall, der ihre Formel erforderte, und es war wieder das Gleiche, der gleiche Tonfall – denn an diesem Abend kam sie buchstäblich um vor Hunger; und auch sie verzehrte sich in der Hoffnung auf ein besseres Leben und war gleichzeitig unendlich verzweifelt bei dem Gedanken, er könne eben aufgrund dieser Verzweiflung begreifen, dass sie ihn nicht wirklich liebte. Sie wusste, wie es war, wirklich zu lieben, und so war das hier nicht – im letzten Jahr hatte sie es bei Zineb erlebt. Das hatte sie nie vergessen.

Zineb hatte eine rechteckige Brille, schwarzes, krauses Haar, ein längliches Pferdegesicht, und sie roch nach Harissa. Am Anfang der ersten Mathestunde in der zehnten Klasse hatte Sarah sie von Weitem kommen und all das tun sehen, was sie am meisten fürchtete: Sie kam auf ihren Tisch zu, dritte Reihe, Raum 86, Gebäude L, legte ihren blauen, mit Kuli vollgekritzelten Rucksack darauf, zog den Stuhl weg und fragte mit Opferaugen, Augen, denen man nichts abschlagen konnte: »Kann ich mich setzen?« Nicht, dass Sarah kein Harissa mochte. Aber aus naheliegenden Gründen durfte man sich einfach nicht mit Mädchen wie Zineb zeigen – Mädchen von ihrem Schlag, die, ohne mit der Wimper zu zucken, in den Schulbus zum Gymnasium stiegen, lächelnd vor der Hintertür wieder herauskamen und sich noch nicht einmal die Mühe machten, das Gebäude bis zum Haupteingang zu umrunden und so den Eindruck zu erwecken, sie seien von ihrem Chauffeur herbegleitet worden wie alle anderen. Das französische Gymnasium in Casa nahm die französischen Jugendlichen kostenlos auf, alle anderen für mehrere zehntausend Dirham und ein paar Geschenke: Blumen, ein VIP-Abo im Sun, ein Aufenthalt in La Mamounia in Marrakesch oder manchmal sogar ein Auto, je nach dem Beruf des Vaters. Am besten funktionierten angeblich Flugtickets – in Sarahs Klasse waren gleich drei Söhne von Führungskräften der Royal Air Maroc. Da fast keine Franzosen mehr in Casa lebten, wohnten in den zu Ehren des Protektorats errichteten Gebäuden vor allem die dreitausend Sprösslinge marokkanischer Geschäftsleute, dazwischen die letzten noch verbliebenen Séverines, ein paar Kinder binationaler Paare und mittendrin, fremd und misstönend, vereinzelte Schwarze: die klebrige Haut von Mädchen wie Zineb.

Sie hätten sich nicht eine Woche auf diesem Gymnasium leisten können, wenn ihre Mütter nicht so schlau gewesen wären, als Lehrerinnen oder Krankenschwestern anzuheuern. Alles an ihnen schrie nach Mittelklasse – sie trugen die bunten Tuniken von den Märkten in Hay Hassani, sie kauften ihren Vorgängern die Schulbücher der vergangenen Jahre ab, und sie aßen in der Kantine. Manchmal ging Sarah auf dem Schulhof unabsichtlich an ihnen vorbei; in einer neuen Jeans, einem Geschenk von Kamil oder einem anderen, immer schnell, und ohne mit jemandem zu sprechen. Das war ihre Regel: möglichst wenig zu sagen, nur wenn man sie ansprach, und dann vor allem, wenn es ein Junge mit einer schicken Uhr war. Wenn man schon nicht sicher sein konnte, dass sie reich war, so sollte man wenigstens nicht wissen, wie arm sie tatsächlich war. Wenn sie, rasch und schweigsam, an all diesen Zinebs vorbeiging, merkte sie überrascht, dass sie sich auf Arabisch unterhielten, obwohl sie perfekt Französisch sprachen. *Fiyya jouu‘*, sagte eine von ihnen und schlug sich auf den Bauch – ich habe Hunger –, eine andere zeigte sich überrascht und antwortete ungeniert auf Arabisch. Sarah stürzte weiter, die Angst im Nacken, mit ihnen in Verbindung gebracht zu werden, und fassungslos darüber, dass man die Sprache der Herrschenden kennen und trotzdem freiwillig die der Armen und Unterdrückten sprechen konnte. Ihr offenes Bekenntnis zur Armut stieß sie ab – und auch wenn Sarah noch ärmer war als die anderen Mädchen, war sie wenigstens stolz genug, unaufhörlich gegen diese Tatsache aufzubegehren. Ihre eiligen Schritte, die neuen, mit ihrer Haut verhandelten Jeans, ihre heimlichen Mittagessen im ersten Stock des Billard-Cafés, ihr Schweigen – lauter Verweigerungen der Situation, lauter Kriegshandlungen.

Während der Mathestunde hatte Sarah nicht zu Zineb geschaut – sie musste deutlich machen, dass sie nicht derselben Welt angehörten, auch wenn sie sogar ganz genau derselben Welt angehörten, der Welt ohne Dienstmädchen und ohne Chauffeure, nur dass Zineb diejenige war, die einmal pro Woche Tajine essen konnte, weil ihre Mutter sich damit abgefunden hatte, in der sechsten Klasse Arabisch zu unterrichten. Doch Zineb begriff von alldem überhaupt nichts. In jeder Mathestunde setzte sie sich wieder genauso fröhlich und unbekümmert neben Sarah, und in jeder Mathestunde begrüßte sie sie mit einem strahlenden Lächeln, als sähe sie den grundlegenden Unterschied zwischen ihnen nicht – den Unterschied des Krieges. Wenn sie im Unterricht in kurzer Zeit eine lineare Funktion lösen sollten, seufzte Sarah mit verschränkten Armen und Beinen und verdrehte verächtlich die Augen in Richtung des Lehrers, der glaubte, sie würde sich zu solchen für ihr Leben komplett unnützen Übungen herablassen, und Zineb fragte besorgt: Alles gut? Verstehst du nicht, wie das geht? Soll ich's dir erklären? Sie, Zineb, löste sämtliche Gleichungen. Sie lernte in den Freistunden und in der Mittagspause, sie gab ihre Klausuren zehn Minuten früher ab als alle anderen. Ich pfeif auf die Übungen, sagte Sarah; da flammte hinter Zinebs dicken Brillengläsern eine flüchtige Panik auf, als wäre es vollkommen undenkbar, auf diese Übungen zu pfeifen. Sofort stürzte sie sich in aufgeregte Erklärungen, die zusammen mit ihrem salzigen Atem hervorsprudelten – siehst du, die Variable *x, yak*? Siehst du jetzt die Konstanten? Irgendwann hörte Sarah hin. Und irgendwann hörte sie auch zu, wenn Zineb in der Pause sagte, dass man sich Mühe geben solle, wenn man das Glück habe, auf ein solches Gymnasium zu gehen, das sei wichtig, um, wie sie es nannte, *ein schönes Leben* zu haben. Sie würde Medizin studieren, an der Universität in Casa, auch wenn es dort fast nur Jungs gab: Sie würde Kinderärztin werden und Kinder retten. Ob Sarah wollte oder nicht, Zineb erzählte ihr auch von dem geschlachteten Hammel in ihrer Badewanne am Opferfest – das Blut hatte alles vollgespritzt, weil ihr Cousin von nichts eine Ahnung hatte – oder sie erzählte von der Reise ihrer Großmutter nach Mekka, die dort zu sterben gehofft hatte, um ins Paradies zu kommen. Nach einem Monat war sie immer noch nicht tot gewesen und hatte nach Marokko zurückkehren müssen – das Hotel war teuer, außerdem rief alle drei Tage ihr Mann aus der Telefonkabine gegenüber von ihrem Haus an und sagte mit tränenerstickter Stimme, es sei unmenschlich, ihn so zu vernachlässigen, er könne nicht kochen, wenn es so weitergehe, werde er noch vor ihr den Hungertod sterben und mit einem solchen Verbrechen auf dem Buckel werde sie ganz sicher keinen Fuß ins Paradies setzen. Zineb erzählte auch von Amine, ihrem kleinen Bruder, der während des Ramadans morgens nicht vor Sonnenaufgang zum Essen geweckt werden wollte; natürlich fastet der nicht, sagte sie, bei dem Umgang, den er hat, alles Straßenkinder, *chemkar*, die außerdem Alkohol trinken, setzte sie verstört hinzu und murmelte beim Aussprechen dieser verbotenen Worte eine schützende Formel – *Allah yahafedna*. Wenn sie Sarah nach dem Unterricht in den Porsche eines ehemaligen Gymnasiasten springen sah, kicherte sie hinter vorgehaltener Hand – sie hatte noch nie einen Jungen geküsst. Auch das hatte sie erzählt. Und eines Tages, gegen Ende des Ramadans, während sie lang und breit die *Briouate*-Rezepte ihrer Mutter beschrieb, sagte sie: Was machst du eigentlich heute Abend? Komm doch zum *Ftour* zu mir.

11

Es war wahre Liebe; jene Liebe, deren Konturen man selbst ausgelotet haben, deren Fleisch man selbst betastet haben muss und an der man hat zugrunde gehen wollen, wenn man nicht nur die leeren Silben herunterleiern, ihnen höchstens ein paar unscharfe Bilder zuordnen will. Sarah hatte das Haus in ihrer ganzen Unkenntnis betreten. Um dorthin zu gelangen, war sie mit Zineb für dreißig Cent in den Bus gestiegen, der noch im Stoff der Sitze nach Schweiß roch. Wenn ihr nach dem Gymnasium kein Junge das Taxi zahlte, ging sie lieber zwei Stunden zu Fuß, als sich da hineinzusetzen, neben die Lebensmittelhändler, die am laufenden Band minutenlang wie die Schweine die Nase hochzogen, bevor sie sich mit dem Pulloverärmel den Rotz abwischten. Manchmal stürzte sich ein Teenager mit rissiger Haut auf die hinten sitzenden Dienstmädchen, um ihnen an den Busen zu grapschen, bevor er schnell wieder nach vorne rannte; die Dienstmädchen riefen: Du Hurensohn, schämst du dich nicht, und sie fuchtelten mit den Armen, blieben aber sitzen, um ihn nicht unnötig zu provozieren. Die Typen, die saßen, raunten ihnen Anzüglichkeiten zu, die ekligen Lebensmittelhändler schluckten immer noch ihren Schleim runter, es gab Fliegen, matschig getretene Brotstücke auf dem Boden und Taubenscheiße, die auf den Fensterscheiben trocknete. Auch wenn Zinebs Haus mitten in der Innenstadt lag, auch wenn das Treppenhaus aus einem grauen, glänzenden Mosaik bestand und nach Pisse stank, auch wenn man sechs Stockwerke zu Fuß hochgehen musste, war es immer noch besser, sich dort zu verstecken, als in einem Bus in Casablanca, einem dieser Armenbusse, gesehen zu werden.

»Marhaba binti!«

Herzlich willkommen, liebe Tochter – Chadia, Zinebs Mutter, hatte ihnen geöffnet. Sie war klein, sie hatte ein rundes Gesicht, und ihr Schleier war rosa. Sie küsste Sarah auf beide Wangen und rief auf Arabisch, die Hände auf ihre Schultern gestützt: Du bist ja bildhübsch! Dann ein breites Lächeln; sie fasste sie am Arm – *Yallah*, sagte sie – und führte sie, so wie man eine Braut zur Hochzeit geleitet, durch den düsteren Gang; vertraulich flüsterte sie ihr ins Ohr: Wenn man so hübsch ist, muss man aber gut aufpassen, ja? Du bleibst schön zuhause, verhältst dich brav und findest dann eines Tages einen guten Ehemann, *inch' Allah*. Sarah schaute belustigt zu Zineb, die hinter ihr kicherte. Als sie im Wohnzimmer waren, spürte sie, wie Chadia ihr freundschaftlich ihren pummeligen Arm um die Schulter legte: Das ist Zinebs französische Freundin, rief sie, sie heißt Sarah. Die drei sitzenden Personen schauten zu ihr auf. Mit halb offenem Mund saßen sie träge zwischen großen roten Kissen mit Goldfransen auf geschnitzten Holzbänken: Amine, Zinebs Bruder, ihr Großvater, der nicht kochen konnte, und ihre Großmutter, die immer noch nicht gestorben war; der kleine Fernseher vor ihnen strahlte eine Folge von *Marimar* aus, der *telenovela*, die im Billard-Café rund um die Uhr lief, und der Ton war so laut gestellt, dass Sarah zunächst gar nicht hörte, wie die Großmutter ihr zurief: Setz dich, Mädchen, setz dich, und dabei auf die Bank klopfte. Als sie Platz nahm, packte die alte Dame ihren Arm und hob ihn hoch: Dünn bist du, du musst essen. Auf dem runden Couchtisch, einem großen, kupferfarbenen Zinntablett, standen Couscous, eine Flasche Salim-Vollmilch, Datteln, in Honig getränkte *chebakia* – und niemand rührte etwas an.

»Wir warten, bis es Zeit ist«, sagte Zinebs Mutter, »aber du fastest ja nicht, also nimm dir nur.«

»Ich warte gerne mit Ihnen«, antwortete Sarah.

Wie alle um sie herum schaute sie dann auf den Bildschirm; Marimar lief gerade über einen Strand in Mexiko. Sie hatte Locken und braune Haut wie sie. Zinebs Großvater wurde ganz aufgeregt; er zeigte mit dem Finger auf Sarah, dann auf den Fernseher, dann wieder auf Sarah und stieß kehlige Laute auf Amazigh aus. Du siehst ihr wirklich ähnlich, sagte Zineb, und ihre Mutter nickte zustimmend. Es musste sich um eine frühere Folge handeln, denn offensichtlich war Marimar noch schmutzig und arm, sie hatte keine Schuhe an. Im Billard-Café waren sie schon bei der Folge angelangt, wo sie durch Gustavo, ihren verschollenen Multimilliardär-Vater, reich geworden war.

»Brigitte Bardot!«

Sarah erschrak; die Großmutter musterte sie mit zusammengekniffenen Augen, als wollte sie hinter ihre Haut sehen. Sie wiederholte: Brigitte Bardot, Brigitte Bardot, und klopfte ihr hysterisch auf den Rücken. Chadia zischte: Blödsinn, Mama, Brigitte Bardot ist doch blond, und die Alte seufzte verärgert auf und sank wieder in ihr Kissen. Vor ihr wehrte sich Marimar gegen die Hände eines Mannes – er hatte gesehen, dass sie Karotten aus einem Garten geklaut hatte, und verlangte einen Kuss für sein Schweigen. »Schweinehund«, kommentierte Amine und warf einen prüfenden Blick auf die Wanduhr; und schon eilte der reiche Erbe Sergio herbei, um Marimar aus den Klauen des Mannes zu befreien.

Dann kam die Liebe; wahre Liebe, deren Existenz sie niemals vermutet hätte. Sie war auf einmal einfach da, ohne Sarah vor dem Donner zu warnen, der bald ihren ganzen Körper, bis hin zu den Fußnägeln, durchzucken würde – verdichtet, in einer einzigen Sekunde: als Marimar nach der Prügelei endlich Sergios Blick begegnete. Damit geriet alles ins Wanken. In die sandverkrusteten Haare des Straßenmädchens fuhr ein Wind, ein langsamer, wirbelnder Wind, und rings um ihre schwarzen Augen hörte man ein Cello, eine Orgel, alle Harfen Mexikos und keine Wanduhr mehr. Ja, es war wahre Liebe. Und Sarah wusste jetzt und für immer, dass es ohne Wind, ohne Musik, ohne Held und ohne Gefahr, ohne auf der anderen Seite des Ozeans zu sein, keine Liebe gab; dass alle um sie herum, die sich angeblich liebten, es nur glaubten.

Ein kurzer heller Ton ertönte; es ist Zeit, rief Chadia. Während sich alle auf die Datteln stürzten, ließ Sarah den Bildschirm nicht aus den Augen, über den die Namen des Abspanns flimmerten – Namen von lauter Jungs, die ihr in ihren Cabrios den Hof machten. Sie kamen ihr auf einmal winzig vor, ihre Blicke ausdruckslos, und sie selbst sich ganz erbärmlich, weil sie sich mit diesen Ersatzlieben ohne jeden Wind, ohne jedes Cello begnügte. Sie nahm sich vor, keinen einzigen Milkshake mehr von ihnen anzunehmen. Zwei Wochen lang blieb sie ihrem Vorhaben treu, dann hatte sie Durst.

12

Am Tag nach dem Abend im La Notte klingelte Sarah wie vereinbart um siebzehn Uhr fünfzehn bei Chirine. Das ist ganz leicht, du wirst sehen: das einzige rote Haus in Anfa, hatte Chirine tags zuvor gesagt. Sie hatte in ihre Pilzquiche gebissen und dann hinzugesetzt, dass man, na ja, sein Haus in Casa eigentlich nicht rot anstreichen dürfe, aber ihre Mutter komme aus Marrakesch und finde das Weiß zu traurig, sie sei nicht daran gewöhnt. »Wenn die Polizisten kommen, machen wir ihnen einen Kaffee, und mein Dienstmädchen bereitet *msemens* mit Honig zu.« Die Wände waren ziegelrot, aus dem gleichen Rot wie die kleinen Stücke *aker fassi*, die Sarah bei Aïcha Parfumerie hatte mitgehen lassen, als sie klein war – wenn sie herauskam und in einem Schaufenster ihr Spiegelbild sah, leckte sie ihren Zeigefinger an und fuhr über das Tonschälchen mit den Mohnpigmenten. Ihr Finger wurde rot, sie rieb über ihre Lippen, und nun hatte sie plötzlich einen Frauenmund, in der Farbe von Blut, von getrockneten Blumen, in der Farbe der Stadtmauern von Marrakesch und – wie sie jetzt sah – von Chirines Haus, einem der schönsten Häuser von Anfa Supérieur. Hinter der Tür hörte Sarah schwere Schritte, die ihr öffnen kamen. In der Bäckerei 17 Étages hatten sie das genaue Vorgehen besprochen.

Tags zuvor im La Notte hatte Alain gerufen: 17 Étages! Er stand auf einem Stuhl und ruderte wild mit den Armen.

Auf der Tanzfläche tanzte Sarah noch mit Badr; die Slows waren vorbei, jetzt lief wieder Diskomusik. Sie tanzte ihm in Pirouetten davon, mit zurückgeworfenen Schultern, mit kleinen Schritten, noch schneller als beim Stepptanz, und sie ermüdete ihn dabei so, dass ihm die Lust verging, sie zu küssen – Badrs Wangen waren hochrot, verzweifelt versuchte er dem Rhythmus zu folgen und schwitzte derartig, dass sein schwarzes Brusthaar durch das weiße Hemd schimmerte. Auf ein Zeichen von Alain hielt er sofort inne – Gehen wir?, fragte er und wischte sich mit dem Unterarm über die Stirn. Als Sarah sich umwandte, sah sie, dass Driss nicht mehr auf der Bank saß. Auch draußen war er nicht. Sie stieg zu Badr ins Auto, schaute hin und wieder aus dem Fenster, horchte auf das Geräusch eines Motorrads. Fünf Minuten später waren sie im Viertel Bourgogne.

Auf der orangefarbenen Fassade der Bäckerei waren mit schwarzer Farbe die großen Buchstaben des Wortes »Étages« und mit weißer Farbe die Zahlen aufgemalt worden – die Bäckerei lag dem höchsten Gebäude von Casa, einem siebzehnstöckigen Mietshaus gegenüber, ihr Name hatte sich quasi von alleine aufgedrängt. Bis morgens um sieben gab es dort Quiches mit zusammengefallenen Teigrändern, Schwarze-Oliven-Pizza, auf der keine Oliven mehr lagen, und Käsecroissants, die nie jemand kaufte und die nach all den Wochen unter der Beleuchtung des Kühlregals ganz vergilbt waren. Nach La Notte landeten regelmäßig die Hungrigen dort; und weil es nicht teuer war, sah man oft auch ein paar Typen in schmutzigen Klamotten, die aus dem Bouss-Bouss kamen, der Bar nebenan. Sie kauten langsam auf ihrem Blätterteig und schauten neidisch zu den Mädchen am La-Notte-Tisch – im Bouss-Bouss gab es überhaupt keine Frauen, denn die Mädchen aus der Innenstadt wie Zineb trauten sich aus Angst, als Schlampe zu gelten, nicht in einen Club. Draußen streckten die Bettler den Hinein- und Herauskommenden die Hand entgegen: Gib mir, bitte, gib mir – ein paar Wochen zuvor hatte sich eine Frau an Sarahs Knöchel geklammert, als sie gerade mit Kamil hineingehen wollte. Lalla, bitte, hatte sie gefleht. Sarah hatte nach unten geschaut und sie im Schneidersitz auf dem Gehweg sitzen sehen – mit ihren graublauen Augen, als hätten die Tränen ihre Farbe verwaschen. Gott segne dich, Lalla, bitte, Gott behüte dich, schnell, in einem einzigen Atemzug, wiederholte sie diese Sätze, und mit ihren blauen, geschwollenen Händen umklammerte sie den Knöchel noch fester. Sarah rührte sich nicht von der Stelle. Kamil, der ohne sie hineingegangen war, drehte sich um.

»Sarah?«

Sie sah zu ihm auf. Noch immer hörte sie das Flehen auf dem Boden. »Wie schön du bist, Lalla«, sagte die Frau.

»Gib ihr einen Fußtritt, dann lässt sie dich los«, sagte Kamil.

Sarah wusste genau, dass man das normalerweise tat; oder man versuchte, sich höflich loszumachen, um nicht in die Hölle zu müssen, sagte beim Beten *amine* und versprach, später wiederzukommen. Doch sie bewegte sich nicht. Plötzlich verspürte sie eine Übelkeit, die gewohnte Übelkeit, die sie befiel, wenn sie den Blicken der Leute von unten begegnete, derjenigen, die den Boden putzten und sie für eine andere hielten. Wenn die Reichen vom Gymnasium sie als eine der Ihren betrachteten, verspürte Sarah keine Übelkeit – aber diese verwaschenen Augen spiegeln dir all die Farben, die du geklaut hast. Ein paar Sekunden später kam Kamil zurück. Er hielt der Frau ein Käsecroissant hin.

An diesem Abend nach dem La Notte im 17 Étages war

Driss nicht dabei. Badr brachte Sarah wie verlangt ihre Pizza und eine Dose Hawaï, aber sie brauchte ein paar Sekunden, um es zu merken – sie hatte nur Augen für die Tür, die sich bei jeder neuen Bewegung womöglich in einen gedrungenen Körper mit Thymianaugen verwandeln würde, sie gleich bei der nächsten Bewegung aber enttäuschte. »Willst du nicht essen?«, fragte Chirine, die links von ihr saß. Alain und Badr hörten zu, wie Laïla, die Tochter des wichtigsten Dosenthunfischhändlers in Marokko, von Majids Verhalten im La Notte erzählte und irgendein Liebessignal herauszulesen versuchte – Majid arbeitete in einer Bank, und seine Eltern hatten keinen müden Cent, da Laïla aber schon vierunddreißig war, durfte es notfalls auch ein Angestellter sein. »Vielleicht traut er sich nicht«, erklärte Alain. Gereizt rief Laïla: »Mann, das versuch ich ihm jetzt schon seit einem Jahr zu verklickern.« Da wandte sich Sarah plötzlich an Chirine:

»Ich bin in Driss verliebt.«

Sie wusste es auf einmal: Sie musste ihn mit ihrer Liebe umzingeln. Es gab keine andere Lösung. Jeder um ihn herum sollte Bescheid wissen, aus aller Munde sollte er Sarah hören, Sarah, weißt du, dass sie dich liebt, Sarah? Er sollte nicht einen Schritt machen können, ohne die Schläge des verliebten Herzens unter seinen Füßen zu spüren, die Luft um ihn herum sollte heiß werden, blasslila, klebrig und stickig, das Gesicht der anderen das einer einzigen Frau. So würde er sich wenigstens nicht ein Jahr lang Zeit lassen; unter dem Druck des gesamten Universums würde er nachgeben müssen.

»Was?«

Sie musste ihr Bekenntnis noch zweimal wiederholen.

»Das ist ja großartig!«, rief sie – Alain drehte sich erstaunt zu ihr –, bevor sie ganz aufgekratzt weiterflüsterte:

»Ich glaub es nicht, wenn du wüsstest, wie lange wir schon darauf warten, weil Driss, na ja, du kannst es dir ja denken, mit den Mädchen ist er nicht … Er ist eben nicht … Du weißt schon, was ich meine, aber er ist ein toller Typ, du wirst es nicht bereuen.«

Chirine machte ein ernstes und feierliches Gesicht; sie griff nach einer Papierserviette und malte mit ihrem öligen Finger schwungvolle Striche auf, als versuchte sie, den Ausgang aus einem unsichtbaren Labyrinth zu finden – sie wolle, erklärte sie, einen Plan entwerfen, um Driss und Sarah zusammenzubringen, alleine, ohne die anderen. Hin und wieder wagte Sarah einen Einwurf:

»Vielleicht könnten wir ja …«

»Pst!«, unterbrach Chirine sie. »Lass mich nachdenken.« Sie kratzte sich am Kopf, biss wieder von ihrer Quiche ab, wischte sich über den Mund und starrte vor sich hin. Endlich hatte sie eine Idee:

»Es gibt etwas, wozu Driss nie Nein sagt: Wenn jemand nach Hause gebracht werden soll. Sogar, wenn er zu spät dran ist oder extra einen Umweg machen muss. Wenn jemand nicht weiß, wie er nach Hause kommen soll, nimmt er ihn immer auf seinem Motorrad mit.«

Am folgenden Tag um siebzehn Uhr würde Driss an dem roten Haus klingeln – er kam das Motorrad von Chirines Vater anschauen, vielleicht wollte er es kaufen. Sie beschlossen, dass Sarah eine Viertelstunde nach siebzehn Uhr klingeln und gleichzeitig mit ihm aufbrechen sollte; so würde er sie auf dem Motorrad zurückbegleiten.

Vor der Tür des roten Hauses, hinter der die Schritte zu hören waren, dachte sie daran, wie sie, die Arme um seinen Oberkörper geschlungen, hinter ihm auf dem dröhnenden Motorrad sitzen und ihre Finger in seinen dicklichen Bauch pressen würde. Der Wind würde ihr ins Gesicht peitschen, ihr schwarzes Haar würde vor seine Thymianaugen wehen und ihn daran hindern, die Straße richtig zu sehen; er würde sagen: Wegen deiner Haare kann ich die Straße nicht richtig sehen, und sie würde lachen: Ich pfeif auf die Straße. Vielleicht stammte das von ihm, dieses schwerfällige Geräusch fester Schuhe, kurz bevor die Klinke heruntergedrückt wurde; oder es war der Gärtner, der Chauffeur, Chirines Vater, die sie alle zu ihm bringen würden, zu ihm, der in der Garage konzentriert eine Hinterradbremse prüfte. Sarah hörte das Schloss klicken; sie straffte ihren Pulli und atmete langsam ein. Die Tür ging auf – es war Chirine. Ihre Augen waren rot, noch voller Tränen.

»Du bist zu spät«, flüsterte sie, bevor sie ihr den Rücken zukehrte und den Garten durchquerte.

Sie ging schnell und schluchzte hin und wieder auf, Sarah folgte ihr, hatte Mühe, sich von den Dattelpalmen, den Sträuchern, den zwischen den Säulen schillernden Seerosenbecken loszureißen; sie liefen durch die große Diele, die genauso leer war wie die Salons unter den Arkaden. Die Wände waren mit braunem Tadelakt verputzt, rötlich, glänzend und weich wie das warme Innere einer Wange, und der eigentlich so weitläufige Raum erschien Sarah auf einmal beengt, als würde er, je weiter sie vordrang, immer kleiner. Sie sah die Lampen, die auf dem Boden standen, die Gemälde mit Darstellungen der Suks in Marrakesch, die breiten geschnitzten Holztische, die wollenen Berberteppiche – und wäre um ein Haar mit einem Dienstmädchen zusammengestoßen. Fast hätte die kleine Frau, die plötzlich mit flatternden Schürzenbändern zwischen ihr und Chirine hindurchsauste, das Gleichgewicht verloren.

Das Dienstmädchen eilte zum anderen Ende des Raums, in der einen Hand ein Fläschchen, in der anderen einen Wattebausch. Während sie auf eines der Sofas zusteuerte, sah Sarah dort eine Frau liegen, die bisher völlig unsichtbar gewesen war – in ihrer beigefarbenen Djellaba war sie ganz mit dem umgebenden Stoff verschmolzen. Das Dienstmädchen tränkte den Wattebausch mit dem Inhalt des Fläschchens und tupfte der Frau das Gesicht ab; bei jeder Berührung stöhnte sie vor Schmerzen.

»Alles gut, das ist meine Mutter«, sagte Chirine, ohne innezuhalten.

Sie gingen eine Treppe hinauf, dann noch eine, liefen ein paar Schritte durch einen Gang und gelangten in ein Zimmer – die Sonne leuchtete auf die rosafarbene Bettwäsche, auf die Stofftiere, den Kinderfrisiertisch. Chirine durchquerte das Zimmer und öffnete zwei hohe Glastüren, die auf eine Terrasse führten. Mit monotoner Stimme und gesenktem Blick erklärte sie, dass man von ihrer Terrasse aus den Garageneingang sehen könne, dass Driss immer noch dort sei, mit ihrem Vater und dem Motorrad, und dass Sarah von hier seinen Aufbruch überwachen könne.

»Okay«, antwortete Sarah und versuchte, ihrem Blick zu begegnen, doch es gelang ihr nicht.

»Ich passe also auf«, setzte sie hinzu. Sie beugte sich über das Geländer. Man sah den mit Sträuchern gesäumten Weg zu der Ziegelsteingarage, in der hintereinander aufgereiht der alte Citroën des Chauffeurs, ein schwarzer Audi und das, was wie ein Mercedes aussah, standen – der Mercedes war fast ganz in der Garage, sodass der metallische Stern auf der Kühlerhaube nicht zu erkennen war. Und direkt neben der Limousine – es musste eine S-Klasse sein – sah man den ebenfalls aus dem

Garageneingang ragenden Hinterreifen eines Motorrads; Sarah fühlte ein Schaudern. Der Motor dröhnte. Der Reifen vibrierte, und die orangefarbenen Lichter begannen zu blinken. Dann wurde es still; eine Sekunde später tauchte eine Hand auf und strich zärtlich über das Schutzblech.

Sarah hörte unverständliche, ferne Stimmen; eine von ihnen hatte den fisteligen Tonfall, den sie hören wollte.

»Er ist da!«, rief sie mit einem nervösen Lachen und drehte sich um; Chirine antwortete nicht. Sie lehnte noch immer am Rahmen der Glastür und starrte auf ihre Füße.

»Ist alles in Ordnung?«, fragte Sarah.

Chirine sah mit ihren roten Augen zu ihr auf.

»Wenn sie nicht will, dass mein Vater sie schlägt«, sagte sie zu Sarah, »warum kommt sie dann nachmittags um vier vom Markt zurück?«

Sie begann zu weinen und verbarg das Gesicht in den Händen. Normalerweise hatte Sarah kein Mitleid, wenn jemand weinte; und das Einzige, was sie in diesem Augenblick interessierte, war Driss, dort unten, nur wenige Meter von ihr entfernt. Auch ihre Mutter weinte, vor dem *viouzabi*, um gratis ein paar Teller zu bekommen, und sie selbst ließ eine kleine Träne fließen, wenn die Polizisten sie beim Klauen an einem Stand erwischten – angesichts ihrer feuchten Augen sagten sie immer: »Los, hau ab, diesmal gibt's keinen Ärger.« Auch bei einem Jungen lohnte es sich manchmal zu weinen, ab und zu und ohne besonderen Grund, nur, um irgendwie verletzlich zu wirken. Chirine konnte ihr also nichts vormachen. Aber nun fing sie an zu reden.

Sie sagte, dass sie sowieso genug von diesem Haus habe, dass sie sich eine Wohnung nehmen wolle, allein, unverheiratet, ja ganz genau, unverheiratet, das sei ihr gründlich egal und Angst habe sie auch nicht, und wenn ihr Vater ihr keine zahlen wolle, eine Wohnung, würde sie eben arbeiten gehen, jeden Tag, und ihn so richtig blamieren damit, dass sie jeden Tag arbeiten gehen würde und all die Alten sagen würden: So eine Schande, Chirine arbeitet, ihr Vater ist wohl pleite oder was, und er würde niemandem mehr ins Gesicht schauen können, das geschah ihm ganz recht.

Als sie Chirine ihr Herz ausschütten und immer heftiger schluchzen hörte, fühlte sich Sarah zurückversetzt in die Zeit, als sie noch mit den Leuten geredet hatte. Am Weihnachtstag im Cercle hatte sie mit einem blonden Mädchen Himmel und Hölle gespielt, als eine Dame mit Perlenohrringen sie ansprach. »Wer ist denn deine Mama?«, hatte sie mit einem sanften Lächeln gefragt, und Sarah hatte gutgläubig auf ihre Mutter gezeigt: da drüben, dick und alleine an eine Wand gelehnt mit einem Plastikbecher in der Hand. Sie hatte nicht den Abscheu in den Augen der Dame gesehen, die fragte, ob es denn stimme, dass sie beide so weit weg wohnten, hinter dem Bahnhof, in Hay Mohammadi, neben Carrières Centrales; ob es denn stimme, dass manchmal Männer abends zu ihnen zum Schlafen kamen und nachts wieder gingen. Und Sarah hatte, wie Chirine, unbekümmert drauflosgeredet – ja, das stimmt –, sie hatte von Cannes erzählt, von dem dicken Joe, von der Schiffsreise bis Tanger mit Didier, von dem Geschäft, das sie nie gesehen hatten, von der Barackensiedlung auf der anderen Seite des Zauns, von den Freunden ihrer Mutter. Die Dame mit den Ohrringen hatte ihr geduldig zugehört und geantwortet: »Aha, sehr gut, danke«, und sich dann das kleine blonde Mädchen geschnappt: »Komm, wir gehen, Camille.« Obwohl sie erst zehn Jahre alt gewesen war, hatte Sarah begriffen, dass an allem die Wörter schuld waren, immer waren die Wörter schuld; dass sie wie Pistolenschüsse das Gleichgewicht von Himmel und Hölle zerstört hatten; dass sie besser geschwiegen hätte. Sie schämte sich, und sie redete nicht mehr. Bei den nächsten Malen im Cercle wollte keiner mit ihr spielen; es hieß, sie sei die Tochter einer Nutte.

Sarah lehnte sich neben Chirine an die Tür.

»Dein Vater ist ein Idiot«, sagte sie.

Sie nahm Chirines Hand. In *Marimar* nahmen die Figuren einander bei der Hand, wenn sie sich gegenseitig trösten wollten. Chirine zuckte seufzend mit den Schultern.

»Nein, es ist einfach so. Er ist ein Mann.«

Plötzlich hörte man einen Motor starten; schnell zeigte Chirine ihr den Weg zur Garage.

13

Kaum hatte sie die Spitze ihres Turnschuhs auf den Rasen gesetzt, hörte sie das Geräusch. Die Garage lag rechts von ihr, hinter weiteren ziegelroten Treppen, die sich zu einem Hang hin öffneten: An dessen Ende würde Sarah einen Haufen Werkzeuge sehen, aufgestapelte Reifen, den Mercedes und vielleicht Driss auf seinem Motorrad.

»Sag, dass ich dich geschickt habe«, hatte Chirine ihr eingeschärft, »sag, dass wir zusammen oben gewesen sind und er dich nach Hause bringen soll.«

Doch es war zu spät. Unten am Hang knatterte ein Motor – Driss war bereits losgefahren. Sie musste rennen, schnell, schneller als ein Motorrad, und rennen konnte Sarah, um den Typen auf der Straße zu entkommen, den Sicherheitsleuten, den Polizisten und den Aufpasserinnen, wenn sie nachsitzen musste. Jetzt war sie die Aufpasserin, die Polizistin, die einen Straftäter an der Flucht hinderte – das war neu. Aber sie wusste, dass sie es schaffen würde. Eigentlich tat sie im Moment ja nichts anderes, als ihm hinterherzurennen.

Statt zu der Garage zu laufen, stürzte sie direkt an die Haustür, die zur Straße hinausführte, riss sie auf und rannte auf den Gehweg. Da war er, schon fünf Meter vom Garageneingang entfernt, er raste mit krummem Rücken und aschgrauen Haaren davon und verschwand hinter der Kreuzung. Sie rannte. Und während ihre Sohlen abwechselnd auf den Asphalt hämmerten, während sich ihr Atem beschleunigte und die Palmen und Villen immer weiter weg rückten, hatte sie plötzlich die berechtigte Sorge, dass es vielleicht unmöglich war, ihn zu erreichen, dass man ein Motorrad, das schon außer Sichtweite war, nicht einholen konnte, dass er sich zu weit entfernte, dass sein Motorrad zu teuer war und er sowieso nie ein armes Mädchen wie sie haben wollte. Wenn ich ihn an der Kreuzung nicht sehe, gebe ich auf, dann lass ich es sein, dachte sie, nur noch ein paar Meter von der Abzweigung entfernt, an der er verschwunden war. Aber dazu kam es nicht mehr. Sie lief immer noch, als er auf einmal wiederauftauchte, fast über die Kreuzung flog und kehrtmachte. Er nahm die Straße in der Gegenrichtung; jetzt war er derjenige, der auf sie zuraste.

Beinahe hätte das Motorrad sie erwischt – er bremste gerade noch rechtzeitig. Sarah war so heftig nach rechts ausgewichen, dass sie, das Gesicht zwischen den Händen, hinfiel.

»Geht's? Alles in Ordnung?«

Er hockte sich neben sie und rüttelte an ihrer Schulter – tut mir leid, oh Mann, das tut mir leid. Er redete ununterbrochen, ich hab dich nicht gesehen, ich dachte nicht, dass, ich bin doch nur herumgefahren, einfach so, bin nur hier herumgefahren. Noch nie hatte sie ihn so viele Wörter auf einmal sagen hören. Langsam stand sie auf, presste ihre aufgeschrammten Knie auf den Asphalt und stöhnte ein bisschen, obwohl es ihr nicht wehtat. Als sie in der Hocke war, hielt sie ihm ihre gerötete Hand hin, von der ein paar Hautfetzen hingen, und er nahm sie, ohne zu zögern, um ihr hoch zu helfen. Sie brauchte diese Hilfe nicht, aber endlich spürte sie seine zarte Haut an ihrer rauen, blutigen Hand, wie eine neue Information, die er von sich preisgab und auf die sie sich gierig stürzte – die Haut an Driss' Hand ist zart –, und beim Aufstehen schloss sie ihre Finger um diese Haut, es war wie ein Händedruck, der ihre zukünftige Abmachung besiegelte; der Händedruck, der besagte: abgemacht.

»Geht schon, ich hab nichts«, sagte sie und klopfte sich den Staub von der Jeans.

»Bist du sicher? Ich hatte keine Ahnung, ich dachte ja nicht, dass du hier herumlaufen würdest … Ich war bei Chirine, ich …«

Sarah unterbrach ihn:

»Bringst du mich nach Hause?«

Er schaute sie an, blass, mit leicht geöffnetem Mund und gerunzelter Stirn, als wollte er einen Satz in einer Fremdsprache entschlüsseln. Dann kam ihm eine plötzliche Erleuchtung.

»Ja, ja, natürlich. Steig auf.«

Sie fuhren erst durch Anfa, danach durch das Viertel Aïn Diab mit seinen Siedlungen am Meer, den Bars, die sich hinter Brachflächen versteckten, mit dem Freizeitpark Sindibad direkt neben einem Sonnenblumenfeld – am Straßenrand deutete die überdimensionale Comicfigur, ein lächelnder Junge mit einem Turban auf dem Kopf und einem Vogel auf der Schulter, auf den Eingang. Von Weitem konnte man das Riesenrad sehen, das manchmal stehen blieb, aber auch die vor dem Eingang auf und ab gehenden *jabane*-Verkäufer mit ihrem großen Holzstiel, um den sich unter dem Fliegenschutz aus Plastik die weiße, klebrige Nougatmasse schloss. Auf Wunsch schnitten sie mit dem Cutter einzelne Stücke ab, und mit ihrem zahnlosen Lächeln sagten sie: zwei Dirham. Sarah hatte noch nie einen *jabane*-Verkäufer mit Zähnen gesehen. Niemand schien daraus Schlüsse auf den *jabane* zu ziehen, und alle kauften weiterhin Stücke zu zwei Dirham, wenn sie mitten auf der Straße einen Holzstiel sahen. Am Eingang von

Sindibad wimmelte es immer von Menschen, verschleierte Frauen mit zwei Kindern auf dem Arm wurden von Jungs aus den Barackensiedlungen überholt, die versuchten, durch die Gitterstäbe zu schlüpfen, bevor sie von den Sicherheitsleuten geschnappt wurden, ihre Fußtritte, ihre Schreie – haut ab, ihr Dreckskerle, ich ruf die Polizei, ich bring euch hinter Gitter; die Kinder von der öffentlichen Schule stürzten sich auf den *jabane*-Verkäufer, der mit seinem Cutter schnitt, was das Zeug hielt, sich dabei fast ein Auge ausstieß, und die Lehrerin lief hinter ihnen her, brüllte panisch einen Vornamen nach dem anderen, Jawad, Tarik, Othmane, Nabil, Meriem. Ringsherum war der Himmel schon königsblau, dazu der Rauch an den Ständen mit den Fleischspießen, der Jodgeruch vom nahen Meer, die zwischen den Bettlern eingezwängten hupenden Autos, und über allem der Gesang der Moschee.

»Immer noch geradeaus?«, rief Driss und wandte leicht den Kopf.

Sie zeigte ihm den Weg seit über zehn Minuten, er hatte noch nicht gemerkt, dass sie immer im Kreis fuhren.

»Links!«, rief sie.

Wenn er zwischen zwei im Stau steckenden Autos verlangsamte oder an einer roten Ampel hielt, schnüffelte sie an seinem Hals und atmete sein Parfum ein – es war das von Giorgio Armani, das alle bei Aïcha Parfumerie kauften, das gleiche wie Kamil und ein paar Jungs aus ihrer Klasse. Schon tausend Mal hatte sie diesen Duft nach Frische, nach Salzwasser und Mandarine gerochen; und von Anfang an, dachte sie, seit Jahren war es immer Driss gewesen, den sie roch.

»Hier kannst du halten«, sagte sie.

Er hielt direkt vor dem Meer, im ruhigsten Teil der Corniche, in der Nähe der Moschee. Als er das Motorrad gestoppt hatte, sah er vor sich die Wellen auf den grauen Sand branden, die Plastiktüten, die mit den Tauben aufflogen, und die leeren Wasserflaschen, die zwischen den Muscheln auf und ab rollten.

»Wohnst du in dieser Ecke?«, fragte er.

In dieser Ecke gab es nur die Straße, das Meer, die Moschee und ein Zentrum für Plastische Chirurgie, das Zentrum für Plastische Chirurgie hieß.

»Ja«, antwortete sie, während sie vom Motorrad stieg. »Ich wohne im Atlantik.«

Er drehte sich zu ihr um und stutzte kurz. Dann lächelte er.

»So ein Quatsch.«

Sein Gesicht hatte sich entspannt; Loubnas Thymianblätter zitterten über seiner Nase. Er hielt den Lenker immer noch fest umklammert.

»Kommst du mit mir ins Americano?«, fragte Sarah.

Ohne eine Antwort abzuwarten, kehrte sie dem Meer den Rücken zu und überquerte die Straße. Sie hörte, wie der Motor abgestellt wurde und wie seine trippelnden Schritte hinter ihr her kamen.

14

Direkt hinter dem Zentrum für Plastische Chirurgie musste man die Erste links nehmen, dann gleich wieder rechts abbiegen. Man gelangte in eine winzige menschenleere Straße ohne Bäume, an der sich nur ein verlassenes Gelände befand, auf dem die Jungs herumlungerten; gegenüber davon lag das Americano. Schon drei Straßen vorher roch es nach Gegrilltem. Die Leute warteten vor den *chouay*, zwei bärtigen Typen, die die Bestellungen aufnahmen und nacheinander, den Spieß in der Hand, Köfte- und Schawarma-Sandwiches, Pommes frites oder gemischte Merguez-Teller zubereiteten. Vor dem Reklameschild standen drei rote Coca-Cola-Tische aus Plastik, aber zum Essen setzten sich lieber alle auf das Gelände vis-à-vis. Sie nutzten das Licht der Feuerzeuge, mit denen sie ihre Joints anzündeten, bewarfen sich mit den schmutzigen Papierservietten und ließen POMS-Dosen über die verbrannte Erde rollen; manchmal endete es im Streit oder mit einem Fußballspiel. Auch Kamil kam nachts ab und zu hierher, um ein Sandwich zu essen – er sagte, das Fleisch sei wirklich nicht übel, er möge es, ein bisschen unter die echten Menschen in seinem Land zu kommen. Er nahm immer ein Köftesandwich mit Senf; damit zog er sich in sein Auto zurück und verriegelte die Türen.

Sarah ging an allen vorbei, Driss folgte ihr. Meistens trauten die Leute in der Schlange sich nicht zu murren, wenn sie sie überholte: Das musste die Tochter von jemand Wichtigem sein. Mit Kamil funktionierte es noch besser. Die wenigen Male, als sie angeschnauzt worden war, hatte sie die anderen einfach überschrien – Warte nur, das erzähl ich meinem Vater, du Idiot –, und sie waren verstummt.

»Was willst du?«, fragte sie, als sie bei einem der beiden Bärtigen angelangt war. Vor ihm standen Wannen mit Tomatenscheiben, grünem Salat, roten Zwiebeln und Petersilie; dahinter rauchte das Fleisch auf dem Grill, der andere *chouay* tauchte Pommes in Bottiche mit siedendem Öl.

Driss hatte die Arme verschränkt; er sah sich um.

»Nichts«, antwortete er.

Für sich bestellte sie ein Merguez-Pommes-Ketchup-Mayonnaise-Sandwich, das ihr eine Minute später in weißes Papier eingewickelt hingehalten wurde. Die Pommes im Brot waren schlaff und aufgeweicht, sie schwammen in der Sauce, genauso wie sie es liebte. Zehn Dirham, sagte der *chouay*. Mit der freien Hand fuhr sie in die Hintertasche ihrer Jeans. Sie kramte noch darin – die Tasche war leer –, als Driss wild zu gestikulieren begann:

»Nein, nein. Du sollst nicht bezahlen.«

Hektisch zerrte er einen Zwanziger aus der Brieftasche und zog Sarah auf die Seite, zu den Tischen.

Da alle Tische belegt waren und Driss entsetzt zu den Leuten auf dem Gelände sah, aß sie ihr Sandwich ihm gegenüber im Stehen, während die Rauchschwaden von den Spießen auf der linken Seite zu ihr hinüberwehten. Sie biss gierig in das Brot und riss mit den Zähnen ein bisschen von dem weißen Papier ab, bevor sie eine Grimasse schnitt und es sich mit den Fingern von der Zunge zupfte. Die Sauce tropfte ihr über das Kinn. »Willst du nicht lieber zuhause essen als hier?«, fragte

Driss in die Stille, und Sarah antwortete mit vollem Mund: »Nein, ist doch nett hier.« Als sie fertig war, zerknüllte sie das Papier, warf es auf den Boden, wischte sich den Mund ab und sah Driss in die Augen.

»Du kannst mich küssen, wenn du willst.«

Driss' Gesicht bewegte sich nicht mehr. Sogar die Wimpern hatten aufgehört zu schlagen, und der Thymian im Inneren der Iris regte sich nicht mehr, als hätte der Wind über den Thymianhügeln, auf denen er wuchs, plötzlich abgeflaut; als würde die Sauce in der Tajine nicht mehr köcheln, als wären die Stengel ohne die flirrenden Bläschen erstarrt. Sein Blick war leer. Sarah hätte schwören können, dass aus seiner Hakennase kein Lufthauch mehr kam, ebenso wenig wie aus seinen versteinerten, aufeinandergepressten Lippen. Es war, als stünde sie vor einem Toten. Endlich kam wieder Leben in ihn, als er sich mit einem Mal räusperte.

»Ich weiß nicht«, murmelte er. »Ich habe noch nie …«

Chirine hatte es ihr im 17 Étages anvertraut: Ich glaube nicht, dass er schon mal ein Mädchen geküsst hat. Sie hatte erzählt, wie er seit ihrer Teenagerzeit immer alleine Karten gespielt hatte, während die anderen auf den Shisha-Partys Mädchen anmachten. Sogar komplett eingenebelt von den Rauchkringeln mit Apfelgeschmack habe er noch Karten gespielt. An einem Wochenende in Marrakesch vor zwei Jahren hätten sich Badr und Alain im Hotelzimmer die Nutten geteilt, und Driss hätte den ganzen Tag mit Chirine auf den Liegestühlen im Solarium verbracht, einen Pfefferminzsaft in der Hand; mit der anderen hätte er ihr die Rommérégeln beigebracht.

»Dann mach doch einfach die Augen zu«, sagte Sarah, »ich küsse dich.«

Wieder erstarrte Driss' Gesicht. Es war erstaunlich zu sehen, wie ihn jede weitere Erschütterung lähmte; doch Sarah weidete sich an dieser Macht über Leben und Tod, sie verfügte über eine neue Macht, wo doch ihr ganzes Wesen – als Frau, als Arme – sie von jeher zur Unterdrückung verurteilt hatte.

Driss erwachte wieder zum Leben; und er schloss die Augen. Seine Lippen zitterten, als hielte er Tränen zurück, die eine Sekunde später unter seinen Lidern hervorquellen, die über seine Wangen, den Hals, die kurzen Beine und den Gehweg strömen würden. Sie musste verhindern, dass die ganze Straße überschwemmt würde; Sarah trat näher. Er war kaum größer als sie, sie brauchte also nicht den Hals zu recken oder sich auf die Zehenspitzen zu stellen – es genügte, einen Schritt zu machen und den Kopf vorzuschieben. Das tat sie: Sie drückte ihren Mund auf seinen Mund, der noch immer zitterte. Vorerst machte sie nichts anderes, atmete geduldig die Ausdünstungen von schwarzer Seife, von Arganöl, Giorgio Armani und Chlor ein; das war eindeutig die Haut eines Reichen. Erst dann bewegte sie die Lippen, gab ein bisschen Speichel hinzu und spürte, wie sich Driss' Oberkörper panisch verkrampfte, wie sein Mund starr blieb und angesichts des Eindringlings wie gelähmt. Sie war gezwungen, Gewalt anzuwenden. Ihre Zunge stieß ins Innere vor, eroberte sich ihren Weg, lieferte sich eine Schlacht mit den Zähnen und nahm, endlich an Ort und Stelle, die ganze Mundhöhle in Beschlag, den Gaumen, die Innenseiten der Wangen, das Zahnfleisch, jeden einzelnen Backenzahn. Hier hatte sie das Sagen. Und während die Offensive abflaute, der Kiefer ihres Gegenübers kapitulierte und auch seine Zunge jeden einzelnen Millimeter ihrer Schleimhaut einnahm, dachte sie: Was macht das schon, die ganze Spucke, das Schroffe, mein fast erstickter Hals, solange diese Spucke, all das Schroffe und der erstickte Hals von ihm kommen, dem Reichsten in ganz Casa, vielleicht so reich wie der König.

»Eure Hochzeitspapiere!«

Der Strahl einer Taschenlampe traf sie. Das Licht war so grell, dass sie sich voneinander lösen mussten, um ihre Augen zu schützen; zwischen ihren Fingern sah Sarah die Umrisse eines Polizisten in Uniform, eine blau-weiße Mütze auf dem Kopf, auf dem Schnurrbart Mayonnaise. In der freien Hand hielt er einen Teller mit Merguez.

»Eure Hochzeitspapiere, oder ihr kommt direkt mit aufs Revier.«

Die Typen, die hinter ihnen an den Coca-Cola-Tischen saßen, grinsten, zwischen den Zähnen noch die Petersilie. »Langsam, langsam«, sagte Driss und machte eine Geste, um das Licht abzuwimmeln. Er hatte die Wörter auf Arabisch gesagt, als hätte er sie in einem Reiseführer unter der Rubrik »Wie verhalte ich mich der Polizei gegenüber?« gelesen. »Warte hier auf mich«, sagte er zu Sarah, während er den Polizisten auf die Seite zog. Es roch nach den Fleischspießen, die Typen an den Coca-Cola-Tischen pfiffen ihr hinterher: Wie geht's Hübsche; auf dem Gelände gegenüber die grölenden Gesänge des FC Raja, der Fußballmannschaft von Casa; der frische Januarwind, die aneinanderklirrenden Dosen, Beschimpfungen, kleine Spuckepfützen; und schließlich Driss, da auf der Seite. Sie sah ihn, ein Riese auf kurzen Beinen, die eine Hand gelassen auf der Schulter des Polizisten, die andere suchend in der Hosentasche, um ihm einen kleinen Hunderter zuzustecken, während aus seinem Mund ein paar vertrauliche Scherze kamen; ab und zu ein Augenzwinkern; und der Polizist lächelte, nahm den Geldschein, gab Driss einen Klaps auf den Rücken, los, nimm dir eine Merguez, Sidi, mach mir

die Freude. Driss, der Riese inmitten der Armen, Driss, der
Riese, den sie gerade geküsst hatte, dachte Sarah; mit seinem
Geld würde es keinen Polizisten, keine Gesetze mehr geben –
das Gesetz wären sie beide.

15

Immer Anfang Februar wartete man auf den Regen, und es regnete nicht. Dem Appell des Königs folgend, begannen die Gläubigen zu beten. Man sah sie in den Fernsehnachrichten – Unternehmer, die nach Mekka gewandt auf dem Boden knieten, zwischen Chauffeuren und Autowächtern, zwischen Rabbinern, die, über den Schultern einen *talith*, in den Synagogen standen; und neben den Bettlern auf dem jüdischen Friedhof, die mit der Kippa auf dem Kopf ihre Gebete zwischen den Gräbern rezitierten. Die Moderatorin verkündete auf Arabisch: Die Religionsgemeinschaften beten gemeinsam für den Regen. Jedes Jahr Mitte März kam er dann, und jedes Jahr war es ein Wunder. Der König hielt eine Rede über Gott und die Brüderlichkeit der Völker, unabhängig von Namen, Religion, Geld und sozialem Status – Marokko geht Hand in Hand, sagte er. In der Barackensiedlung hüpften patschnasse Kinder in die Pfützen, ließen sich die Regentropfen mit zurückgelegtem Kopf in den Mund laufen, und in Sarahs Wohnzimmer weinte Abdellahs Mutter vor dem kleinen Fernseher. »Hand in Hand«, wiederholte sie.

Mitte März 1994, wie jedes Jahr nach den Gebeten, regnete es. Am Strand 56 setzten die Tröpfchen dunkle Flecken auf den Sand, es sah aus wie die Leopardenfelle der Mütter, die im Viertel Triangle d'Or ihre Kinder in den Privatkrippen abholten, nur dass hier die Armen darauf Fußball spielten. Niemand badete bei diesem Wetter, außer den Verrückten. Als es an jenem Abend dunkel wurde, liefen die Jungs, die noch herumhingen, einer nach dem anderen hoch zur Straße, ein bisschen außer Atem, die Gesichter nass, mit sandigen Trainingsanzügen und mit Turnschuhen, die alle bespritzten. »Hurensohn«, rief Yaya, als er eine Ladung Sand ins Gesicht bekam. Er wischte sich erst mit den Fingern über die Augen, dann mit einem Zipfel des Handtuchs, auf dem er saß. »Oh Mann, jetzt bin ich voller Sand«, sagte er und stand auf. Er reichte Sarah den Joint und ging sich im Meer abwaschen.

Sie hatte ihm alles von Driss erzählt: von dem Kuss vor dem Americano anderthalb Monate zuvor und von den Wochen danach. Dann hatte Yaya die folgende Frage gestellt: Stört dich das denn nicht? Sie hatte mit den Schultern gezuckt – nein, das stört mich nicht. In den letzten sechs Wochen hatte Sarah diese Frage oft hinter ihrem Rücken murmeln gehört – stört sie das denn nicht, ein Typ wie der? Im La Notte warfen Badr und Alain sich irritierte Blicke zu, wenn sie sahen, wie sie auf der Lederbank an Driss' Hals hing. Auch die Mädchen vom Gymnasium hatten, während sie leidenschaftlich ihren Slowpartner küssten, ein Auge auf das neue, eng umschlungene Paar. Die verheirateten Frauen waren sich mit übereinandergeschlagenen Beinen und einem Drink in der Hand in ihrem gesunden Menschenverstand einig – natürlich geht es ihr nur ums Geld –, bevor sie, die Augen auf den nackten, samtigen Rücken geheftet, den Sarahs neues Kleid freigab, mit unbeteiligter Miene hinzusetzten: Trotzdem, stört sie das denn nicht? Vielleicht hatte sich Driss' Hässlichkeit angesichts ihrer Schönheit im ganzen Raum ausgedehnt; vielleicht wirkten sein Motorradfahrerschweigen, sein Stottern, seine verschreckte Miene, seine plötzlichen Bewegungen jetzt, wo ihm ständig eine kleine Frau den Arm drückte, auf die Anwesenden noch krasser. Nein – das störe sie gar nicht. Yaya hatte geseufzt, als sie ihm das gesagt hatte: Trotzdem, sein Geld, das reicht doch nicht. Sie hatte keine Zeit zu antworten gehabt – gleich danach hatte er den Sand abbekommen und war sich die Augen im Wasser ausspülen gegangen. Auf ihrem Handtuch beobachtete Sarah, wie er sich mit der Gischt das Gesicht bespritzte und vor sich hin schimpfte: Mann, ist das kalt.

Yaya hatte seinen Bruder im Meer verloren. Sarah wusste das, weil er es vor einer Stunde auf der Corniche erzählt hatte, als sie ihm vorgeschlagen hatte, zuzusehen, wie der Regen auf den Strand fiel – ach, na ja, das Meer mag ich nicht so, da kam damals der Tod, der Tod meines Bruders. Genauso sagte er es: Da kam damals der Tod, wie der Regen kam, einfach so, mit einer Welle, auf einen präzisen Ort begrenzt, über den hinaus er keine Geltung mehr hatte. Es gab keine andere Möglichkeit, diesen Tod auszudrücken, weil er so nicht stimmte. In Wirklichkeit war sein Bruder auf der Straße nach Aïn Diab um sechs Uhr morgens mit zweihundert Stundenkilometern von einem Bentley erfasst worden. Einer von den Benchekroun-Söhnen, schimpfte Yaya; ich war noch klein, damals habe ich noch kein Geld verdient. Deshalb akzeptierte seine Mutter auch die dreißigtausend Dirham von der Familie, die eine Anzeige verhindern wollte. Bei der Beerdigung erzählte sie dem Imam, ihr Sohn sei ertrunken.

Als Yaya sich mit tropfendem Gesicht und vom Salz geröteten Augen wieder neben Sarah auf das Handtuch setzte, nahm er den Joint und meinte, gerade, im Wasser, sei ihm wieder eingefallen, dass ihm eine Horde von Idioten vor ein paar Monaten seinen guten Stoff nicht bezahlt hätte und dass einer der Typen ebenfalls ein Benchekroun sei. Das sei nicht dieselbe Familie, aber dieser Benchekroun habe einen Onkel, der den

König kannte, dagegen hätte er, Yaya, nichts ausrichten können. Sonst hätte ich die fertiggemacht, sagte er, ich lass mir doch von den Reichen keine Vorschriften machen.

Sarah hätte es ihm in diesem Moment gern gesagt – nein, er hätte sie nicht fertiggemacht, und doch, die Vorschriften würden immer von den Reichen diktiert werden. Deswegen reichte ihr das Geld von Driss; deswegen störte sie das nicht. Auf dem mit Zigaretten übersäten Sand, zwischen den Tropfen des Regens, dem Geschrei der Möwen, dem Hupen auf der Avenue und den Schimpftiraden der Fußballspieler hätte Sarah Yaya gerne erzählt, was sie in Driss' Haus gesehen hatte. Zwischen den Pflanzen, dem Badezimmer aus Marmor, den großen Glasfenstern, durch die man auf ganz Casa blickte, dem Pool, gab es etwas, das sich Yaya nicht einmal vorstellen konnte: Es herrschte Ruhe. Diese Ruhe machte Driss' Hässlichkeit zehn, ja hundert Mal wett – es war die ewige Ruhe, die nichts zu stören vermochte, höchstens vielleicht die ferne, regelmäßige Musik der Gartenschere; nichts, weder ein Bentley, der einen Straßenjungen tötete, noch irgendwelche Schulden noch die Polizei. Solange in Driss' Brieftasche Geldscheine wären, diese unversiegbaren So-reich-wie-der-König-Geldscheine, würde bei ihm, würde bei ihr wahre Ruhe herrschen: das Ende der Ungerechtigkeit, der Unterdrückung, der Gewalt; die Ruhe eines Hauses, in dem man alle Rechte hat. Doch Sarah sagte es ihm nicht. Stattdessen griff sie im Sand nach einem großen Kiesel. »Dann mach doch das Meer fertig!«, sagte sie und warf ihn in den Atlantik. Yaya lachte. Er nahm einen noch größeren Kiesel und tat es ihr nach, in seiner Geste die ganze Wut, mit der er diese Benchekroun-Idioten in echt fertiggemacht hätte. Na klar, dachte Sarah. Sie hätte bald Ruhe, bei ihm aber würde für immer Gewalt herrschen.

»Kannst froh sein, Kleine, bei Driss hast du gekriegt, was du wolltest.«

Es hatte nicht aufgehört zu regnen, es war stockdunkel, und Yaya war inzwischen bei seinem zehnten Kiesel. Er kapierte gar nichts, wirklich. Natürlich hatte sie noch nicht gekriegt, was sie wollte; jetzt musste sie ihn heiraten.

16

Sofort nach dem Kuss, als Driss noch mit dem Polizisten scherzte, hatte Sarah das Weite gesucht. Nicht wie eine Diebin, die gerade *aker fassi* bei Aïcha Parfumerie geklaut hatte – das durfte er niemals erfahren –, sondern wie eine Dame, die schickste vom ganzen Grillstand und von dem freien Feld gegenüber, auch wenn ihr Sweatshirt voller Ketchup war. Sie war langsam auf die beiden zugegangen, anmutig, königinnengleich, unter jedem ihrer Schritte eine Feder, die ihre Beine majestätische Tanzschritte vollführen ließ; sie flog über den Gehweg, ein frischer, legaler und leichtfüßiger Abflug derer, die es nicht nötig haben zu rennen, die den Leuten weder davon- noch nachliefen. Genauso würde sie am Tag ihrer Hochzeit auf ihn zugehen, mit einem Strauß weißer Rosen in der Hand, während eine ganze Schar von Kindern ihre Schleppe halten würde; genauso würde sie von jetzt an ihr ganzes Leben lang laufen. Der Polizist hatte sie sprachlos angestarrt: »Was will denn die?«

Sie verkündete: Ich muss los. Nach ein paar weiteren Todessekunden auf seinem Gesicht begann Driss zu zittern; sein Atem ging keuchend, sein Mund zuckte in regelmäßigen Abständen, sobald er einen Laut von sich zu geben versuchte. Der Polizist hielt ihm seinen Teller unter die Nase: »Los, nimm eine Merguez, das wird dich beruhigen.« Just in diesem Moment ließ Sarah in einem Atemzug allen Argumenten freien Lauf: Es sei schon sieben, ihr Vater wartete bereits vor der Tür auf sie – der Trick mit dem Vater funktionierte immer. Sie müsse alleine nach Hause, und sie müsse jetzt nach Hause. Während sie sprach, verdüsterten sich Driss' Augen, und seine Brauen hoben sich wie Kommas besorgt zu seiner gerunzelten Stirn.

»Du kannst mir Geld für das Taxi geben, wenn du willst.«
Sarah schloss ihre Hand um die zwanzig Dirham und drückte Driss einen flüchtigen Kuss auf die Wange. »Oha!«, rief der Polizist mit vollem Mund. Dann rannte sie davon.

Zwei Tage später rief sie ihn an. Nachdem Kamil sie am Gymnasium abgeholt hatte, fuhr er sie bis zum Haus von Chirine, die sie um Driss' Nummer bat. »Ach, ihr habt euch geküsst«, sagte sie und vollführte mitten in der Diele einen Luftsprung, dann rannte sie nach oben, um ihr Adressbuch zu holen – es war blau und mit einem Plastikeinband, voller Blumen- und Musiknotensticker. Sarah saß auf dem Sofa im Wohnzimmer, auf dem sie zwei Tage zuvor die Mutter in ihrer beigefarbenen Djellaba übersehen hatte, und blätterte in dem Adressbuch, während Chirine in der Diele neben dem Telefon stand. Sie wählte verschiedene Nummern und sagte jedes Mal nach einer Weile: »Hier ist Chirine, rate mal, was passiert ist«, bevor sie die Neuigkeit verkündete: »Sarah ist mit Driss zusammen.« »Doch, ich schwör's dir«, musste sie jedes Mal dazusetzen. Sarah schrieb sich die Zahlen auf den Handrücken und stellte sich vor, dass sie schon mit Driss verheiratet und dieses Wohnzimmer ihres wäre. Alles – die Taftvorhänge, das beigefarbene Sofa, der Couchtisch aus Glas, der hölzerne Likörschrank – gehörte ihr; zwischen zwei Kopfsprüngen in den Pool hätte sie es sich hier bequem gemacht, um ein paar Anweisungen für das Personal zu schreiben. Und in dem Orangensaft, den Chirines Dienstmädchen ihr gerade gebracht hatte, schmeckte Sarah den Qualitätscognac, von dem sie, am Ringfinger einen Diamanten, aus einem Kristallglas genippt hätte, um zu entspannen. Dann verabschiedete sie sich von Weitem von Chirine, die, den Hörer noch am Ohr, mit einem knappen Kopfnicken antwortete, und verließ das rote Haus. Draußen wartete Kamil immer noch. Er setzte sie vor dem Telefongeschäft am Boulevard Zerktouni ab.

»Aber du kannst doch bei mir telefonieren«, sagte er, »die Rechnung ist mir egal.« Er war ganz stolz, weil er Maroc Telecom einen Schein zugesteckt hatte, um sich die sechs Zahlen seiner Telefonnummer aussuchen zu können: »007 007, wie James Bond, verstehst du?« Sarah weigerte sich, ich will nicht zu dir, ich will einfach nur aus einem Telefongeschäft anrufen. Sie wusste genau, welchen Preis ein Anruf bei Kamil fordern würde: Sie müsste danach ihre Jeans ausziehen, weil sie ohnehin schon neben dem Bett stünden und weil das Jeansausziehen der Preis für alles war, sogar für die Jeans; außerdem war sie jetzt Driss treu. Kamil gab ihr trotzdem Geld für den Anruf, für Tofita-Bonbons und für ein Päckchen Marquise-Zigaretten.

Vor dem Telefongeschäft stand ein Haufen übereinandergestapelter Gasflaschen; ein Typ lud sich eine nach der anderen auf den Rücken, bevor er auf ein Moped stieg, mit dem er hin und her fuhr. Er trug ein T-Shirt, obwohl es sehr windig war – manche sagten, bald würde der Regen kommen, auch wenn der König noch gar keine Gebete angeordnet hatte. Dahinter konnte man in weißen Buchstaben auf blauem Grund lesen: »BALABAAK SERVICE – ZEITUNGEN – TELEKOMMUNIKATION – MILCHPRODUKTE – OBST UND GEMÜSE«. Die roten Rollläden direkt darunter waren mit fünf Logos von La Vache qui rit bedruckt. Sarah ging an den Fußbällen, die in Netzen am Türrahmen hingen, und dann an der Geträn-ketheke auf der linken Seite vorbei. Sie übersah die bis zur De-cke reichenden Berge von Chips – keine leichte Aufgabe – und den Stapel mit französischen Zeitschriften, diesmal immer-hin, das war gar nicht so schlecht, die November-Ausgaben. Sobald sie ihre Bedürfnisse nach Pizza im Campus, nach Saft bei Jus Ziraoui und nach Taxis gestillt hatte, war die Klatsch-presse das Erste, was sich Sarah von den Jungs wünschte; sie las die Interviews mit den Sängerinnen, bis sie sie auswen-dig konnte, und wiederholte ihre Sätze wie einen Refrain, wenn sie die zwei Stunden von zuhause bis zum Gymnasium lief; das war fast so gut wie der Walkman, den Kamil ihr versprochen, aber noch nicht gekauft hatte. Sie brannte vor Aufregung, wenn sie auf dem Sportplatz die Gespräche der Mädchen aufschnappte, die sich die illegalen französischen Fernsehsender leisten konnten. So erfuhr sie, noch bevor sie in der nächsten Zeitschrift darüber lesen konnte, von den wö-chentlichen Sensationen, und wenn sie, an den Zaun der Ba-rackensiedlung gelehnt, die Zeitschrift endlich aufschlug, war jede gelesene und bereits bekannte Meldung ein Sieg, als hätte sie diese Seiten mitinspiriert: Sie kontrollierte die Welt. Doch diesmal hatte Sarah bei Balabaak Service nur die Telefonka-bine ganz hinten im Blick. Die Scheiben waren so schmutzig, dass man das im Inneren festgeschraubte graue Telefon kaum ausmachen konnte. Sobald sie drin war, schob sie einen Dir-ham in den Schlitz, damit das Freizeichen ertönte. Sie wählte die sechs Zahlen, die sie sich mit dem Kugelschreiber auf den Handrücken geschrieben hatte.

»Hallo.«

Als Erstes war da dieses Hallo. An seinem Ton erkannte Sa-rah, dass es sich um das Dienstmädchen handelte. Es war ein arabisches Hallo, die Endsilbe wurde nicht wie bei der höflichen französischen Frage mit einer steigenden Betonung gesprochen. Das Wort war roh, wie eine hervorgestoßene Beleidigung – ein Bellen, das bekräftigte: Mich gibt es auch noch, und ihr könnt mich mal. Als Sarah nach Driss fragte, bekam sie keine Antwort – sie hörte lediglich den herunterpolternden Hörer, dann einen Schrei: Telefon! Es gab Bewegung, ein Stühlerücken, Schritte auf der Treppe, jemand, der nieste, völlig unvermittelt dann wieder ein »Hallo«. Sarah wurde schwindelig. Aber es war nicht Driss. Es war eine zarte Jungmädchenstimme, die fragte: »Hamza? Bist du es?« Sarah verlangte erneut nach Driss, im Hintergrund rumorte es. Die kleine Anzeige klickte; bald würde sie einen Dirham nachstecken müssen. Endlich, nach einem knisternden Geräusch und einem Räuspern hörte sie Driss' Stimme. »Hallo?« Die Betonung war steigend.

In der Kabine glitt der schmierige Hörer durch Sarahs Hand, während sie sagte: »Ich bin's, Sarah.« Driss antwortete nicht. Sekundenlang war zwischen ihnen nur das metallische Summen der Telefonverbindung zu hören. Da traute sie sich. Sie fragte: »Sind wir jetzt zusammen?« Er erwiderte: »Ja, in Ordnung.« Sie schlug ihm vor, zu ihm zu kommen, und nach einer kurzen Stille willigte er ein. Im Telefongeschäft kaufte Sarah die Bonbons und die Marquises, bevor sie wieder zu Kamil und seinem Cabrio hinausging. Er setzte sie in Anfa Supérieur vor der schönsten Villa von ganz Casa ab. Während sie die Autotür öffnete, verkündete sie, es sei aus zwischen ihnen; dann drückte sie auf die Klingel. So hatte es angefangen.

17

So hatte es angefangen, die Entdeckung von Driss und gleichzeitig die Entdeckung all der anderen Driss in Marokko: mit seiner Art die Tür zu öffnen. Ihre ganze zukünftige Geschichte war mitsamt ihrer Gewalt, ihrer Absurdität, in diesem Augenblick enthalten, in dem Augenblick, da Driss beschlossen hatte, ihr eigenhändig die Tür aufzumachen, beim Läuten der Klingel in den Flur zu stürzen, die Treppe herunterzurennen, um dem Dienstmädchen zuvorzukommen und dann, völlig außer Atem, mit schwitziger Hand und erhitzten Wangen, die Klinke herunterzudrücken. Ohne sie zu begrüßen, hatte er ihr nur zugeflüstert: Hier lang, schnell. Und während er Sarah nicht ins Haus, sondern Richtung Garten führte und besorgte Blicke zu der gewaltigen Villa warf, von der sie sich unerbittlich entfernten, spürte sie mit einer Klarheit, die noch greller war als das Licht der Mittagssonne auf dem Platz vor der Moschee Hassan II., die stumme Eigenartigkeit dieser Entfernung, das Unbehagen. Sie lief über den großflächigen frisch gemähten Rasenabhang, noch feucht vom Sprengen des Gärtners, der inzwischen hoch oben auf einer Leiter stand, atmete den an jenem Abend so betörenden Duft der im Wind schaukelnden Hibisken ein, sah ganz am anderen Ende den zwanzig Meter langen Pool und ahnte vielleicht in diesem Augenblick schon von den Schwierigkeiten, die sie erwarteten, den Schwierigkeiten, die beginnen würden, wenn sie erst einmal unten am Wasser wäre, wenn ihre Versuche, bis zu den Mauern der verschlossenen Villa vorzudringen, vereitelt würden, dieses Mal und alle weiteren Male. Vielleicht aber auch nicht – jedenfalls hielt es sie nicht auf.

Endlich gelangten sie zu den hellgrauen Steinplatten, die mit kleinen, nadelförmigen Blättern übersät waren; der Wind, der an den Ästen einer riesigen Araukarie über dem Pool rüttelte, wehte sie hinunter. »Der Gärtner kehrt das weg«, stammelte Driss ein bisschen wie zu sich selbst, als entdeckte er die Folgen der spätnachmittäglichen Windböen gleichzeitig mit ihr. Er hatte Sarah nicht angeschaut – weder vorhin, als er die Tür geöffnet, noch jetzt, wo er sie hierhergebracht hatte; sogar, wenn er flüchtig den Blick nach rechts wandte, um sich zu vergewissern, dass sie noch immer neben ihm lief, glitten seine Augen über sie hinweg, wie früher. Neben dem Wasser und den abgefallenen Araukarienblättern, fummelte er zwanghaft an einem Schlüsselbund und bog plötzlich nach links ab. In diesem Augenblick sah Sarah es: Am Ende der Steinplatten verbarg sich ein kleines, ebenerdiges Haus zwischen den Bäumen. »Damit man nicht bis zur Villa hochgehen muss, wenn man hier schwimmen will«, sagte er im Weitergehen mit bebender Stimme. Während er den Schlüssel ins Schloss steckte, das Glasfenster aufschob, das Haus betrat – es war nur ein großer Raum –, das Licht anschaltete und sich, steif und ungelenk, auf ein großes graues Sofa setzte und unbeholfen mit seinen langen Armen wedelte, blieb Sarah auf der Türschwelle stehen. Sie spürte, wie sich ihre Wangen erhitzten, wie in ihrem Herzen das Blut pochte.

»Das weiß ich doch.«

Sie waren einander gegenüber, er auf dem Sofa, sie im Türrahmen, zwei Meter von ihm entfernt; sie musste laut sprechen, um das Pfeifen des Windes zu übertönen, der hinter ihr toste und die Kiefernzapfen durch die Luft wirbelte.

»Das weiß ich doch, dieses Haus ist dafür da, dass man nicht bis zur Villa hochgehen muss, wenn man hier schwimmen will.«

In Wirklichkeit wusste sie es nicht; sie hatte noch nie einen Garten gesehen, der so groß war, dass ein zweites Haus neben dem Pool gebaut werden musste, weder bei Badr noch bei Chirine, noch nicht einmal in *Marimar* nach der Hochzeit mit Sergio. Sie trug aus Paris importierte Jeans wie Chirine, und sie hatte sich zehn, fünfzehn Mal im Café Campus gezeigt, das vollständige Menü, Fanta Orange, Milkshake, doppelter *ness-ness*; noch nie hatte man ihren Chauffeur gesehen, aber man hatte sie auch noch nie in einem Bus gesehen. Man sah, dass sie Französin war, hübsch, ganz nach dem Geschmack der Jungs, man konnte bemerken, dass sie den Unterricht schwänzte und Kif rauchte, man konnte sie einzelgängerisch finden, rätselhaft oder gemein. Aber man konnte nicht ahnen, dass sie arm war; das war unmöglich.

Doch Driss begann zu reden. Er leierte alles herunter, in einem Affentempo, fast ohne Atem zu holen, wie damals, vor Chirines Haus, als er mit dem Motorrad auf Sarah zugerast und sie hingefallen war, als er lauter unverständliche Entschuldigungen gestammelt hatte. Ich, tut mir leid, ich wollte nicht sagen, dass ich dachte, nur weil, dein blaues Kleid, bei Badr, umgenäht, und keine Uhr, kein Schmuck, deine Turnschuhe, tut mir leid, ich dachte, na ja, ich dachte nicht, dass du das wüsstest, ich meine, dass du diese Sachen wüsstest.

Für einen Moment hing alles in der Schwebe. Die Sprache des Geldes – Sarah hatte nicht geahnt, dass er sie so gut beherrschen würde. Er, der so wenig sprach, hatte sie von klein auf perfekt erlernt, wie eine Ursprache, die allen anderen Sprachen vorausgeht und überlegen ist, noch bevor die Wörter ausgesprochen werden. Sie hatte nicht damit gerechnet, sich mit offenem Visier bewegen zu müssen. Ihm konnte sie nichts vormachen; er sah.

Und so hatte sie wortlos den großen Raum betreten und sich neben ihn auf das Sofa gesetzt, seinen Geruch nach Giorgio Armani und schwarzer Seife eingeatmet. Sie hatte ins Leere gestarrt, in die Stille, wie er; irgendwo klickte eine Wanduhr. Nach einer Weile hatte er gesagt: Willst du etwas trinken, und sie hatte gesagt, ja, POMS. Er hatte die Dose POMS aus der kleinen offenen Küche hinter ihnen geholt. Rings um sie gab es ein zweites graues Sofa, einen Tisch, ein großes grünes Billard, und auf den Wänden Poster von Ausstellungen in Paris; aber Sarah schaute immer noch durch das halb geöffnete Glasfenster, hinter dem der Pool flirrte und der Wind sich nicht gelegt hatte. Driss war mit einem Tablett zurückgekommen, hatte es auf den Tisch gestellt, und sie hatten beide POMS getrunken und die nadelförmigen Blätter von der Araukarie fallen sehen. »Der Gärtner kehrt das weg«, wiederholte Driss.

Sarah stellte das leere Glas auf den Tisch. Sie näherte ihr braunes Gesicht aus Terrakotta seinem Gesicht aus Hässlichkeit, und sie küsste ihn. Es war nicht besser als beim letzten Mal. Trotz der Spucke und der ungelenkigen Zunge, die ihr tief in den Hals stieß, zog sie nach und nach ihre Turnschuhe aus, ihren Pulli, ihre Jeans, ihre Unterhose. In kleinen Schritten brachte sie ihm die Liebe bei, stieß sich manchmal an der Ecke des Couchtisches, ignorierte die Hakennase, das spitze Kinn, die fettige Haut, die Nagezähne, versenkte sich einzig und allein in das Thymiangrün, das Thymian- und Lorbeergrün, das langsam köchelte und immer weiter köchelte in den Rindertajines, die Loubna zubereitete, in einer Villa, wo es Gold geben würde, Kronen, Diamanten auf dem Boden, ja, man würde in der großen Villa über sie stolpern. Dieses Mal behauptete Sarah nicht, dass es ihr erstes sei.

Als Driss ihr später angeboten hatte, sie mit dem Motorrad nach Hause zu begleiten, hatte sie eingewilligt. Er hatte gefragt: Und dein Vater? Sie hatte erwidert: Es gibt keinen Vater. Vor dem Zaun der Barackensiedlung war ihm seine Verblüffung anzumerken gewesen, dann hatte er nichts mehr gesagt. Zwischen ihnen hatte sich einfach so die Wahrheit breitgemacht wie ein nadelförmiges Blatt, das mit dem Wind auf eine Steinplatte fällt und nicht weggekehrt wird.

18

Im November 1993 um sieben Uhr morgens kündigte im Hafen von New York der Hafenagent durch einen Pfiff das Einlaufen eines neuen Frachtschiffes an seinem Umschlagplatz an. Während er pfiff, schaute er zu den Sattelschleppern, die in der Lagerhalle hinter ihm parkten, und vollführte große kreisende Armbewegungen – es windete an jenem Morgen in New York, die Seeluft peitschte ihm ins Gesicht. Auf das Signal hin rollte einer der Laster auf die Anlegestelle zu, und just in diesem Augenblick ertönte die Schiffssirene – es war ein Morgen der Harmonie: Das Fahrzeug erreichte den Pier, gerade als das Schiff anlegte. Der Hafenagent hob die Augen. Über dem Wasser bewegte sich der Ladebaum; sein riesiger Arm tauchte in den Nebel ein und versank darin. Bald darauf war er wieder zu sehen, einen Container zwischen seinen Kabeln festgezurrt. Es brauchte mehrere Stunden und zwanzig Sattelschlepper, um die siebenhundertfünfzig Container einzeln aus dem Frachter zu laden. Darunter waren drei rote Container, die nach einer dreißigtägigen Reise aus Casablanca eintrafen. Sie enthielten je fünfzigtausend Jeans, verschickt von Jean's Fabric, der größten Bekleidungsfabrik Marokkos.

Davon erzählte Driss im Crep'Crêpe, wo Sarah an einem Plastiktisch eine Waffel mit Nutella und Sahne aß. Er setzte hinzu, dass Nebel auf Englisch *fog* heiße, dass der Ladebaum aussehe wie ein Kran, dass die jodhaltige Luft genauso rieche wie hier, weil es derselbe Ozean sei, und bei jedem neuen Detail hörte Sarah fasziniert auf zu kauen und ließ sich in ihren offenen Mund gucken, mit dem schokoladigen Teigbrei auf der Zunge und zwischen den Zähnen. Ab und zu summte eine Fliege um ihren Kopf, und sie musste sie verärgert verscheuchen; oder der nervige Betreiber des Crep'Crêpe hatte die Lautstärke an dem kleinen Fernseher, der in der Ecke über ihren Köpfen hing, schon wieder aufgedreht. »Oh Mann, mach leiser, Bilal«, bellte sie dann, und Bilal bellte zurück: »Halt's Maul, das ist der König.« Es war Anfang Februar 1994, der König von Marokko hielt eine Rede, um die Gläubigen zum Gebet für den Regen aufzurufen, aber Sarah war das völlig egal. Sie wollte von Amerika hören.

»Normalerweise«, fuhr Driss fort, »gibt der Kunde dem Spediteur den Garantiewechsel der Bank beim Eintreffen der Ware. Aber dieses Mal wollten sie nicht. Deswegen liegen wir jetzt schon seit November mit denen im Clinch.«

Die Fabrik von Jean's Fabric befand sich in dem Gebäude gegenüber vom Crep'Crêpe. Sie füllte sechs, je siebenhundert Quadratmeter große Stockwerke und wurde durch zwei weitere Fabriken in Sidi Moumen erweitert. »Eintausendzweihundertdreißig Arbeiter«, erläuterte Driss. Für gewöhnlich teilte er sich das Büro im sechsten Stock mit seinem Vater, aber an diesem Nachmittag mussten sie den für die komplexen Werkstücke zuständigen Arbeiterinnen Angst einjagen, damit sie mehr arbeiteten, weshalb man ihnen den Direktor geschickt hatte. Als sein Vater gegangen war, hatte Driss Sarah auf eine Crêpe treffen können.

Überhaupt traf er sie überall, sobald er konnte – nach der Arbeit vor dem Gymnasium; wenn sie am Strand herumstreunte; bei Jus Ziraoui, um ihre Säfte zu zahlen; in dem Telefongeschäft, aus dem sie ihn anrief. Beim Abschied stammelte er jedes Mal: Und morgen, können wir uns morgen auch sehen? So vereinbarten sie ein weiteres Treffen, dann noch eines, und irgendwann trafen sie sich jeden Tag. Seit zwei Wochen holte Driss sie jeden Tag nachmittags nach dem Unterricht ab, oder er legte eine Pause bei Jean's Fabric ein, um mit ihr Mittag zu essen, nur für eine Stunde, wo immer sie wollte; und sie wollte jeden Tag ins Café Campus.

Er saß ihr am Tisch gegenüber und sah zu, wie sie ihr Club-Sandwich kaute; er redete nicht. Driss wollte sie jeden Tag sehen, aber er redete nicht mit ihr. Er kam mit seinem monströsen Motorrad, aus dem die ganze Wut dieses Landes grollte, dessen Dröhnen allen Raum beanspruchte, die Unterhaltungen zum Verstummen brachte, die Leute ihre Hände auf die Ohren pressen und die Kinder weinen ließ; doch kaum hatte er sie begrüßt, wurde es wieder still zwischen ihnen. Auch Sarah redete nicht. Sie hatte es bisher bei den Jungs mit ihrem ständigen Getöne nie gemusst und daher auch nicht gelernt. Sie aßen andächtig, lauschten dem Klappern von Driss' Messer, der sein Käsepanini in sechs gleich große Stücke schnitt, und dem Geräusch der aus der Ketchupflasche von Sarahs Pommes entweichenden Luft; sie führten die Gabel zum Mund und sahen sich um: hübsche Mädchen im California-Look mit Sonnenbrillen auf dem Kopf mitten im Winter, Kellner, die sich das Chiliöl von den Fingern leckten, nachdem sie die Pizza serviert hatten. Ab und zu warfen sie sich einen Blick zu, als wollten sie überprüfen, dass der andere auch wirklich da war, was – dachte Sarah, während sie ihre letzten Pommes herunterschlang – ja nicht ganz unwichtig war, denn wenn sie zusammen sein wollten, mussten sie in ihrem Fall vor allem *zusammen* sein, das genügte. Sie lächelten sich unsicher an, bevor sie sich wieder auf die Sauce, die Sarah mit dem Griesbrot auftunkte, oder auf den Pfefferminzsaft konzentrierten – Driss blies in seinen Strohhalm, es blubberte. Nach dem Essen sagte Sarah: Gehen wir? Und sie gingen.

Sie trafen sich jeden Abend bei Driss, setzten sich nebeneinander auf das graue Sofa in dem kleinen Haus neben dem Pool und schauten auf das gekräuselte Wasser; sie hörten ihren Atem. Sie liebten sich; während er, mit abwesenden Augen, POMS trank und sie, bäuchlings auf dem Boden liegend, mit Filzstift die Gesichter der Stars in den Zeitschriften vom letzten Jahr umrandete und die Lippen der Männer rot anmalte, beschloss sie, dass sie sich langweilte; unvermittelt zog sie sich aus. Die Dose in der Hand, starrte er sie verblüfft an. Dann war es vorbei, und niemand sagte viel – sie hörte lediglich, die Wange an seinen Oberkörper gedrückt, seinen Herzschlag und das Pscht des Giorgio-Armani-Flakons, mit dem er sich vor ihrem Treffen besprüht haben musste. Nach einer Weile rief jemand aus dem großen Haus: Driss! Er stand bedächtig auf, zog seine Jeans, seinen AC/DC-Pullover an und lief mit seinem watschelnden Gang durch den Garten hinauf bis zur Villa. Fünf Minuten später kam er wieder und sagte zu Sarah: Komm, wir gehen. Sie hatte sich schon wieder angezogen. Zusammen fuhren sie bis nach Hay Mohammadi. Wenn sie vor ihrem Haus vom Motorrad stieg und ihm einen Gutenachtkuss auf die Wange gab, spannte sich alles an ihm an: Morgen? Wir sehen uns doch morgen auch, oder? Ja, sagte sie, wir sehen uns morgen auch. Daraufhin entspannte er sich wieder, und als er losfuhr, lächelte er wie ein Kind.

Am Wochenende sah sie ihm eine Stunde lang dabei zu, wie er in der Garage sein Motorrad reparierte; sie saß im Schneidersitz auf einem Stapel Reifen und trank mit einem

Strohhalm Tang Orange. Was machst du da gerade?, fragte sie ab und zu. Driss murmelte: die Bremsen. Sie saugte die letzten Tropfen Tang auf, dann holte sie sich einen anderen aus der Plastiktüte der *mahlaba*, in der er ihr auch vier Päckchen Merendina und einen Raïbi-Trinkjoghurt mit Erdbeergeschmack gekauft hatte. Sie schüttete das nach Bonbon riechende orangefarbene Pulver aus dem kleinen Tütchen in ihr Glas und füllte es an dem rostigen Wasserhahn, aus dem das Wasser immer explosionsartig hervorschoss; dann setzte sie sich wieder auf die Reifen. Und jetzt, was machst du jetzt?, fragte sie zwischen zwei Schlucken Tang erneut. Immer noch die Bremsen, sagte Driss. Einmal – nur um zu sehen, was passierte – hatte sie das Glas von ihrem Mund genommen und verkündet: Morgen Abend musst du mich ins Restaurant einladen; und einen Walkman musst du mir auch kaufen. Driss hatte, ohne etwas zu sagen, einfach weiterhin die Bremsbeläge gewechselt. Aber mit den funktionierenden Bremsen hatte er sie am nächsten Tag zum Boga Boga gefahren und ihr, als sie am Tisch saßen, über die weiße Tischdecke und die künstliche Orchidee hinweg einen nagelneuen Walkman gereicht, noch in der Verpackung. Sie hatte sich darauf gestürzt – es war deutlich leichter als mit Kamil. Sie hatte Danke gesagt, Danke, und im Taumel dieses Geschenks, des Sony-Logos auf dem blauen, glänzenden Gehäuse, das sie schon aus dem Karton gerissen hatte, des kleinen metallicgrauen, in ihrer Handfläche glänzenden Rechtecks, der Kopfhörer, der Kassetten, die sie sich auf dem Schwarzmarkt in Derb Ghallef mit den Hits von Madonna machen lassen würde, hatte sie gerufen: Der ist doch super, oder? Wie jedes Mal, wenn sie sich an ihn wandte, vergingen erst ein paar Sekunden, in denen Driss erstarrte, die Stirn runzelte und mit einer schweren inneren Entscheidungsfindung beschäftigt schien. Irgendwann erfolgte die Antwort, endlich, wie der letzte Tropfen Saft bei Jus Ziraoui, der, schwer und träge, an der Innenseite des über ihren offenen Mund gekippten Plastikbechers seinen Weg nach unten nahm: Ja.

Im La Notte schauten die Leute sie komisch an, diese kuriosen, ungleichen Vögel, die einfach auf der Lederbank saßen und die Leute beim Tanzen beobachteten – wenn Badr eine Magnumflasche Wodka zahlte, blieben sie so unbeweglich sitzen, dass er sich nicht traute, ihnen ein Glas anzubieten. Sarah trank einen Pfefferminzsaft wie Driss, und vor den Rock- und Slowtänzen saßen sie im Ballett – sie vielleicht in einem Pelz oder in einem roten Kleid wie in *Pretty Woman*, in den behandschuhten Händen ein Opernglas, er im Anzug – und bewunderten die Bourréeschritte und die Rückwärtssaltos. Willst du noch etwas trinken?, fragte Driss plötzlich, obwohl ihr Glas noch gar nicht leer war. Nein, sagte Sarah. Alles gut. Anschließend aßen sie Seite an Seite im 17 Étages mitten in der lärmenden, frotzelnden Gruppe, Chip und Chap nannten sie sie, die Schöne und das Biest. Wann hört ihr endlich auf, aneinanderzukleben? Sarah lachte, und Driss verzog das Gesicht – wir kleben nicht aneinander, brummte er, bevor er in seine Pizza biss.

Manchmal geriet er in einen *Überhitzungszustand*. Er hatte ihr dieses Wort in Bezug auf sein Motorrad beigebracht, und er hätte genauso gut von sich selbst reden können, dachte Sarah angesichts der Aufregung, in die er schon beim Sprechen darüber geriet. Wenn irgendjemand das Wort *Motorrad* sagte, überkam ihn plötzlich die Begeisterung und er redete wie ein Wasserfall, als hätte er Angst, nicht ausreden zu können, zählte sämtliche Details der Karosserie auf, erläuterte die

Mechanik, betonte die Daten von Verkauf, Wiederverkauf und Warenausgang. Das ging manchmal eine halbe Stunde so. Endlich holte er Atem und schwieg. Seine Schultern hingen herab, er senkte die Augen, als schämte er sich ein bisschen für seinen Ausbruch – und erneut machte sich das Schweigen breit, die dicke Ölpfütze ihres Schweigens. Außer dem Motorrad waren Sarah noch andere Themen aufgefallen, die ihn in diesen Überhitzungszustand versetzten: Schweizer Messer, die Concorde, Kartenspiele und, wie im Crep'Crêpe, der New Yorker Handelshafen. Sie brachte gezielt die Sprache darauf, wenn sie sich langweilte, oder entdeckte sie durch eine zufällige Bemerkung. Es war jedes Mal ein Schauspiel; sie vergaß sogar, zu kauen.

Täglich zeigten sie einander neue Gesichter, und täglich verblüffte sie jede Unebenheit, jedes kleine Zucken – es war wie das endlos sich wiederholende Gefühl, einen Fremden zu erkennen. Mittags im Café Campus biss Sarah in ihre Pizza und schmeckte den Thymian der reglosen Iris, die sie in dem toten, gleichmütigen Gesicht vor sich sah, in dem Gesicht, dessen unregelmäßige Haut Hunderte kleiner grauer Krater bildete, wie die steinigen Hügel, auf denen an trockenen Mittelmeermorgen der Thymian wuchs. Sie konnte dieses hässliche und stumme Gesicht stundenlang betrachten, denn es war die Welt; und diese Welt würde bald ihr gehören, umschlossen von den Diamantringen an jedem ihrer Finger.

19

Sie musste den Unterricht eine Stunde vor dem Ende verlassen, weil dieser Mistkerl von Geschichts- und Erdkundelehrer mitbekommen hatte, dass sie ein Bubbaloo mit Multifruchtgeschmack kaute. Hinter dem Fenster hatten sich die kleinen Königinnen, sie zählte insgesamt zwei neue Handtaschen, auf den Bänken im Hof geaalt, und Sarah hatte sich ablenken lassen und eine Blase gemacht. »Das reicht, Sarah, raus mit dir!«, hatte der Lehrer gebrüllt. Und während sie maulend den Reißverschluss an ihrem Mäppchen zuzerrte, hatte er vor sich hin geschimpft: *kassoula*. Das bedeutete faule Nuss, Loserin, und es ärgerte sie, so genannt zu werden, auch wenn das immer noch besser war als 405 Mazout, der Spitzname von Hakim, dem Dicken ganz hinten in der Klasse; er brauchte so lange, um sich die Hauptstädte zu merken, dass er an diese lahmen Peugeots erinnerte, die man irgendwann nur noch einem Chauffeur überließ. Sie setzte sich auf den Gehweg vor das Café Campus und wartete auf Driss. Dort zu sitzen war nicht ihre Idee gewesen, sondern die des idiotischen Kellners. Er hatte sie nicht hereinlassen wollen. Ein Mädchen alleine im Restaurant, das gehört sich nicht, sagte er, das macht keinen guten Eindruck; ich will nicht, dass wir Probleme mit der Polizei kriegen. Sarah war aus der Haut gefahren – wenn Kenza Bennani nach dem Unterricht zum Jobben kommt, hast du doch auch keine Angst, dass man sie für eine Nutte hält. Kenza Bennani, das ist doch was völlig

anderes, hatte er gefaucht – das ist die Tochter eines Groß-
unternehmers. Dass er Sarah, während Driss ihr gut sichtbar
gegenübersaß, in den letzten zwei Wochen schon zehn Mal
eine Pizza hingestellt hatte, war ihm herzlich egal; ich hab
dich schon mit so vielen verschiedenen Typen gesehen, wie
soll ich da wissen, ob du noch immer mit dem Kleinen von der
Jeansfabrik zusammen bist?

Driss stürzte auf den Kellner zu, als er Sarah im Wind ihre
Marquise rauchen sah. Du lässt sie gefälligst herein, stammelte
er und stampfte, während er zu ihm aufsah – der Dreckskerl
war zwanzig Zentimeter größer –, mit dem Fuß auf. Du
kannst dich auf was gefasst machen, wenn ich nochmal höre,
dass du sie rausgeschmissen hast. Der Kerl entschuldigte sich
unterwürfig und stand da wie ein Klappmesser, so reumütig
verneigte er sich; er sagte, entschuldige, Sidi, Verzeihung, ich
wusste ja nicht, dass du zu ihr gehörst. Sarah schleuderte ihm
ins Gesicht: Ich will sowieso nicht hierbleiben, und dann gingen sie Schnecken essen.

Überall in Casa gab es Schneckenverkäufer, aber am liebsten
mochte Sarah die hinter der *jouteya* in Derb Ghallef. Man
musste die Suk-Gassen hinter sich lassen, wo sich zahlreiche
kleine Läden mit gefakten Louis-Vuitton-Taschen aneinan-
derreihten, die sich neben einer Ansammlung von Lampen,
gefälschten Luxusuhren, Fernsehgeräten und Pirate-Boxen
für französische Fernsehsender stapelten. Sarah und Driss
hatten vom Motorrad absteigen müssen, so voll war es in
Derb, und schlängelten sich jetzt mühsam an den Familienvä-
tern aus Anfa vorbei, die hier ihre Videorekorder reparieren
ließen, an den Kindern, die mit dem Wechselgeld zwischen
dem Elektronikgeschäft und dem Buchhändler hin- und

herrannten. Sarah blieb alle hundert Meter stehen. Der Typ mit den Gucci-Kappen rief: Lalla, hübsche Gazelle, probier mal, hochwertige Caps, amerikanische Qualität! Driss kaufte ihr eine rote, und sie setzte sie sich sofort auf den Kopf und ging zu dem Typen mit den Satellitenschüsseln, der den ganzen Tag lang auf seinem Hocker pennte, während die Satellitenschüsseln um ihn herumstanden wie riesige graue Hibisken, die sich im Rhythmus seines Atems bewegten. Hast du gesehen, wie sie tanzen, sagte sie zu Driss. In Derb Ghallef gab es angeblich neunhundertneunundneunzig Läden.

Der Schneckenverkäufer war nicht leicht zu finden; er verbarg sich in der Rue El Basra, in der Nachbarschaft des Krankenhauses und eines öffentlichen Gymnasiums, aus dem Mädchen mit weißen Schürzen quollen, die sich alte, halb zerfledderte Bücher an die Brust drückten und auf den Bus warteten. Seit sie Derb hinter sich gelassen hatten, roch es nach Anis. Auf einem Tisch aus Schrottteilen schöpfte der Typ aus seinem großen Kessel, in dem das Wasser mit Gewürzen, Rosmarin und Lakritz kochte, Unmengen von Schnecken und verteilte sie in die Schüsseln; zur Mittagszeit herrschte großer Andrang. Sarah und Driss kauften ihm gut zwanzig Stück ab – die Schnecken zog man mit einer Sicherheitsnadel aus dem Gehäuse. »Wie hast du diesen Schneckenverkäufer eigentlich entdeckt?«, fragte Driss, der neben ihr an einer Hauswand lehnte. Sarah zuckte mit den Schultern. Einfach so, antwortete sie. Wegen des Krankenhauses.

Drei Jahre zuvor war sie mit ihrer Mutter um zwei Uhr morgens im Morizgo aufgetaucht. Das war der Spitzname des CHU Ibn Rochd, das unter dem französischen Protektorat von Maurice Gau gegründet worden war und diesen Namen bis zur Unabhängigkeit behalten hatte. Es war ein großes Krankenhaus wie im Film, mit weißen, von Rasenflächen gesäumten Pavillons und einer separaten Zufahrt für Autos, besser als die mickrigen Krankenstationen in den Kleinstädten oder die Wunderheilerinnen auf dem Land. »Möge Gott euch helfen«, hatte der Taxifahrer gesagt, als er sie abgesetzt hatte – er hatte noch nicht mal Geld von ihnen verlangt. Monique war blutüberströmt nach Hause gekommen. Der Typ, bei dem sie geschlafen hatte, hatte sie zusammengeschlagen.

Im Morizgo saßen dicht aneinandergedrängt haufenweise Kranke im Wartezimmer, Geschrei, Krücken, die auf den Boden fielen, Blutflecken; ein heilloses Durcheinander. Doch sobald man an der Reihe war und eine Krankenschwester auftauchen sah, war es schnell vorbei mit dem Chaos, und man machte sich besser fix vom Acker. Es gab nicht einmal vierzig Betten für alle – Metallbetten mit dünnen Matratzen – und nicht genug Ärzte, zehn Stethoskope, die von Raum zu Raum gereicht wurden, ausgeweidete Schränke, überall Pillen verstreut auf dem Boden, der nicht gewischt worden war und auf dem sich Frauen vor Schmerzen krümmten, bevor sie auf den Fliesen niederkamen. Die Mütter schliefen auf einer doppelt zusammengefalteten Decke neben ihren Kindern, weil sie wussten, dass sich niemand um sie kümmern konnte, oder weil sie in der dritten Klasse in einem Zug der ONCF extra vom Land hergekommen waren und keine Ahnung hatten, wo sie sonst hingesollt hätten.

Nach der Sprechstunde setzte sich Sarah in einen Gang neben Monique und drückte eine Kompresse auf ihr eines Auge, das nach den Schlägen gar nicht mehr aufging, so geschwollen war es. Womöglich war die Hornhaut beschädigt. Mit Pflastern und Betadine hatte die Krankenschwester schon die Verletzungen im Gesicht behandelt. Aber für das Auge hatte sie nichts tun können. Dafür brauchte sie antibiotische und anästhetisierende Augentropfen und eine Salbe. Das haben wir hier nicht, hatte sie zu Sarah gesagt, wir haben kein Geld für all das. Wenn du deine Mutter versorgen willst, musst du das in der Nachtapotheke nebenan kaufen. Es kostete zweihundert Dirham. Der Apotheker hatte ihnen keinen Rabatt geben wollen. Alle kommen hier aus dem Krankenhaus und wollen die Medikamente gratis von mir, Kleine; wenn ich das für dich mache, muss ich es auch für die anderen machen, und dann stehe ich ohne Geld da. Also hatte sich Sarah im Morizgo wieder neben Monique im Gang auf den Boden gesetzt und gewartet, bis es besser wurde. In aller Frühe brachen sie auf, und in der Rue El Basra fanden sie einen Schneckenverkäufer.

20

In der dritten Woche hatte es das Gebäck gegeben. Als sie nach Hause gekommen war, hatte Monique sich sofort auf die Schachtel gestürzt. Wo hast du das denn her, fragte sie mit glänzenden Augen, während sie sich ein Gazellenhörnchen auf der Zunge zergehen ließ – sag mal, da werden sich Abdellah und seine Mutter aber freuen. Die Krümel fielen ihr zwischen die Brüste, die in dem blasslila Jerseydekolleté, das sie an jenem Abend eigens trug, noch riesiger wirkten; sie hatte ihren violetten Lippenstift aufgelegt. Draußen wurde es dunkel.

Als Abdellah und seine Mutter kamen, freuten sie sich tatsächlich, als sie die *ghribas* und die Honigzigarren auf dem Wohnzimmertisch sahen. *Hayhay*, was für ein Luxus, sagte die Mutter, als sie es sich auf dem Sofa bequem gemacht hatte, und schob dem an ihre Brust geklammerten Baby ein Stückchen *chebakia* in den Mund. Abdellah grinste. Er hatte sich auf den Boden gesetzt, einen halben Meter vom Radio entfernt, wie immer, wenn er zum Musikhören herkam. Das da ist von ihrem kleinen Ehemann, sagte er und zeigte auf Sarah. »Dann soll sie ihn bloß behalten«, erwiderte seine Mutter.

Abdellah hatte recht, das Gebäck war tatsächlich von ihrem kleinen Ehemann. So nannte er ihn, nachdem er jetzt seit drei Wochen mitbekam, dass er Sarah mit dem Motorrad ein paar Meter vor dem Zaun absetzte – dein kleiner Ehemann. Eine Stunde zuvor, bei Sonnenuntergang, hatte er durch den Draht eine Schachtel gesehen, die aus seinen Händen in ihre gewandert war. Hier, für heute Abend, hatte Driss geflüstert – aber das hatte Abdellah nicht gehört. Er hatte auch nicht gesehen, dass die Schachtel von Bennis kam, der besten Konditorei in Casa. Doch wenn er die Marke gesehen oder den Satz gehört hätte, hätte er vielleicht schneller als Sarah verstanden, was dieses Gebäck zu bedeuten hatte – Abdellah war intelligent, und seine täglichen Versuche, Flash-Wondermint-Kaugummi zu verkaufen, indem er an die Fensterscheiben der im Stau steckenden Porsche trommelte, hatten ihm einen guten Einblick in das vermittelt, was im Kopf eines Reichen vor sich gehen mochte. Sarah sah nicht sofort, was an diesem Gebäck so besonders war. Jedenfalls schien es sich nicht maßgeblich von dem Kauf des Walkmans in der zweiten Woche oder dem anschließenden Geschenk der Gucci-Kappe zu unterscheiden, die sie seither täglich aufsetzte, sogar zuhause, sogar im Café Campus oder in dem kleinen Haus neben dem Pool, wo sie sich jeden Abend trafen. Willst du dir diese verflixte Kappe nicht gleich auf den Kopf nähen?, murrte ihre Mutter, wenn sie sich über den Weg liefen. Aber das Gebäck war etwas anderes als die Kappe.

Sarah saß zwischen ihrer eigenen und Abdellahs Mutter, die vor Ungeduld vergingen, brachte aber von dem Kuchen, auf den die beiden sich mit klebrigen Fingern stürzten, selbst nichts herunter. Nicht etwa, weil sie mittags im Café Campus mit Driss zu viel gegessen hätte, noch nicht mal einen Milkshake hatte sie genommen. Aber sie wusste, dass in wenigen Minuten im Radio ein Mann eine Entscheidung verkünden würde, die möglicherweise ihre mittäglichen Verabredungen mit Driss im Café Campus gefährden würde: Denn heute war die Nacht des Zweifels. Alle hatten sich, ob in Casa, in

Marrakesch, in Tanger oder anderswo, ein Radio beschafft. Selbst die Familien in Anfa Supérieur ließen die Dienstmädchen und die Gärtner auf ihre Wohnzimmersofas, damit sie gleichzeitig mit ihnen die Neuigkeit erfuhren; in den Cafés der Innenstadt scharten sich die Leute um die Tische, die Ohren zum Radioempfänger auf dem Tresen gewandt, und riefen »Halt's Maul«, wenn jemand in einem Anfall von Überschwang die Werbung übertönte – den arabischen Song für die Biscolaty-Kekse, der anderthalb Minuten dauerte, oder den französischen für die Judor-Limonade: Judor, das Getränk mit dem goldenen Schimmer. Der Kellner bahnte sich mit der Teekanne einen Weg zwischen den Kunden und füllte die Gläser – das geht auf den Chef, murmelte er. Die Taxifahrer parkten in zweiter Reihe auf den Boulevards und drehten die Lautstärke an ihren Autoradios auf; manche ließen ein paar Straßenkinder in den Wagen klettern, die sich auf der Rückbank drängten. Und als der Vorspann der Sendung anlief, lähmte fieberhafte Beunruhigung die Gesichter. Im Café, in den Häusern in Anfa – bei Badr, bei Chirine –, in Zinebs Wohnzimmer mitten in der Stadt, in den Taxis und bis in das verfallene Haus von Monique und Sarah in Hay Mohammadi hielt man den Atem an: Das Ministerium für Stiftungswesen und islamische Angelegenheiten würde den Beginn des Ramadans festsetzen.

Wenn am Himmel ein Halbmond zu sehen wäre, würde die Fastenzeit schon am darauffolgenden Tag, dem 11. Februar beginnen; davor hatte Sarah Angst. Sie drückte hektisch auf die Tasten ihres Walkmans und betete, dass kein Mond zu sehen sei, der Ramadan also erst zum anderen möglichen Datum, am übernächsten Tag, beginnen würde. »Oh Mann, hör mit dem Krach auf«, blaffte Monique und versuchte, ihr den

Walkman aus den Händen zu reißen. Das machte letztlich nur einen Unterschied von vierundzwanzig Stunden, aber immerhin vierundzwanzig Stunden hätte sie dann gewonnen, und damit zwei oder drei Restaurants und ebenso viele Säfte. Wie jedes Jahr würde Driss seinem Vater weismachen, dass er fastete; und so würde es einen Monat lang mittags kein Café Campus mehr geben, keinen Saft nach der Schule, abends kein Boga Boga und keine Crêpe im Crep'Crêpe – vor dieser Aussicht graute ihr.

Mir wär es morgen lieber, dann ist es schneller wieder vorbei. Morgen? Bist du verrückt, Monique, oder was? Man merkt, dass du nicht fastest, wir jedenfalls haben keine Lust, dass es schon morgen anfängt, wir brauchen noch einen Tag, um uns darauf einzustellen. Tu doch nicht so, Mama, du fastest doch gar nicht, mit dem Baby. Und du, fastest du vielleicht, Abdellah? Natürlich faste ich. Na klar, halt die Klappe, jedes Jahr riechst du nach Zigaretten. Was denn für Zigaretten? Welche Zigaretten? Natürlich faste ich, du brauchst nur Sarah zu fragen, *yak*, Sarah, ich faste doch? Sag ihnen, dass ich faste! Mann, haltet doch alle die Klappe!, rief Sarah nach der Werbung. Im Radio lief wieder die Erkennungsmelodie; schon begrüßte der Moderator die Zuhörer. Und während im Wohnzimmer Stille einkehrte, schälte sich Wort für Wort das Verdikt heraus – *heute, am 10. Februar 1994, um 19 Uhr 15, hat das Ministerium für Stiftungswesen und islamische Angelegenheiten RTM die folgende Pressemitteilung zukommen lassen …*

Der Moderator hatte noch nicht einmal Zeit, die betreffende Mitteilung zu verlesen, schon schlug die Neuigkeit ein: Die Sirene ertönte. Sie schrillte durch Hay Mohammadi und Carrières Centrales, vielleicht sogar bis zur Jean's Fabric in Sidi Moumen. Dieser Sirene antworteten all die anderen

Sirenen von all den anderen Moscheen in Casa, die aus den stinkenden Straßen und die vom Strand, im Einklang mit den Sirenen der anderen Städte, denen in Oujda und in Ajun, wie zum Mond heulende Wölfe. In Tétouan, hinter den Mauern der die Stadt überragenden Zitadelle von Jbel Dersa, wurden sogar Kanonenschüsse abgefeuert; ihr Echo würde, so hieß es, durch das ganze Rif schallen. Und im Barackenviertel stießen die Frauen hinter dem Zaun bereits ihr Freudengeschrei aus. Es war so weit – der Ramadan begann.

Seufzend gingen Abdellah und seine Mutter nach Hause – sie mussten für den nächsten Tag, vor Sonnenaufgang und dem Beginn der Fastenzeit, noch den *Sahur* vorbereiten, für den sie das übrige Gebäck mitgenommen hatten. Monique hatte darauf bestanden – na sicher, für morgen früh, das freut mich doch. Vor ihrem Aufbruch hatte sie allerdings drei *makrouds* in der hohlen Hand verschwinden lassen, die sie gleich in ihrem Schlafzimmer essen wollte, hinter der verschlossenen Tür. Sarah hatte sich auf das Sofa gelegt. Die Feuchtigkeitsflecken auf der Decke sahen genauso aus wie bei Moustache, wo sie morgen wieder ein Thunfischsandwich mit Tomatensauce anschreiben lassen musste, wie früher. Zum Essen würde sie sich zusammen mit den Dealern im ersten Stock des Billard-Cafés verstecken, und durchs Fenster würde sie die reichen kleinen Mädchen ins Café Campus gehen sehen, wo sie dem Kellner mit einem affektierten Säuseln zuraunen würden, dass sie ihre Tage hätten, er also ihre Bestellung ohne Furcht vor Gott oder der Polizei aufnehmen könne, für die sie, falls sie tatsächlich aufkreuzen sollte, diese Information gerne noch einmal wiederholen wollten, um ihm das Gefängnis zu ersparen. Von ihrem Vertrauen geschmeichelt und fortan ruhigen Gewissens, würde der Kellner, der seit dreißig

Tagen in Folge ungerührt dieselben Mädchen bediente, ihnen mit einem verschwörerischen Zwinkern die für Sarah unerschwinglich gewordenen Paninis und Pizzas hinstellen. Sie wusste nicht, ob sie wegen dieser Vorstellung oder wegen des dröhnenden Motorrads zusammenzuckte. Verwundert stand sie auf und öffnete die Tür: Vor ihr schälte sich seine Gestalt aus der Dunkelheit, Driss. Er war zurückgekommen.

»Hallo.«

Hinter Sarah flackerte die Wohnzimmerglühbirne. Es war, als würde sie Driss' Augen, die mal unsichtbar, mal Fenster zum Hohen Atlas waren, im Sekundentakt an- und wieder ausknipsen. Deshalb sah sie nicht sofort, dass er eine andere Schachtel mit Gebäck von Bennis in der Hand hielt. Sie sah nur den Thymian, aufs Neue den Thymian, zwar nicht den echten Thymian in einer Tajine, der ihren Hunger hätte besänftigen können, aber doch eine Verheißung. Auf einmal tröstete er sie. Um sie zu entzaubern, musste Driss ihr die Schachtel reichen und ein Wort sagen, »hier«.

»Aber du hast mir doch vorhin schon eine gegeben«, sagte Sarah, als sie den Aufdruck auf der Schachtel sah.

Driss holte lange Luft. Sein Oberkörper wölbte sich vor, seine Lippen zitterten – er war kurz vor dem Überhitzungszustand.

»Das ist für den *Iftar* morgen«, sagte er unvermittelt, »falls du Abdellah und seine Mutter zum Fastenbrechen zu dir einladen willst, und auch für das Baby und vielleicht noch andere Leute, aber dann reicht es nicht, wenn du andere Leute einladen willst, dann bringe ich dir nochmal welche, du musst mir nur sagen, wie viele Schachteln du brauchst, dann bringe ich sie morgen vor dem *Iftar* her, du kannst mich aus einer Telefonzelle anrufen und mir sagen, wie viele, wenn du noch

Leute einladen willst, und wenn du keine anderen Leute einladen willst, kannst du die Schachtel Abdellah und seiner Mutter geben, das freut sie bestimmt, aber vielleicht willst du ja auch eine, eine für dich, ich bring dir also trotzdem eine andere Schachtel, für dich und für deine Mutter, oder mehrere Schachteln, du musst mich nur anrufen, dann sagst du mir, wie viele, und ich bringe sie her.«

Während er sprach, durchsuchte Driss die Tasche seines Lederblousons. Er zog einen Hundert-Dirham-Schein hervor und reichte ihn ihr.

»Das ist für morgen, fürs Café Campus, falls du Mittag essen gehen willst, auch wenn ich nicht da bin, das reicht, glaube ich, für eine Pizza, einen *ness-ness*, einen Milkshake, fürs Telefonieren, wenn du jemanden anrufen willst, und für die Säfte, hier, ich weiß nicht, ob das reicht, aber morgen können wir uns vor dem *Iftar* treffen oder nach dem *Iftar*, na ja, wann du willst, und dann sagst du mir, ob es gereicht hat, ich komme wieder her, und dann sagst du mir, ob du mehr brauchst als hundert Dirham, und falls ja, gebe ich dir hundertfünfzig Dirham oder zweihundert, na, du sagst mir Bescheid, und wenn du Zeitschriften willst, lege ich noch was drauf, du musst mir nur Bescheid sagen, wenn ich komme, vor oder nach dem *Iftar*, ganz wie du willst, dann musst du mir Bescheid sagen wegen dem Geld und den Schachteln, wie viele Schachteln du brauchst.«

Und so hatte Sarah verstanden. In ihrer Zeit mit Kamil war sie erschöpft von jedem Treffen auf der Rückbank seines Cabrios oder in der Villa in Dar Bouazza zurückgekommen; sie musste ihn abwechselnd bezirzen und anlügen, und das raubte ihr, auch wenn es dabei im Grunde immer um das Gleiche ging, die ganze Energie der Milkshakes, die er ihr gezahlt hatte. Sie musste ihr Elend als Ansprüche einer Frau verkaufen, die seiner Stellung als Mann schmeichelten, sie musste in einer Abhängigkeit leben, ohne sie als solche zu bezeichnen. Im Schweigen mit Driss aber war alles gesagt, und er war einverstanden.

21

Yaya war verschwunden. Seit dem ersten Tag des Ramadans hatte sie täglich überall nach ihm gesucht. Wenn die Schulglocke läutete, schnappte sie sich ihren Rucksack, lief aus dem Klassenzimmer, stürmte die Treppe im Gebäude K herunter, raus aus dem Gymnasium, vor dem dicht an dicht die Wagen der Chauffeure parkten. Sie rannte, rempelte die Schüler an, die lässig rauchend am Eingangstor lehnten, überquerte in einem Affentempo den Boulevard Ziraoui und bog in die Rue Sediki ein – dabei wäre sie mehrmals fast von einem Bus überfahren worden. Dann tauchte sie völlig außer Atem im Billard-Café auf. Sechs Augenpaare hoben sich unter schweren Lidern – die träge auf ihren Metallstühlen hängenden Kif-Raucher an Harouns Tisch waren völlig ausgelaugt vor Hunger, Durst und Rauchlust. Doch der Tisch ganz hinten, an dem Yaya für gewöhnlich eine Thunfischdose nach der anderen verputzte, blieb Tag für Tag leer.

Manchmal war es noch schlimmer, und jemand anderes saß dort. Sarah empfand erst unbändige Freude, sofort danach aber grenzenlose Enttäuschung. Das erinnerte sie daran, als sie als kleines Mädchen auf dem Markt plötzlich ihren Vater erblickt hatte – einen Soldaten mit dunkler Haut, so wie sie. Mit weit ausgebreiteten Armen war sie auf ihn zu gerannt. Der Mann hatte sie fassungslos auf sich zu stürmen sehen, bevor ihre Mutter sie am Arm gepackt hatte. Das ist doch nicht dein Vater, hatte Monique geseufzt, bloß ein anderer Soldat. Sarah hatte lange gebraucht, um sich von diesem Sprung des Herzens zu erholen, noch Jahre später holte er sie, wie Kreise auf dem Wasser, in Schockwellen wieder ein, wenn ihr zufällig ein Kampfanzug unter die Augen kam. Yayas leerer Tisch tat ihr genauso weh.

Doch sie gab nicht auf. Sie lief wieder los, diesmal bis zur Rue Al Kabir, wo er vielleicht zwischen der roten Ampel und Jus Ziraoui hocken würde. Im Laufen schloss sie ihre Hand fest um den Hundert-Dirham-Schein und bereitete ihren Spruch vor: »Rate, wohin ich dich einlade?«, oder wie in einem amerikanischen Film: »Lust, im Campus zu essen?« Dann würde sie ihm mit dem Schein vor der Nase herumwedeln und er würde sagen: Hör auf, du willst mich doch nur verarschen, und ihr einen kleinen Klaps auf den Rücken geben: Du bist wirklich mein Herzchen, hm. Natürlich würde Yaya im Café Campus mitten im Monat Ramadan niemand etwas servieren. »Die Französin kann was essen, aber du haust ab«, würde der Kellner sagen. Dann würden sie beide aufbegehren, Mann, ihr könnt ihn doch nicht zum Fasten zwingen, seid ihr überhaupt sicher, dass er Muslim ist, vielleicht ist er ja Jude, seid ihr überhaupt sicher, Mann, in diesem Scheißland kann man echt nichts machen. Sie wüssten nur zu gut, dass das alles nichts brächte, dass der Kellner nie im Leben mitten im Ramadan die Bestellung eines Typen aufnehmen würde, der wie ein Araber aussah, aber sie hätten ihren Spaß daran, im Café einen Aufstand zu machen. Sarah würde anschließend zwei Pizzas bestellen, und sie würden sich zum Essen auf dem Feld hinter der Fahrschule in der Rue Djila verstecken. Vielleicht würde eine Alte sie überraschen und schreien: »Ungläubige! Ungläubige! Polizei!«, und sie mit ihrem Stock zu schlagen versuchen, und vielleicht würde der Polizist in der Straße ihnen mit der

Trillerpfeife hinterherlaufen. Doch ihnen wäre das egal – sie würden nur noch schneller rennen, die Zähne voller Tomatensauce. So wäre das mit all dem Geld von Driss jeden Mittag. Doch auf dem Gehweg in der Rue Al Kabir war niemand.

»Wo ist eigentlich Yaya?«

Nach vier Tagen hatte sie im Billard-Café schließlich gefragt. Haroun hatte mit den Schultern gezuckt.

»Keine Ahnung. Vielleicht in Tunesien.«

Sie aß ihre Pizza alleine im ersten Stock, wie früher. Aber es schmeckte trotz allem besser als die ekligen Sandwiches bei Moustache, das war immerhin ein Fortschritt.

Während des Ramadans wurde in den Straßen von Casa noch lauter gehupt. Wenn er im Stau steckte, kurbelte der Taxifahrer, der sie nach dem Gymnasium nach Hause fuhr, das Fenster herunter – es war Februar, aber angeblich kam er um vor Hitze. Neugierig musterte er sie im Rückspiegel, den Ellbogen auf die Fensterlehne gestützt. Er pfiff zuerst, um ihre Aufmerksamkeit zu erregen. Absichtlich ignorierte Sarah den Blick, den sie auf sich spürte, und starrte konzentriert auf die Frauen mit ihren Seidentüchern, die in ihren auf der Avenue feststeckenden Mercedes seufzten, oder auf die Männer, die auf dem Boden knieten und seit drei Wochen für den Regen beteten. Sie wusste, dass er etwas sagen würde. Und das tat er auch – plötzlich fragte er: »Was will denn ein Mädchen wie du in Hay Mohammadi?« Sarah lächelte – in letzter Zeit fragten die Chauffeure sie das früher oder später immer. Die Kappe, das selbstbewusste Heranwinken des Taxis, weil sie auf die Dirham in ihrer Tasche vertraute, drinnen dann ihr gelassener Blick auf die Straße statt auf den Zähler, all das verlieh ihr endlich das Auftreten einer Reichen; oder vielleicht rochen sie einfach nur den Thymian.

Manchmal wehte Zigarettenrauch durch das Fenster herein. Dann drückte der Chauffeur zwischen all den Autos wieder auf die Hupe und schrie die auf dem Gehweg knienden Betenden an. Raucht hier jemand, brüllte er, wo ist der Idiot, der raucht? Wo denn, dem sollte man mal die Fresse polieren! Dann fuhren die Autos erneut an, und er dachte wieder an etwas anderes. Als sie zuhause war, trank Sarah genüsslich den Saft, den sie unter ihrer Jacke versteckt hatte; gegen zwanzig Uhr hörte sie das Motorrad.

22

Ein Junge, der nicht spricht, hat etwas Grenzenloses. Mit der Zeit können aus ihm tausend Jungs werden – ein Soldat oder ein Sergio in einer Hacienda. In diesem Monat, da ganz Marokko schlief, erkundete Sarah mit jeder weiteren Woche im Halbdunkel ihres kleinen Hauses Driss, versuchte seine Konturen nachzuzeichnen, während er sich mit jedem weiteren Glas POMS an sie gewöhnte und fast gar nicht mehr mit verkrampften Schultern fragte, ob sie sich am nächsten Tag sehen würden.

Auf dem grauen Sofa schlief er, von dem *Iftar*-Gebäck beschwert, neben ihr ein. Jedes Mal durchzuckte es seinen Körper, als hätte er Angst vor dem Schlaf. Sie betrachtete seine aus Gewalt gemachten Gesichtszüge, die große Nase über den dünnen Lippen, und sie sah darin ein vertrautes Gesicht, in dem sie manchmal, während er schnarchte, mit der Fingerspitze die Stirn berührte. Wenn er um dreiundzwanzig Uhr erwachte, wollte er nicht, dass sie ging – dann schlug er mit zögerlicher Stimme vor: Wollen wir Kartenspielen? Sein Lieblingsspiel war 1000 Meilen. Wenn er das Spiel aus dem Schrank nahm, betonte er oft, dass er 1000 Meilen eigentlich nicht besonders möge, ja, normalerweise eher ernsthafte Kartenspiele bevorzuge, Intelligenz- und Gedächtnisspiele, aber dass sie vielleicht diesmal doch 1000 Meilen spielen könnten, nur so – er vergaß, dass er das auch schon zwei Tage und eine Woche zuvor gesagt hatte, und so saßen sie regelmäßig auf dem kalten Boden des kleinen Hauses und sammelten Meilen. Beim Spielen lachte Sarah laut, wenn sie ihn mit einer Karte wie »Tempolimit« oder »Tank leer« bremste; er wurde unruhig, bekam plötzlich Angst zu verlieren, nicht mehr weiterzukönnen. Eines Abends hatte sie, an ihn geschmiegt, laut überlegt, wie es wohl wäre, wenn sie im echten Leben schon genauso viele Kilometer zurückgelegt hätten wie bei 1000 Meilen. Dann wären wir am Ende der Welt, hatte sie gesagt. Nein, hatte er erwidert, nicht am Ende der Welt. Aber wir wären schon dreimal in New York gewesen.

Er kannte die Namen der Sterne und sämtliche Sternbilder, den Großen Bären, den Walfisch, Andromeda. Er liebte seine Uhren; oft hielt Sarah ihre Füße in den eiskalten Pool, während Driss bäuchlings auf dem Billardtisch lag und im Licht der Hängelampe mit einer Vielzahl winziger Schraubenzieher seine Rolex auseinanderbaute; er betrachtete das Räderwerk mit einer Lupe, nahm das Zifferblatt, das Aufziehrädchen und das Uhrwerk heraus. Er brachte ihr die genauen Bezeichnungen bei. Sarah begriff nicht, was Anker und Unruh zu bedeuten hatten, aber auch sie hätte, wenn sie gewusst hätte, wie, eigenhändig überprüft, ob die Uhr tatsächlich in der Lage war, der vergehenden Zeit zu folgen; im Leben konnte man schließlich nichts und niemandem vertrauen. Driss wollte alles über die Zeit wissen, auch über die Jahreszeiten: Jeden Tag vermerkte er in einem Notizbuch die Wettervorhersage für den nächsten Tag. Er notierte die Zahlen von seinem Barometer, die er jeden Abend um dieselbe Zeit ablas, und die von seinem Thermometer. Er liebte Voraussagen und Berechnungen. Es musste ein heilloser Lärm in ihm herrschen, dachte Sarah – vielleicht mochte er deshalb die Stille so besonders. An den Abenden mit Badr, Alain und Chirine, wenn das Lachen und die Musik einen gewissen Geräuschpegel überstiegen, erstarrte Driss, so erschrocken wie jemand, der plötzlich eine Wespe gesehen und Angst hat, gestochen zu werden. Wenn mitten an einem solchen Abend das Lachen zufällig gleichzeitig mit der Musik verstummte und ein paar stille Sekunden in der Schwebe ließ, entspannten sich seine Muskeln. Aber fast unmittelbar begann wieder jemand zu sprechen, und er zitterte vor Angst – als wäre er so tief in seinen inneren Lärm abgetaucht, dass er ganz vergessen hätte, wo er war.

Die Diskotheken waren während des Ramadans geschlossen, und man konnte auch zuhause nicht mehr feiern wegen der Eltern, die zwar nicht alle fasteten, aber Angst vor dem Gerede der Nachbarn hatten; die Clique ging nur noch selten aus. Manchmal trafen sie sich bei Alain, der alleine in seiner Wohnung im Viertel Gauthier wohnte; das war zwar weniger attraktiv als eine Villa in Anfa Supérieur, aber mit seiner *Mesusa* am Türpfosten konnte er so viel feiern und Alkohol trinken, wie er wollte. Wenn er auf den Knopf im Aufzug drückte, sagte Badr jedes Mal: Mich würde das anwidern, so eng zusammengepfercht mit anderen Leuten in so einem Haus zu wohnen. In Wirklichkeit schlug sich Alain für einen Mittelklassejuden gar nicht schlecht. Der Kredit, den er für seinen Audi hatte aufnehmen müssen, hatte ihm einiges abverlangt, aber zum Ausgleich hatte er eine sensationelle Idee gehabt: Er vermietete die 3-Zimmer-Wohnung für wenig Geld an einen Arztkollegen seines Vaters. Mit seinem Vater redete er nicht mehr, wegen der Drogen und dem Ganzen, aber auch weil er es ihm übelnahm, Kinderarzt geworden zu sein, statt Geschäftsmann wie alle anderen. Deswegen hatte er nach dem Gymnasium auch nicht studieren wollen – so weit bringt man es also, wenn man anfängt zu studieren, sagte er. Stattdessen hatte er sich mit einem jüdischen Kumpel aus einer Geldfamilie zusammengetan und noch vor dem Abitur mit Immobilien gehandelt. Das lief gut, aber für Anfa Supérieur reichte es nicht; Alain wusste ganz genau, dass es ihm wegen seines vertrottelten Vaters, der sich unbedingt um diese Hungerleider kümmern wollte, nie für Anfa Supérieur reichen würde.

Einmal hatte Badr mitten in dem schwarzen Rauch, den Alain, träge aufs Sofa gefläzt, auspaffte, in ein Sandwich gebissen und gesagt, hoffentlich sei dieser verfluchte Ramadan bald vorbei, damit sie sich wieder an einem anständigen Ort treffen könnten; Alain war gekränkt gewesen: Was ist denn dein Problem, du Penner? Und er hatte den halben Whisky aus seinem Glas verschüttet. Such dir doch 'nen anderen Juden, bei dem du während deines Pseudo-Ramadans abhängst. Chirine hatte gereizt geflüstert: Schon gut, Alain, er macht doch nur Spaß. Sie reagierte nicht zum ersten Mal genervt auf ihn. Schon als er sie zwei Tage zuvor zum Tanzen aufgefordert hatte, hatte sie ihm einen Korb gegeben. Sie hatte sich zu Sarah und Driss gesetzt: Er ist jetzt immerhin vierundzwanzig, in welchem Alter will er eigentlich heiraten? Mit achtundzwanzig? Mit gequälter Miene hatte sie langsam den Kopf geschüttelt. Das ist das letzte Mal, dass ich euch einlade, hatte Alain mit einer vom Alkohol schwammigen Stimme gemurmelt. Sehr gut, hatte Badr erwidert. Dann gehen wir nächstes Mal eben zu Sarah, sie ist ja Französin.

Sarah hatte noch keine Zeit gehabt, sich eine Lüge zurechtzulegen, als Driss schon für sie antwortete:

»Nein. Ihr Vater ist wahnsinnig streng.«

23

S ie zog gerade ihre Turnschuhe an, um aufs Gymnasium zu gehen, als ihre Mutter um acht Uhr morgens plötzlich im Wohnzimmer stand.

»Sag mal, der zahlt dir doch alles, dein kleiner Ehemann, oder?«

Normalerweise wachte Monique nie vor zwölf Uhr auf; ihr dünnes Haar stand zerzaust vom Kopf ab, und das Kajal hatte Veilchen unter ihre Augen gemalt, fast so wie damals im Morizgo. Ja, schon, antwortete Sarah.

»Dann soll er mich nach Sidi Abderrahmane fahren. Ich halt's nicht mehr aus.«

Sidi Abderrahmane, das fand Sarah ein bisschen übertrieben, aber tatsächlich beklagte sich ihre Mutter seit Beginn des Ramadans immer mehr. Sie bekam es von allen Marokkanern, mit denen sie Umgang hatte, zu hören: nicht im heiligen Monat; und nach Sonnenuntergang war keine Bar mehr offen, keine Diskothek, kein einziges Shisha-Café, wohin sie sich mit den Franzosen aus dem Cercle hätte verziehen können. Zwei, drei Männer waren noch verfügbar, Junggesellen oder die, die keine Angst hatten, von ihrer Frau erwischt zu werden, aber es war jedes Jahr der gleiche Mist und jedes Jahr das gleiche Lied, dieses Leben halt ich nicht mehr aus, ich halt's nicht mehr aus, ich will nach Sidi Abderrahmane und eine Lösung finden, doch, ich will dahin, wenn ich's dir doch sage, mein Entschluss steht fest, ich hab nur kein Geld, ich kann nicht zweihundert Dirham da reinstecken. Und jedes Jahr nach dem Ramadan liefen die Geschäfte wieder an, und Monique vergaß, dass sie dorthin gewollt hatte.

Sarah hatte sich nicht sofort getraut, Driss davon zu erzählen. Ein paar Monate zuvor war sie mit Kamil im Cabrio an der kleinen Insel vorbeigefahren und hatte beiläufig gefragt: Warst du schon mal in Sidi Abderrahmane? Kamil hätte sich fast an seinem Becher Cola verschluckt – die Flüssigkeit war aus dem Strohhalm gespritzt. Hast du sie noch alle, hatte er geantwortet und war sich mit dem Handrücken über den Mund gefahren, ich bin doch kein Verrückter. Aber Monique stand jeden Morgen mitten im Wohnzimmer, und jeden Morgen fragte sie wieder: Na, hast du deinen kleinen Ehemann gefragt? Hast du ihn gefragt, sag schon? Es war nicht mehr auszuhalten. Irgendwann hatte Sarah die Frage vor Driss herausgebracht, eines Abends im Poolhaus, während sie gemeinsam zusahen, wie der Mondschein das schwarze Wasser streifte: Sag mal, würdest du meine Mutter mal nach Sidi Abderrahmane bringen? Seine Wangen glühten bei ihren Worten; womöglich würde auch er sich gleich verschlucken wie Kamil und während sie auf seine Reaktion wartete, konnte sie ihre Augen nicht vom Pool wenden – dafür aber spürte sie, dass Driss' Augen auf ihr ruhten. In Ordnung, hatte er nach einer Weile geantwortet. Am darauffolgenden Samstag fuhren sie mit dem Motorrad am Strand von Aïn Diab entlang, Monique folgte ihnen im Taxi.

Es war eine ganz weiße Insel, die ein paar Meter vom Ufer entfernt auf dem Atlantik schwamm; doch schon vom Ende der Corniche aus konnte man die von den Wellen überspülten Felsen sehen und darüber die hohen gekalkten Mauern all der übereinander aufwachsenden Häuser. Als sie aus dem Taxi gestiegen war, holte Monique beim Anblick der Treppen, die sich in der Ferne zwischen den farbigen kleinen Türen hindurchschlängelten und ganz oben zum Grab des heiligen Sidi Abderrahmane führten, tief Luft. Dann lächelte sie:

»Bald werde ich reich.«

Und dann lief sie stolz bis zum Strand. Sie plapperte in einem fort, während sie an den Tischen des ärmlichen kleinen Markts vorbeiging, wo Kerzen, Räucherstäbchen, Anhänger mit der Hand der Fatima und streichholzschachtelgroße Miniaturausgaben des Koran feilgeboten wurden – Driss kaufte ihr alles, worauf sie zeigte. Bald werde ich reich, wiederholte sie, das sage ich dir, die machen das doch alle, die Frauen der Reichen, und danach lügen sie, sie sagen, oh, das ist *haram*, das ist eine Sünde, das würde ich doch niemals tun, aber du kannst Gift darauf nehmen, dass sie es alle tun, und deshalb sind sie jetzt da, wo sie sind. Sarah schwieg; dieser Zirkus sollte bloß schnell ein Ende haben. Sie betrachtete den Strand und ein Stückchen weiter weg die Anlegestelle, an der eine Menschenansammlung darauf schließen ließ, dass Flut war. Bei Ebbe konnte man, das Wasser bis zu den Knien, den Felsen zu Fuß erreichen, aber bei Flut kostete die Hin- und Rückfahrt, bei der man in einem großen zerfetzten Pirelli-Reifen saß, unter den die Jungs ein Holzbrett genagelt hatten, zehn Dirham. Zehn Dirham, das ging ja noch, aber danach wurde es teuer – natürlich kam dabei alles auf die Ratschläge der Hexen an.

Überall in den Gassen der Insel saßen die *chouafate* in kleinen Räumen, in denen man höchstens eine Viertelstunde blieb; die Frauen ließen sich pro Minute bezahlen, manchmal auch pro Wort. Vor ihrer Tür standen Tabletts mit mehreren Rollen Walzblei, die sie anschließend einschmolzen, um das

Schicksal zu beschwören. Denen, die es wollten, lasen sie aus den Karten oder aus den Handlinien. Am Schluss gaben sie ihren Kunden alle möglichen Dinge auf – Kleider verbrennen oder einen schwarzen Hahn opfern und ins Wasser werfen; das mit den Hähnen war praktisch, denn die Menschen, die auf dem Felsen wohnten, waren die ärmsten von ganz Casa, und so schickten sie ihre Kinder in die benachbarten Riffe, um die geschächteten Tiere aus dem Meer zu fischen und sie abends dann zu essen. Deshalb stank es derartig in Sidi Abderrahmane, so wunderschön es auch war: Es roch nach Blei, Feuer und Kalk, nach den Bettlern, die unter den blaubemalten Fenstern auf dem Boden brüllten, und nach den geköpften Hähnen; auf dem Sand, weiter unterhalb, lagen die sterblichen Überreste der Tiere, die blutige Haut von Schafen und Rindern. Nun, das alles hatte Sarah noch nie aus der Nähe gesehen; Abdellah hatte ihr davon erzählt. Er sagte, er glaube nicht an diesen Mist, das seien doch alles Geistesgestörte, nein, Angst habe er auch keine, und Sarah raunte ihm lachend zu: Dann können wir's doch mal versuchen, wenn du keine Angst hast, und er wurde so weiß wie die gekalkten Mauern.

Driss hatte Monique die zehn Dirham für den Hin- und Rückweg zugesteckt, und zweihundert für die Hexensprechstunde, den potenziellen Kauf eines Hahns, dazu noch den Preis für den *fkih*, den Religionsmann, der den Hahn töten würde. Er hatte sie bis zur Anlegestelle begleitet, ihr geholfen, in den Reifen zu steigen, der unter ihrem Gewicht kaum noch schwamm, und gewartet, bis sie heil angekommen war, zusammenzuckend, sobald ihr eine Welle mitten ins Gesicht schlug und sie fast ertrunken wäre, aufatmend, als sie mit klitschnassen Kleidern und Haaren endlich einen Fuß auf den ersten Felsen gesetzt hatte und zu den Gassen emporgestiegen war. Dann setzte er sich auf den Sand. Sarah folgte ihm brav, obwohl es sie nervte, hier bei den Armen zu sein, diesen Inselfamilien, die nicht einmal Strom hatten und mit Autobatterien heizten – die *chouafate* hingegen suchten bei Sonnenuntergang wieder ihre Wohnungen in Casa auf. Aber sie hatte Hunger, und da im Ramadan an den Stränden niemand mehr Schüsseln mit Bohnensuppe oder heißer *harira* verkaufte, schwieg sie, um nicht daran denken zu müssen, und während sie die Schreie der Amuletthändler, der sterbenden Hähne und manchmal auch die der Frauen hörte, wartete sie mit ihm, bis ihre Mutter fertig war. Angeblich blieben verheiratete Frauen, die keine Kinder bekommen konnten, drei Nächte in den Häuschen in Sidi Abderrahmane und brachten neun Monate später ein Kind zur Welt; in Wahrheit wurden sie zu Genesungszwecken jeden Abend von einem *fkih* vergewaltigt, und in Wahrheit war eigentlich der Ehemann unfruchtbar. Sie trauten sich nicht, es jemandem zu sagen, und lebten bis zu ihrem Tod mit der Schande und dem Kind des *fkih* – Kamil hatte recht, das war wirklich ein Ort für Verrückte hier. Das hatte Sarah auf dem Sand zu Driss gesagt: Ihre Mutter sei verrückt, und das hier sei wirklich ein Ort für Verrückte.

»Mir gefällt es hier«, hatte er geantwortet.

Und in seinem Überhitzungszustand, mit seiner Kurzatmigkeit und seiner Stimme, die sich bei einzelnen Wörtern überschlug und fast das Geschrei der Hähne übertönte, erzählte er, dass er nach dem Kauf seines Motorrads, an seinem sechzehnten Geburtstag für seinen ersten *ride* hatte herkommen wollen, alleine und frei, den Wind im Gesicht – damals setzte man noch keinen Helm auf – und schnell wie Speedy Gonzales, weil seine Mutter ihm sein Leben lang immer gesagt hatte, das sei ein Ort für Verrückte, woran er allerdings nicht geglaubt hatte. Diese Leute, sagte er, diese Leute sind, glaube ich, nicht verrückt, ich glaube, sie sind nur nicht einverstanden mit dem Gang der Dinge, sie wollen eine Lösung finden. Auf der anderen Seite des Wassers, direkt gegenüber, war Monique inzwischen von den Gassen heruntergekommen. Sie stand auf dem Sand und streckte unter den ermatteten Augen von Driss und Sarah einen ihrer beiden dicken Arme aus, dann den anderen, schlenkerte mit den Beinen. Und plötzlich rannte sie komplett angezogen mit einem Freudengeheul in die Wellen. Zurück am Strand, fiel sie auf den Rücken, stand klitschnass wieder auf und rannte abermals, hysterisch und wie in Trance, auf das entfesselte Meer zu. Das ist das Ritual der sieben Wellen, sagte Driss, als er Sarahs Stirnrunzeln sah. Das machen die Frauen oft. Siehst du, dass sie nicht einverstanden sind, wie sie sich wehren, fast so, als würden sie Krieg führen. Ich komme gerne her, weil die Leute hier rebellisch sind, sie führen Krieg. Siehst du?

Da wandte Sarah den Kopf zu Driss. Sie betrachtete seine Hände, seine bis aufs Blut abgekauten Fingernägel und dann seine Nase, seine Thymianaugen, die sich genauso heftig ins Wasser stürzten wie ihre Mutter, seinen von der Kälte rissigen Mund; und vielleicht war es nicht der langsame, kreisende Wind, waren es nicht die Celli und sämtliche Harfen Mexikos, vielleicht war es nicht unbedingt Sergio und die stehengebliebene Zeit, aber in ihm tobte der gleiche Krieg wie in ihr, und das war schon viel.

24

Sie hatte gesagt: Dich wird Driss auch nicht heiraten.
Auf der Rückbank des Peugeot 205 tunkte Chirine hastig
ihre Nuggets in die Barbecuesauce. Ab und zu warf sie einen
wachsamen Blick durchs Fenster, aber das war gar nicht nötig – um fünfzehn Uhr mitten im Ramadan war kein Mensch
auf dem McDonald's-Parkplatz an der Corniche. »Los, Lalla«,
seufzte ihr Chauffeur auf Arabisch, »beeil dich.« Er hatte sich,
die Wange in der Armbeuge, über das Steuer gebeugt und
trommelte zu dem Song von Oum Kalthoum, der gerade auf
Medi 1 lief, mit den Fingern auf das Armaturenbrett. »Zwei
Minuten«, erwiderte Chirine kauend. Sarah, die neben ihr saß,
hatte ihr den Rücken zugewandt. Sie streckte den Kopf zum
Fenster hinaus, unter den weißen Himmel, der wie jedes Jahr
gegen Mitte März endlich Regen zu verheißen schien. Am
Strand unterhalb des Parkplatzes sah sie, wie die Kinder in
Trainingsanzügen ihre ausgezehrten Körper voranschleiften,
ihre Füße lustlos in den Sand bohrten – auch sie wollte, dass
Chirine sich beeilte. »Fertig«, sagte Chirine, als sie die letzten
Tropfen Cola mit dem Strohhalm aufgesaugt hatte. Sie ließ
die Scheibe herunter und warf, während ihr Chauffeur wieder anfuhr, die Papiertüte auf den Boulevard. Das war aber
auch Zeit, dachte Sarah. Diese Geschichte hatte sie genervt,
sie wollte schnell nach Hause.

Sie hatte es vergessen, weiter nichts, und es war schwer he-
rauszufinden, wie sie es hatte vergessen können. Es hatte nur

so viele Dinge gegeben seit dem Kuss mit Driss im Januar, so viele Dinge, dass sie keine Zeit mehr zu denken gehabt hatte. Es hatte den Walkman gegeben, die Kappe und eine Weile später dann den Videorekorder, den Driss eigenhändig angeschlossen hatte, bei ihr zuhause, vor den staunenden Augen ihrer Mutter. »Echt klasse, der Typ«, hatte ihr Monique mit einem Augenzwinkern zugeflüstert. Der Ramadan ging in einigen Tagen zu Ende, und bis jetzt war der Couchtisch im Wohnzimmer jeden Abend mit den Krümeln des von Abdellah und seiner Mutter verschlungenen Gebäcks aus der Konditorei Bennis übersät gewesen. Mit vollem Mund gratulierte sie ihr: »*Tbarkallah*, Sarah, zu deinem kleinen Ehemann!« Außerdem hatte es sämtliche Zeitschriften gegeben, die sie gewollt hatte, ein Kleid, eine Jeans, einen Rucksack und ein Kopftuch. Alles in allem sehr viele neue Dinge, um sie abzulenken und vergessen zu lassen. Die veränderten Unterrichtszeiten am Gymnasium während des Ramadans, an die sie sich immer noch nicht gewöhnt hatte, halfen da auch nicht gerade, ebenso wenig die seit anderthalb Monaten von morgens bis abends heruntergeleierten Regengebete, all die Alten, die in ihren Djellabas auf den Gehwegen knieten und sie am Nachdenken hinderten. Auch in der Clique hatte es Wirbel gegeben: Vor einer Woche hatte Chirine verkündet, dass Alain und sie jetzt getrennt seien, sie wolle kein Wort mehr mit ihm wechseln, sie würden sich mit ihren Freunden künftig jeden zweiten Abend abwechseln. Und Yaya, dieser Dreckskerl, war immer noch nicht zurückgekommen. Dabei hoffte Sarah nach wie vor jeden Tag, und jeden Tag im Billard-Café, auf dem Gehweg in der Rue Al Kabir zerriss es ihr wieder das Herz, zerriss es ihr zum hundertsten Mal das Herz, wenn er nicht da war – der lebt jetzt bestimmt in Tunesien, sagte

Haroun, der kommt nicht wieder. Während sie, nachdem sie ihre Pizza alleine im ersten Stock des Billard-Cafés gegessen hatte, wieder zum Gymnasium ging, stellte sie sich vor, wie er zwischen Orangen- und Zitronenbäumen lächelte und wie er klatschte zum Klang der Gitarre und zu den wirbelnden Röcken der Mädchen, die ihn endlich glücklich machten, und sie fragte sich, ob er eines Tages von der Kappe, von dem Gebäck, vom Café Campus und von alldem anderen erfahren würde, ob er stolz auf sie wäre, ob er sagen würde: Bravo, Kleine, das hast du gut gemacht. Der Walkman, die neuen Zeiten, Chirine, Yaya, das waren haufenweise Dinge, die ihr den Verstand benebelten; Driss, Abend für Abend, nach dem *Iftar*, seine undeutlichen Konturen, die es nachzuzeichnen galt, und das Parfum von Giorgio Armani und sein 1000-Meilen-Spiel, und seine Augen der nicht enden wollenden Hügel. Das waren haufenweise Dinge, aber es deshalb gleich zu vergessen … Das war schon heftig. Doch als Chirine beim Einsteigen ins Auto mit ihr gesprochen hatte, musste Sarah den Tatsachen ins Auge sehen: Sie hatte das Geld vergessen.

Dabei vergisst man das Geld doch nicht einfach so, zumal Driss, der Schweigsame, über gar nichts anderes redete. Das war seine Sprache – sogar, wenn er nichts sagte, sprach es aus ihm. Nicht nur wegen der Rolex oder des riesigen Hauses, wegen der Araukarie, des Pools oder des Rolls-Royce in der Garage; sondern weil sie deutlich sah, dass in seinem Leben alles vom Geld geprägt war – genau wie in ihrem Leben. So hatte sie verstanden, dass sie Geschwister waren. Driss' Kommen und Gehen war Geld, wie bei ihr, seine Bewegungen waren Geld, wie bei ihr, und sogar seine Gedanken, sogar seine Wut waren Geld. Nach dem Abitur hatte sein Vater ihn nach Frankreich geschickt – das wusste sie von Badr. »Er hat das volle Programm für ihn aufgefahren«, erzählte er. Er hatte ihn in einer ihrer Wohnungen in Paris untergebracht, hatte die Business School bar bezahlt und ihm jeden Monat dreißigtausend Dirham geschickt. »Er hat allen erzählt, dass er Driss dreißigtausend Dirham im Monat schickt, er hat ausdrücklich auf den dreißigtausend bestanden, er hat immer wiederholt: dreißigtausend, dreißigtausend Dirham im Monat.« Dreißigtausend Dirham war der Höchstbetrag, den man jährlich legal aus Marokko schaffen durfte; dreißigtausend im Monat machten Eindruck, das war klar, zumal jeder dabei automatisch auch die fünf Prozent für den Schlepper, der die Devisen tauschte, dazurechnete. Und nach einem Jahr dann, als ganz Anfa lang und breit von der Wohnung und den dreißigtausend im Monat reden gehört hatte, als niemand mehr an dem Gerücht zweifelte – er ist so reich wie der König –, hatte sein Vater ihn nach Casa zurückgepfiffen. Schließlich wollte er nicht noch fünf Jahre lang mit diesem Zirkus weitermachen – und drei Tage nach seiner Rückkehr hatte Driss bei Jean's Fabric zu arbeiten angefangen.

So glänzend die Geschäfte auch laufen mochten, in der großen Fabrik in Sidi Moumen focht Driss tief in seiner unruhigen Brust die Schlacht des Geldes. Du bist doch unfähig, Geld zu machen, sagte sein Vater zu ihm, unterschrieb Verträge mit ganz Europa und kehrte von Messen zurück, auf denen er den wichtigsten Marken seine Warenmuster vorgeführt hatte – Driss hingegen wartete in Casa und beaufsichtigte die Arbeiterinnen. Als er im vergangenen Sommer eines Abends bei Badr einen alten Kumpel vom Gymnasium wiedergetroffen hatte, der eine Amerikanerin geheiratet hatte und jetzt für eine New Yorker Firma arbeitete, hatte er sich endlich getraut – seinen Spruch hatte er schon seit Langem vorbereitet. Er hatte ihn schon tausendmal in seinem Kopf hin- und hergewendet, ihn vor imaginären saudischen Fürsten gestammelt, ihn vor englischen Geschäftsleuten proklamiert; und jetzt, in Badrs Garten, mit einem Joint in der Hand, hatte er gespürt, dass der Augenblick gekommen war – endlich sprach er die Wörter aus: Willst du die Warenmuster von meinem Vater sehen? Seit vier Jahren arbeitete er nun schon in der Firma, traute sich aber immer noch nicht zu sagen: unsere Warenmuster. Ein paar Wochen später jedenfalls hatte er den Vertrag unterzeichnet, seinen ersten eigenen Vertrag, und den ersten Vertrag von Jean's Fabric mit Amerika. Er hatte das ganze Räderwerk verinnerlicht, jedes einzelne Rädchen des New Yorker Handelshafens, in den er im November 1993 eine der größten Bestellungen in der Geschichte der Fabrik hatte schicken lassen: drei rote Container mit je fünfzigtausend Jeans. Drei rote Container auf die andere Seite des Atlantiks, das alles war ihm zu verdanken, einzig und allein ihm, sein eigener Vertrag mit seiner eigenen Unterschrift, na also, war das nicht der Beweis dafür, dass auch er fähig war, Geld zu machen, wie ein richtiger Mann, wie sein Vater. Dieser verdammte Kunde musste nur einfach irgendwann zahlen. Driss faxte tägliche Mahnungen. Und wenn er in seinen Überhitzungszustand geriet, wenn er über den New Yorker Hafen redete, über den Frachter, über den Ladebaum, der einem Kran ähnelte, über den Spediteur, der wirklich, oh Mann, ja, der wirklich darauf hätte bestehen sollen, dass er von der Bank beim Erhalt der Ware den Garantiewechsel bekam, der darauf hätte bestehen sollen, das Geld zu kriegen, flüchtete er sich irgendwann schluchzend und zitternd an Sarahs Schulter. In ihrem kleinen Haus strich sie ihm übers Haar und murmelte: Die zahlen noch, das wird schon.

Auch in Driss' Fragen steckte das Geld. Da seine Überhitzungszustände ihn erschöpften, stellte er sie nicht jedes Mal, doch Sarah wusste genau, dass sie unablässig in ihm brodelten. Manchmal explodierten sie. Er holte sie in Hay Mohammadi ab und sagte nicht einmal Guten Tag, wenn sie die Tür öffnete – er stand da, mit gekreuzten Armen, den Blick ins Leere gerichtet. Aber natürlich war es keine Leere, in die der Thymian seiner Augen schaute, es war die Fülle, das glühende Universum, ein hundertfaches Stürmen; sein Blick war in die Fülle gerichtet. Da musste man sich gar nicht erst bemühen zu diskutieren. Sie folgte ihm bis zum Motorrad, hielt inne, wenn der watschelnde Gang vor ihr plötzlich stockte – wie im Selbstgespräch kratzte er sich am Kopf, schüttelte ihn von links nach rechts, seufzte und zuckte schaudernd zusammen. Dann setzte er sich mit seinem Entengang wieder in Bewegung. Erst als sie beide auf dem grauen Sofa saßen, brach die Frage aus ihm hervor, als wäre sie auf dem Weg nach Anfa in seinem Inneren so angeschwollen, dass sein Mund sie nicht mehr zurückzuhalten vermochte.

»Aber was machen sie denn, wenn sie krank sind?«

Sie, das waren die Arbeiterinnen. Immer ging es um die Arbeiterinnen – er verstand es nicht. Wenn er sie tagsüber in der Fabrik beaufsichtigte, betrachtete er die Narben auf ihren nähenden, säumenden, heftenden Händen, die noch blutigen Wunden an den Fingern. Er sah die Haut voller Akne – manche waren noch nicht einmal vierzehn – die weißen Pickel am Rand ihres Kopftuchs oder aber die Falten der Alten, die Sonnenflecken, die Blutergüsse. Und vor allem hörte er. Die Arbeiterinnen mochten es, wenn der Sohn des Chefs sie beaufsichtigte, weil er sie nicht beleidigte, er brüllte nicht herum, er befahl ihnen nicht, die Klappe zu halten und zu arbeiten. Er saß einfach, blind und stumm, auf seinem Stuhl aus Metall,

den Mund unter der großen Nase leicht geöffnet, und wartete, bis sein Vater ihn wieder in den sechsten Stock rief. Sie
konnten gefahrlos plaudern. Driss hörte, wie die kleine Zhor
mit ihren gelben, vorstehenden Zähnen lachte und von ihrer
Mutter erzählte, die, wie sie gestand, hundert Dirham aus der
Tasche von Madame geklaut und der Familie in Anfa, bei der
sie als Dienstmädchen angestellt war, weisgemacht habe, es
sei der Sohn des Hauses gewesen. Die Arbeiterinnen rings herum lachten sich schief – das geschieht ihnen recht, sagten sie,
hoffentlich hat deine Mutter sich auch was Schönes gekauft.
Da war Mina, die einen achtjährigen Sohn hatte, der nicht
mehr zur Schule ging. Er trieb sich auf der Straße herum; sie
hatte Angst, dass er irgendwann nach Karkoubi süchtig würde.
Sie hatte Driss' Vater angefleht, ihn in der Fabrik zu nehmen,
aber er hatte nicht gewollt, denn seit ein paar Jahren war es
den Europäern nicht mehr geheuer, Kinder für sie arbeiten
zu lassen. Mehrmals täglich ließ sie plötzlich den Stoff fallen,
schlug laut auf den Tisch und rief: Sollen sie doch verrecken,
die Europäer! Die Mädchen kannten das schon. Und da war
Najat, die im Januar geheiratet hatte und deren Mann ihr zu
arbeiten verboten hatte – den ganzen Tag außer Haus, sagte
er, in einem Gebäude zusammen mit Männern und was weiß
ich was für eine Arbeit. Er ertrug das nicht. Sie hatte gekün-
digt. Zwei Monate später war er mit ihr aufgekreuzt und hatte
gemurmelt: Ich bring sie zurück. Ohne ihren Lohn hatten sie
noch nicht mal genug, um das Fleisch für das Opferfest zu
bezahlen. Und so beklagte sich Najat jeden Tag bei der Arbeit
über ihren griesgrämigen Mann, der den ganzen Tag lang nur
herumhing und brüllte, sie sei ein Miststück mit ihrer Scheiß-
arbeit und, ja, seit sie wieder in die Fabrik gehe, vernachläs-
sige sie die Hausarbeit. Für wen hältst du dich eigentlich?,

sagte er. Schließlich bist du immer noch eine Frau, auch wenn du arbeitest. Najat beschwerte sich, aber niemand beschwerte sich so oft wie Sanaa. Sie war diejenige, die die französischen Zahlen und Buchstaben auf den Etiketten am besten lesen konnte – sie erinnerte sich noch gut an den Unterricht in der Schule, als sie klein war, und alle fragten sie, wenn sie die Nummer für eine Größe aufnähen sollten. Doch die Tatsache, dass sie so gut lesen konnte, änderte nichts: Woche für Woche holte ihr Vater für sie ihren Lohn ab. Einmal träumte sie, dass sie selbst das Geld nehmen würde, sie sagte, dass sie es verdient hätte und sich davon schöne Kleider nur für sich kaufen wolle und einen Lippenstift. Von diesem Lippenstift redete sie jeden Tag. Wenn die Mädchen sie hörten, verdrehten sie die Augen zum Himmel und zuckten mit den Schultern: »Hör doch mit dem Unsinn auf, Sanaa.« Sie wussten nicht, wie sie ihre Situation hätte ändern können. »Gott ist groß«, setzte die alte Hnia hinzu, »hab Geduld, eines Tages, *inch'Allah*, findest du dann einen Ehemann und dem kann dein Vater nicht mehr dein Geld wegnehmen.«

Driss verstand das nicht. Natürlich verstand er, was sie sagten, auch wenn ihr Arabisch besser war als seines; aber die Armut, das verstand er nicht. Kamil hatte das immer sehr gut verstanden, und es hatte ihn nie gestört. Dem Wagenhüter, der aufpasste, dass sein Porsche nicht zerkratzt wurde, während er im Boga Boga zu Abend aß, steckte er durch die heruntergelassene Scheibe zwei Dirham zu und murmelte: Gott behüte dich, Bruder, und der Wagenhüter nahm die zwei Dirham und antwortete: Gott behüte dich, Bruder; dann startete Kamil wieder, und das war's. Sie kannten beide die Wahrheit hier ganz genau: So war es eben. Doch für Driss war es unmöglich, dass es einfach eben so war.

Was essen sie eigentlich zum *Iftar*? Wer zahlt ihnen den Strom? Wie ist es wohl bei ihnen zuhause, wie kaufen sie sich etwas zu essen, haben sie im Sommer einen Ventilator? Und wenn sie sich einen Arm brechen? Und was machen sie samstags, wenn sie nicht arbeiten? Mit dem, was sie kriegen, können sie sich noch nicht mal eine Kinokarte leisten. Für Driss gab es auf der ganzen Welt, obwohl er in Paris, in New York, in Spanien und in England gewesen war, keine exotischeren Fremden.

Alles an Driss war Geld; seine Sprache war Geld, und dabei hatte Sarah das Geld vergessen – das Thema Geld. Schon lange hatte sie nicht mehr von ihrer zukünftigen Villa in Anfa Supérieur geträumt, mit Kronen und Diamanten auf dem Boden. Sie hatte alles vergessen – den großen, himmelfarbenen Pool, den Cognac in den Kristallgläsern, die Dienstboten, die entlassen werden wollten, die Hochzeit in dem goldgewirkten Kaftan auf den Kupfertabletts, während die Darbukas erklangen. Ihr Horizont war jetzt die Haut.

Genau das hatte sie nach Chirines Worten gedacht: dass ihr Horizont nun nicht mehr das Geld war, sondern die Haut, ihrer beider Haut, denn ihre Haut war jetzt seine geworden und umgekehrt. Das schien erst einmal nichts zu besagen, aber wenn man jeden Tag im Leben nur mit seiner Haut, seiner eigenen Haut durch die Straßen, die von Menschen überfüllten Märkte, durch die Barackensiedlungen gelaufen ist, mit geballter Faust, stets bereit wegzurennen oder loszuschimpfen, und wenn man dann von heute auf morgen plötzlich ständig eine andere Haut neben sich hat, in einem friedlichen kleinen Haus neben dem plätschernden Wasser, eine Haut, die nichts sagt und die 1000 Meilen spielt, die akzeptiert, die nichts verlangt und einfach gibt, dann weiß man nicht mehr, wie man es anstellen soll, um so zu leben wie früher, unter der Einsamkeitshaut – sie reicht nicht mehr. In dem ganzen Wirbel da draußen kann man noch nicht mal mehr in Ruhe einen Schritt nach dem anderen tun. Mit seiner täglichen stillen Anwesenheit war Driss die Luft geworden und auch der Boden.

Aber Chirine, die blöde Kuh, hatte es gesagt. Sie hatten Driss in ihrem roten Haus zurückgelassen, damit er zum hundertsten Mal mit ihrem Vater über den Preis des Motorrads verhandeln konnte, und dann waren sie hinten in den Peugeot 205 gestiegen, um sich zur Corniche fahren zu lassen und heimlich Nuggets zu essen. Unterwegs schimpfte Chirine heftig. Sie leierte zum zehnten Mal ihr Trennungsgespräch mit Alain herunter, sie machte ihm Vorwürfe, sie hasste ihn, drohte, in Casa ganz ans Ende vom Meer zu gehen, wo bekanntlich die Liebeshexe vom Leuchtturm an der Punta d'El Hank lebte – dort würde sie hundert Dirham bezahlen und ihn verwünschen, diesen Idioten, wollte ihm *Dschinns* in die Wohnung schicken. »Sag so etwas nicht, Lalla Chirine!«, warf ihr Chauffeur ein. Doch sie redete weiter. Immer wieder sagte sie, es sei ihr ein Rätsel, dass er sie nicht heiraten wolle, wo sie doch tausendmal mehr Geld habe als er, und das alles wegen einer Religionssache, die mit dem richtigen Rabbi in drei Monaten hätte geregelt werden können. Diese Scheißjuden, wetterte sie. Diese Scheißtypen, die uns Hochzeiten vorgaukeln und uns dann einfach sitzenlassen. Sarah schwieg; sie sah das Sun, den Tahiti Beach Club, das Miami direkt am Ozean an sich vorbeiziehen – sie dachte daran, wie Driss und sie sich nach dem Ramadan, wenn der Frühling käme, am Strand der Privatclubs an das weiße Plastikgewebe einer Sonnenliege schmiegen und schlafen würden – unteilbar, Haut an Haut.

Und dann hatte Chirine es gesagt. Sie hatte verkündet, das sind eh alles die Gleichen, diese Dreckskerle, alles die Gleichen. Sie hatte gesagt, dich wird Driss auch nicht heiraten. Sie hatte gesagt, ich sag's dir lieber gleich, dann machst du dir keine Illusionen und stehst dumm da wie ich, er wird dich nicht heiraten; nie im Leben heiratet er ein Mädchen wie dich.

25

Bei der Ankunft, wenn man aus dem Bahnhof Casa Voyageurs oder dem Flughafen Mohammed V. trat, um ein Haar von den Mofa-Typen umgefahren wurde, die hinter sich auf dem Sattel zwei oder drei Schafe beförderten, wenn man die feuchte, nach Jod und Schwefeldioxid riechende Luft einatmete, das Geschrei, das Blöken, das Zusammenstoßen der Autos und Gemüsekarren hörte, wusste man eins: Hier wurde man regiert. Natürlich wurde man vom König regiert, dessen Foto alle Lebensmittelgeschäfte und Läden zierte. Doch wenn man das ausnahmsweise mal vergaß, regierte man sich gegenseitig. Frauen, die mit ihrem Jaguar im Stau steckten, ließen das Fenster herunter und riefen nach einem Straßenjungen, der auf dem Gehweg lungerte: Hol mir eine Flasche Wasser. Polizisten packten junge Mädchen in der Innenstadt am Arm, zischten ihnen zu, dass sie die Art, wie sie angezogen waren, nicht mochten, und die Mädchen flehten, weinten, wehrten sich; wenn sie Glück hatten, sah eine der Frauen im Jaguar sie, bekam Mitleid, ließ erneut das Fenster herunter und ranzte den Polizisten an: Du lässt sie sofort los. Und er ließ sie los. Anschließend parkte die Frau vor ihrem Haus, ging hinein und inspizierte das Couscous. Dann schrie sie ihr Dienstmädchen an, beschimpfte sie als Idiotin, als Versagerin, ohrfeigte sie manchmal – eine komplette Katastrophe. Im Couscous war Zimt, aber ihr Mann hasste Zimt, er würde bald nach Hause kommen, und der Zimtgeruch würde seinen Zorn entfachen. Er würde herumbrüllen, Türen knallen. In dieser Villa, über die er umfassend regierte, noch mehr als die Frau das Dienstmädchen regierte, noch mehr als der Polizist die Mädchen in der Innenstadt regierte, herrschte Panik – es musste alles nochmal gemacht werden. Doch es gab eine Gruppe, die alle anderen regierte, die Männer, die Reichen, die Ehemänner und die Chefs: Das waren die Fassi.

Sie wurden so genannt, weil sie aus den alteingesessenen Familien in Fes stammten, auch wenn die meisten von ihnen nie einen Fuß dorthin gesetzt hatten; man erkannte sie an ihrem bürgerlichen Akzent und an ihren Nachnamen. In der Regierung, im Königspalast, an der Spitze der Großunternehmen saßen ausschließlich Fassi; und wenn sich zufällig mal ein Mann aus einer durchschnittlichen Familie etwas Macht verschaffte, war diese Macht der seines Fassi-Kollegen, der allein aufgrund seiner edlen Abstammung über Autorität gebot, stets unterlegen. Fassi zu sein war besser, als reich zu sein, selbst wenn Fassi zu sein bedeutete, immer und für immer reich zu sein: Generation um Generation wurden die Kinder von Fassi selbst Minister und Geschäftsleute. Es gab nichts Schlimmeres, das wusste Sarah genau, als einen Fassi, der sein Blut in einer Verbindung mit einer Nichtadligen verdünnte. Driss war Fassi.

Natürlich hatte Chirine recht. Nie würde ein Fassi ein Mädchen wie sie heiraten, eine, über die man keine Informationen hatte, zu allem Überfluss auch noch Französin, die ungeniert auf der Straße herumlief, eine Rumtreiberin, die nicht mal mehr Jungfrau war und von der niemand wusste, was ihr Vater beruflich machte. Im Peugeot 205 hatte Chirine die Wahrheit gesagt, und ihre Worte waren immer wahr gewesen, von Anfang an, von dem Tag an, als Driss ihr zuhause eigenhändig die Tür aufgemacht hatte, um sie in den Garten zu führen, ja damals schon, als sie den Thymianaugen an einem Tisch im Café Campus noch gar nicht begegnet war. Sarah wusste es, und vielleicht wusste sie es schon lange. Aber es war etwas anderes, wenn die Worte erst einmal ausgesprochen waren – sie hatten die Luft durchbohrt, hatten sie gespalten. Künftig sah sie sie vor sich, spöttisch und lüstern, und wenn sie den Kopf abwandte, folgten sie lachend dem Weg ihrer Augen. Der blendende Dunst, in den sie sich mit Driss für den Monat Ramadan eingehüllt hatte, war nun verflogen – sie sah. Und sehend hasste sie die Worte, die gewaltsam waren, gewaltsamer als die Schläge der Männer in den Häusern, als die Armut auf den Straßen, als die Vergewaltigungen der Mädchen in den Barackensiedlungen, ja gewaltsamer als die ganze Gehässigkeit dieses Landes, von der im Übrigen nie jemand sprach – als Chirine ihren Vater mit den Händen auf dem Hintern des weinenden Dienstmädchens überrascht und es ihrer Mutter erzählt hatte, hatte sie zur Antwort bekommen: Sei still. Über so was redet man nicht. Vor dem Rest der Welt hatten sie in diesem Land begriffen, dass einen nicht die Dinge an sich am meisten aus der Fassung brachten, sondern die Worte, mit denen sie ausgesprochen wurden.

Als Driss und Sarah in der Nacht nach Chirines Worten im Peugeot 205 unter dem schweren, schwarzen Himmel ihre Füße in das eiskalte Wasser des Pools streckten, als sie zwischen dem Wind und dem beginnenden Gewitter – endlich war es Mitte März – den Atem des anderen hörten, stellte sie ihm diese Frage. Eine Frage, die sie noch nie gestellt hatte, noch nicht einmal, wenn von der Terrasse seiner Villa aus nach Driss gerufen wurde, ganz oben im Garten, mit einer Stimme, die sich brüllend überschlug, und er mit großen, widerstrebenden Schritten alleine den Rasen hinauf- und ein paar Minuten später wieder hinunterlief, als ob nichts gewesen wäre. Denn um diese Frage zu stellen, hätte sie die Worte aussprechen müssen, und von ihrem wattigen Gleichgewicht wäre nichts mehr übrig gewesen. Doch in dieser Nacht stellte sie sie ihm:

»Können wir nicht in dein Haus hochgehen?«

Der Himmel grollte. Vorhin hatte Sarah im Autoradio des Peugeot einen Wetterexperten sagen hören, aus wissenschaftlicher Sicht deute alles auf einen baldigen Regen hin, vermutlich sei es in zwei Tagen so weit, schließlich gehe in zwei Tagen der Ramadan zu Ende und der Regen sei ein Geschenk Gottes. »Eine wunderbare Analyse«, hatte der Journalist geantwortet. Driss hatte unvermittelt aufgehört, mit den Füßen im Wasser zu schlenkern. Mit heiserer Stimme brachte er hervor:

»Aber meine Eltern sind da.«

Natürlich hätte Sarah sich die Mühe machen können, zu diskutieren, sich zur Wehr zu setzen – sie hätte vernünftige Argumente benutzen können, etwa die regelmäßige Anwesenheit Chirines bei seinen Familienabendessen, die ihn offenbar nicht zu stören schien, etwa jenen Samstagnachmittag, als er zusammen mit Badr versucht hatte, unter den Augen seiner Mutter den neuen Fernseher im Wohnzimmer zu installieren, ein riesiges schwarzes Quadrat mit einem Meter Seitenlänge, so schwer, dass der Gärtner seine beiden Cousins hatte anrufen müssen, damit sie ihn die Treppe herauftrugen. Alle kamen zu ihm, nur sie nicht. Doch es hätte nichts gebracht, so zu tun als ob.

Sie zog ihre Füße aus dem kalten Wasser und trocknete sie langsam mit dem Handtuch, das hinter ihr lag. Driss starrte unverwandt auf die Wasseroberfläche.

»Die schlafen doch um diese Zeit.«

Sie bemerkte das sachte Zittern seines Nasenflügels, sie konnte sich ausmalen, welche Angst ihn in diesem Augenblick bei der Vorstellung überkam, sie in die Villa mit hochzunehmen. Er mochte vielleicht über dem König stehen, Driss, der Fassi, der so reich war wie der König, der den Polizisten Hundert-Dirham-Scheine zusteckte. Doch seine gebeugten Schultern und sein watschelnder Gang ließen die Wahrheit erkennen – wie drei rote Container mit je fünfzigtausend Jeans schleppte er auf seinem Rücken die Last seiner unsichtbaren Ketten.

Sarah nahm seine Hand. Sie war so kalt wie die Stäbe seines Gefängnisses, und sein Fleisch schauderte noch immer, und sie dachte zum ersten Mal, dass in ihrem geschwisterlichen Duo, unter der Last dieses Königreichs, gewiss der gleiche Krieg in ihm herrschte wie in ihr, wenn er mit dem Motorrad nach Sidi Abderrahmane raste, um dort die Ungehorsamen und die Rebellen zu bewundern; aber sie war die Einzige, ja vielleicht die Einzige im ganzen Land, die diesen Krieg nicht nur mittrug, sondern auch ausfocht.

»Los«, sagte sie im Aufstehen und zog ihn an der Hand. »Wir gehen.«

Und gemeinsam liefen sie den Gartenweg hinauf.

Im Dunkeln gingen sie durch die großen Salons, unter den Kristallleuchtern hindurch, stießen an einen Schreibtisch, eine mit Seide überzogene Sitzbank; sie prusteten vor Lachen. Dann hielten sie plötzlich verschreckt inne, fürchteten, zu laut gewesen zu sein. Auch wenn die elterliche Suite auf der anderen Seite der Villa lag, verließ sie diese Furcht nicht, auch als sie schweigsam weiterliefen, Hand in Hand, durch das Esszimmer, über die vier Terrassen, durch das Arbeits-zimmer des Vaters, das blaue Zimmer von Driss mit den Wel-len- und Schiffsmustern an den Wänden. Beim geringsten Geräusch blieben sie stehen. Es war, als lauerten rings um sie Augen – hinter den Gemälden, in den Schlüssellöchern der Schränke, unter den Kissen der Chaiselongue, hinten in der Sofaecke. Sarah spürte hundert Pupillen auf sich. Während sie weitergingen, fand Sarah diese Vorstellung zuerst verrückt, dann dachte sie, dass es schließlich viele Augenpaare bräuchte, um die Parfumflakons in dem Badezimmer, das den ganzen Hügel von Anfa überragte, zu überwachen; um die großen Blumensträuße, die Teppiche, die Karaffen zu überwachen; die Dienstmädchen, die im Keller schliefen und den Schmuck hätten klauen können. So abwegig war das gar nicht. Und doch war dieses Haus, obwohl es von all den Augen bewohnt, obwohl es von der Angst durchdrungen, obwohl es so düster war, nur schwach erleuchtet von dem Licht des Pools, das von Weitem zaghaft durch das große Glasfenster einfiel, für Sarah das schönste Haus der Welt. Sie erinnerte sich an alles – an das ganze Geld. Ihr fielen wieder die Paninis ein aus der Zeit vor Driss, der Hochzeitstraum, sie hoch oben auf dem Tablett, die schmutzigen Füße von Marimar, die durch Mexiko rannte, nachdem sie Orangen geklaut hatte, die Fliegenklatsche von Moustache und seine Thunfischsandwiches, Loubnas Tajines und ihre Mutter, die sich gefräßig über das Gebäck von Bennis hermachte. Und wenn sie in dem marmornen Badezimmer an ihrem Spiegelbild vorbeikam, wusste sie nicht, wirklich überhaupt nicht, was sie mit diesem Straßenmädchen, das sie im Spiegel sah, gemein hatte. Sie musste hier leben, unbedingt.

Auf der Treppe war ein Geräusch zu hören. Driss packte Sarah am Arm, dass es ihr wehtat, zog sie, blitzschnell wie auf dem Motorrad, ins Badezimmer, schleifte sie durch die Gänge bis zu dem großen Glasfenster, das er panisch öffnete, und schubste sie dann auf den Rasen, den Abhang hinunter zum Pool. »Versteck dich«, sagte er und duckte sich neben ihr hinter einen Liegestuhl, während er zur Villa hochschaute. Und so wartete er und zuckte bei jedem Grollen des Himmels zusammen; doch nichts rührte sich oben im Haus. Nach einer Weile erhob er sich und seufzte erleichtert auf.

»Das war nur das Dienstmädchen, glaube ich. Ich hoffe, sie hat uns nicht gehört.«

In diesem Moment begriff Sarah, dass es keine andere Lösung gab.

26

Sie liebten sich nicht oft, aber sie hatte ihm unvermittelt erklärt, dass sie auf keinen Fall schwanger werden dürfe. So eindringlich sie nur konnte, hatte sie hinzugesetzt, er müsse ihr schnellstmöglich von Alains Vater ein falsches Rezept ausstellen lassen. Dann solle er in eine Apotheke gehen, das Rezept von Alains Vater vorzeigen und die Wörter sagen, die sie ihm schon so oft eingetrichtert hatte: Die Pille für meine Frau. Er habe nicht mit der Wimper gezuckt und nicht gezittert, hatte er ihr anschließend berichtet; die Apothekerin habe keine Fragen gestellt – den Reichen stellt man eben keine Fragen. Im ersten Stock des Crep'Crêpe hatte er Sarah das grünweiße Papiertütchen unter dem Tisch zugesteckt. Der Ramadan war gerade zu Ende gegangen, draußen regnete es endlich, und im Fernsehen hielt der König eine Rede über Gott und die Brüderlichkeit der Völker, die sechs Wochen lang unaufhörlich gemeinsam in den Moscheen, den Synagogen und auf den Straßen gebetet hatten – »Marokko geht Hand in Hand«. Abends war Sarah mit dem zusammengefalteten Tütchen in ihrem Anorak nach Hause gekommen; wenig später warf sie es in den Müllcontainer, der hinter dem Zaun der Barackensiedlung überquoll. Jetzt liebten sie sich jeden Tag – während er, auf dem Billard ausgestreckt, eine Rolex auseinanderbaute oder die Wettervorhersagen in ein Heft kritzelte, presste sie sich auf einmal an ihn. Er sah sie mit großen Augen an – was machst du denn?

Eigentlich hatte sie niemandem von ihrem Plan erzählen wollen, natürlich nicht; doch mit Yaya sprach sie darüber. Ein paar Tage nach dem Ende des Ramadans, als sie, den nagelneuen, geöffneten Regenschirm über sich, bei Jus Ziraoui vorbeiging, um Driss wie früher im Café Campus zu treffen, hatte sie ihn auf dem Gehweg hocken sehen, einen Joint im Mundwinkel, als wäre er nie weg gewesen. Das hatte er ihr auch gesagt, als sie ihm um den Hals gefallen war: Bist du verrückt oder was, ich war doch gar nicht weg. Noch am selben Abend hatten sie sich am Strand getroffen, um den Regen fallen zu sehen, und noch am selben Abend hatte sie ihm von den Wochen mit Driss erzählt – von dem Geld, von der Kappe, den 1000 Meilen, dem Gebäck – und er ihr von seinem Bruder, von dem Meer, in dem damals sein Tod gekommen war, und von den Benchekroun-Idioten. Sie hatte nicht vorgehabt ihm zu erzählen, dass sie schwanger werden wollte, und sie hätte es wohl auch nie getan, wenn sie gleich nach dem Strand auseinander- und in ihre Leben zurückgegangen wären, er zu seinen Drogenlieferungen an die Clique, sie, an Driss' Arm gehängt, ins La Notte, zu Badr oder ins 17 Étages. Doch an diesem Abend hatte Yaya das Taxi gehabt. Also hatte er sie nach Hause gebracht und zwischen den Autos auf der Corniche, die nicht vom Fleck kamen, wieder mit den Benchekrouns angefangen. Ich hätte ihn fertiggemacht, diesen Idioten, wiederholte er. Ich lass mir doch von den Reichen nichts vorschreiben. Sarah, auf der Beifahrerseite, die Wange an der kalten Scheibe, ließ ihn reden; während sie mit der flachen Hand den Beschlag wegwischte, sah sie, wie sich in der Spur ihrer Handfläche der *jabane*-Verkäufer, der unter der Sindbad-Statue Schutz suchte, abzeichnete. Er schlotterte vor Kälte; Regentropfen rannen von seiner Nougatstange. In diesem

Augenblick sagte Yaya: Oh Mann, ich weiß ja genau, was dieses Arschloch von Benchekroun macht, und ich halt die Klappe, aber jetzt sag ich's, ich sag jetzt allen, was dieser Idiot macht, es wird ihm noch leidtun, dass er mir meinen Stoff nicht bezahlt hat. Was macht er denn?, fragte Sarah, die Augen immer noch auf dem *jabane*-Verkäufer. »Das weißt du doch«, erwiderte Yaya und bremste scharf. Die Autos begannen zu hupen, Sarahs Wange schlug an die Scheibe, sie drehte sich genervt zu ihm, wollte ihn schon beschimpfen, doch als sie ihn, den Blick starr auf die Straße gerichtet, wortlos die Kupplung betätigen sah, biss sie sich auf die Zunge. Yayas ausgemergeltes Gesicht, das sich meist wild verzog, mit entblößten Zähnen lachte, den Rauch inhalierte und geräuschvoll ausstieß oder Lieder aus Sidi Bou trällerte, hatte sich verschlossen. Seine Züge waren wie abgesackt, kurz davor herunterzufallen, alles nacheinander, Nase, Kinn, Wange, Augenbrauen, und, wie zersplitterndes Glas, auf die Automatte zu prasseln; es sah aus, als würde er losheulen. Sarah wagte nicht zu antworten, nein, keine Ahnung, wovon er sprach, keine Ahnung, was dieses Arschloch von Benchekroun machte, doch Yaya redete weiter. Ich, sagte er, ich mach vielleicht das Gleiche wie Benchekroun, aber wenigstens nicht hier unter den Augen von Allah und meinem toten Bruder, mitten im Ramadan; ich mach mich wenigstens vom Acker. Bei jedem verfluchten Ramadan schnapp ich mir mein Auto und fahr bis Ceuta und bleib den ganzen Monat dort, um mein Land nicht mit meinen Sünden zu beschmutzen, aus Respekt. Ihm ist das egal, der macht seine perversen Sachen hier einfach weiter, während die anderen fasten, oh Mann. Ich sag den Leuten, was er macht. Ja, ich sag's ihnen, das ist mir ganz egal. Und während er in den Boulevard Moulay Ismaïl einbog, wo praktisch keine Autos mehr waren und das Taxi endlich durchkam, setzte er hinzu: Als ich klein war, dachte ich, ich sei der einzige Schwule auf der Welt.

Deshalb hatte sie es ihm erzählt – weil auch sie sich wie die Einzige auf der Welt fühlte. Sie kannte keine anderen sechzehnjährigen Mädchen, die, wie sie, ihren Bauch verkauften und Kinder darin wachsen ließen, um die Linien ihres elenden Lebens umzulenken. Yaya hatte gelacht – hör mit dem Unsinn auf. Da bist du lange nicht die Einzige, Kleine.

Er hatte recht. Im April hatte sie ihre Tage nicht bekommen. Daran dachte sie, als sie im Wohnzimmer zu schlafen versuchte und auf den Augenlidern noch das blaue Licht des Fernsehers spürte. Plötzlich schlug jemand brutal gegen die Tür. Mach auf, du Schlampe!, brüllte eine Männerstimme auf Französisch und schlug weiter. Sarah öffnete die Augen; sie brauchte ein paar Sekunden, um einen der Alten aus dem Cercle zu erkennen, der sie fuchsteufelswild durchs Fenster anstarrte.

Ihre Mutter brauchte ewig, um ihn zu verscheuchen. Sie platzte in ihrem gelben Morgenmantel ins Wohnzimmer – der Bademantel war so kurz, dass die Krampfadern an ihren Waden zu sehen waren – und baute sich vor dem Fenster auf. Sie schrie noch lauter als er und fuchtelte mit den Armen: Ich hab deinen Schmuck nicht, verdammt, wenn ich's dir doch sage, ich hab ihn nicht. Als der Kerl begann, mit den Füßen gegen die Tür zu treten, schob Sarah das Sofa davor, um den Eingang zu verbarrikadieren. Ich ruf die Polizei, brüllte Monique, und der Alte schrie zurück: Na klar, du rufst die Polizei, die schneiden dir beide Hände ab, du dreckige Diebin, die schicken dich nach Inezgane mit den Aktivisten und Schwulen. Mit dem ersten Tageslicht beruhigte er sich schließlich; alle beruhigen sich mit dem ersten Tageslicht, weil die anderen wieder zu sehen sind und man weiß, dass man seinerseits gesehen werden kann. Der dicke Joe hatte in Cannes tagsüber nie einen Tropfen getrunken, obwohl er nach Sonnenuntergang und bis spät in die Nacht hinein nicht vom Bier lassen konnte – ich gehe nie in die Kneipe statt zur Arbeit, du siehst doch, sagte er zu Monique, dass ich kein Alkoholiker bin.

»Das alles wegen drei schäbigen Halsketten, die ich seiner Frau geklaut habe«, schimpfte Monique, als der Alte weg war.

Es war inzwischen hell, und sie lehnte, breit ausladend in ihrem gelben Bademantel, an der Küchenspüle, in der Hand eine Flasche Sidi Ali – Driss brachte sie ihnen jede Woche in Sechserpackungen.

»Was hast du denn mit den Ketten gemacht?«, fragte Sarah gähnend.

Sie hatte sich wieder hingelegt. Sie hatte nicht die Kraft gehabt, das Sofa zurückzuschieben, und spürte auf ihren Wangen den kalten Wind, der durch den Türspalt drang. Das war wie auf dem Motorrad mit Driss, wenn er mit hundert Sachen ins La Notte über die Corniche fuhr, und deshalb mochte sie es.

»Verkauft«, sagte Monique. »Die Alte hatte mindestens fünfzig davon, also was soll's.«

Sarah schloss die Augen. In die Sofakissen geschmiegt, hörte sie ihre Mutter noch immer gierig trinken, sich geräuschvoll große Schlucke Sidi Ali einverleiben. Sie hörte, wie sie die Flasche zuschraubte, den Kühlschrank aufmachte, die Nase hochzog. Und sie hörte auch, wie sie hinzufügte, die Schlampe des Alten vom Cercle hat ihm auch noch das Kind angehängt, und jetzt kommt er nicht drumrum, ihr Halsketten zu schenken, damit er nicht wie ein kompletter Idiot dasteht, eine Kette mehr oder weniger macht den Kohl auch nicht fett, oder, und das ist eh nur gerecht, denn als ich das bei deinem Vater gemacht habe, dem Schwarzen, dem Militär, der so gut aussah wie Marlon Brando, ist der Dreckskerl damals abgehauen, kaum hat er von der Schwangerschaft gewusst, ist er abgehauen und von den angeblichen Ketten keine Spur.

27

Im Mai füllte sich das Sun in Casa erneut. Bis Ende Oktober blieb es brechend voll – die Frauen sonnten sich an einem der drei Pools, ihre breiten öligen Oberschenkel in die Liegestühle gedrückt, die, wenn sie aufstanden, um mitten in einer Wasserschlacht ihre brüllenden Kinder zu ohrfeigen, einen rechteckigen Abdruck auf ihre Hintern zeichneten. »Mach endlich deinen Job«, riefen sie dann dem dickbäuchigen Bademeister zu, der am Rand saß und seine Zigarette rauchte; als sie sich wieder hinlegten, klirrten ihre goldenen Armreife. Außerdem gab es welche, die im Club-Restaurant mit ihrem Ehemann frittierten Fisch aßen – die Terrasse lag über dem öffentlichen Strand, wo die Kinder aus den Barackensiedlungen hinter dem großen Glasfenster einen Stinkefinger machten. Manche schmissen ausgelassen mit Sand, bevor sie sich schnell wieder aus dem Staub machten. Im Sun gab es junge Menschen, die auf dem Sandplatz Tennis spielten, alte, die im Schatten der Hütten schliefen, Dienstmädchen, die auf allen vieren zwischen den Pool-Liegestühlen verschüttete Hawai-Limo aufwischten, Kellner mit verschwitzten weißen Hemden. Das alles hatte Sarah sich vorher tausendfach ausgemalt, wenn sie den Eingang passiert oder hinter jemandem hineinzuschlüpfen versucht hatte, bevor sie von einem Aufpasser verscheucht worden war, oder wenn sie nachts über die Tür geklettert war und ihre Sandalen zwischen den leeren Pools abgestreift hatte; jetzt hatte Driss ihren Namen auf seine Gästeliste setzen lassen.

Zusammen mit Driss, Badr, Alain und Chirine hatten sie sich fünf Liegestühle reserviert und Bier bestellt. »Ich hab doch gesagt, dass ich mit dem Alkohol aufgehört habe, verdammt«, ächzte Badr mit einem Seitenblick auf die Flaschen. Es war ihm gelungen, während des Ramadans keinen einzigen Tropfen zu trinken, und angeblich hatte er sich dadurch Gott angenähert. »Such dir besser eine andere Religion, Alter«, warf Alain ein und nahm einen Schluck. Chirine seufzte. Seit Ende des Ramadans und der Wiedereröffnung vom La Notte hatte sie ab und zu wieder eine Nacht in Alains Wohnung im Viertel Gauthier verbracht. »Ich hab eh nichts Besseres vor«, hatte sie zu Sarah gesagt.

»Komm schon, Badr, nicht einknicken«, sagte Sarah und tätschelte seinen feuchten Rücken. Die Bierflasche, die sie in der Hand hielt, war geöffnet, aber sie trank nicht.

Seitdem sie den Schwangerschaftstest heimlich in der Apotheke der Moschee gekauft und in der Pause auf der Mädchentoilette gemacht hatte, wollte sie es Driss jeden Tag sagen. Doch sie wusste, dass sie es noch nicht durfte – zwei Jahre zuvor hatte es in der Barackensiedlung nämlich eine merkwürdige Geschichte gegeben, an die sie sich noch gut erinnerte. Ein Mädchen war verstoßen worden, weil sie alle Kinder, die sie trug, wieder verlor. Die Schwangerschaft dauerte nie länger als ein paar Wochen, und so hatte ihr Ehemann sie eines Tages rausgeschmissen und gebrüllt, sie sei mit einem Fluch geschlagen. Als Abdellahs Mutter das arme Mädchen schamrot in die Barackensiedlung hatte zurückkommen sehen, hatte sie nur noch über diese Geschichte gesprochen. Von morgens bis abends wiederholte sie: Was für eine Schande, die Arme, so verstoßen zu werden, was für eine Schande. Manchmal zuckte sie mit den Schultern: Na ja, sie hat es auch verdient.

Doch in Wahrheit hatten alle in der Barackensiedlung Mitleid mit der Kleinen, denn sie war, wie es hieß, *bent nass*, ein Mädchen aus dem Volk: Sie ging von Kindheit an verschleiert, sie verkehrte nicht mit Jungs und senkte den Blick, sobald ein Mann das Wort an sie richtete, sie war nicht übermäßig schön und saß viel zuhause. Die Frauen aus der Nachbarschaft beglückwünschten ihre Mutter zu dieser gelungenen Erziehung, und es stand außer Frage, dass sie schnell einen Mann finden würde. Tatsächlich hatte sie nur einmal die Milchtüten an einen Lebensmittelladen in der Innenstadt liefern müssen, schon war sie von einem Mann abgefangen worden: Wo wohnst du?, hatte er gefragt. Wie heißt dein Vater? Eine Woche später hatte er um ihre Hand angehalten. Die Frauen aus der Barackensiedlung hatten bis zum Sonnenuntergang ihr Freudengeheul ertönen lassen. Als die Alten sie also zwei Jahre nach der Hochzeit wieder zurückkommen und mit traurigem Blick die Wäsche ihrer Eltern aufhängen sahen, murmelten sie unwillkürlich: Was für ein tragisches Schicksal. Man erhoffte sich nichts mehr für sie; ihr Verfallsdatum war abgelaufen. Und doch machte nach ein paar Monaten eine Neuigkeit die Runde: Es gebe einen Mann, der bereit sei, sie zu nehmen. Ein Typ aus Hay Mohammadi, der keine Arbeit hatte, für eine Geschiedene trotzdem ein Glücksfall. Sie heirateten – und neun Monate später brachte sie tatsächlich Zwillinge zur Welt.

Man traute es sich nicht zu laut zu sagen, weil man sie gernhatte, die *bent nass*, man wollte ihr keine zweite Scheidung einbrocken, aber es hatte sich bis nach Derb Sultan herumgesprochen: Bestimmt hatte sie es mit der Hexenkunst versucht. Manche behaupteten, sie hätten sie aus Sidi Abderrahmane kommen sehen, andere versicherten, vor ihrer Tür habe es nach verbranntem Salbei und Steppenraute gerochen. Man beobachtete ihre Kinder – nach den Zwillingen hatte es noch ein drittes gegeben – und sah deutlich, dass sie wachere Augen hatten als die anderen. Manche Mütter im Viertel ließen ihre Kinder nicht in ihre Nähe, bezeichneten sie als böse Geister – »*Dschinn!*«, zischten sie zwischen den Zähnen. Sarah glaubte nicht an diese Geschichten von Hexenkunst und Dämonenkindern, doch eines Abends hatte Abdellahs Mutter ihr erzählt: Auch wenn die *bent nass* alle Arten von Hexerei öffentlich leugne, bekomme sie doch jede Woche Besuch von einer Gruppe Frauen, die sich vor ihrer Tür drängten, während ihr Mann schlief. Flüsternd zählte sie ihnen die Zaubermittel auf, die sie sich angeeignet hatte und durch die die Kinder am Leben blieben. Manche davon hatten die Runde gemacht – bei Vollmond über brennende Kohlen springen, Regenwasser trinken und dazu ein Gebet sprechen, einen Hahn opfern, natürlich – und niemandem, aber auch wirklich niemandem sagen, dass man schwanger ist, wenigstens drei Monate lang, um dem bösen Blick zu entgehen. Sarah hatte weder Kohlen noch einen Hahn, es hatte seit Wochen nicht geregnet, aber immerhin hatte sie Driss nichts gesagt.

Er wäre ohnehin nicht in der Verfassung gewesen, ihr zuzuhören. Während Badr, breitbeinig über den kleinen Tisch gebeugt, Krabben pulte und schmatzend die Köpfe auslutschte, während Chirine sich, das Kinn Richtung Kopfhörer gereckt, an Alain schmiegte, um die Musik aus seinem Walkman mitzubekommen, und während Sarah auf dem Rand des Liegestuhls saß und in ein Stück Wassermelone biss, bevor sie die Kerne auf die Kinder vor sich spuckte, die sich verwundert umschauten, als sie die Geschosse auf ihrer Haut spürten, kaute Driss Fingernägel. In den drei Stunden, die sie hier waren, hatte er pausenlos Nägel gekaut und auf die Uhr geguckt – er rechne aus, sagte er, wie spät es gerade in New York sei. Manchmal, wenn sie neben ihm lag, hörte Sarah ihn murmeln: Drei Container mit je fünfzigtausend Jeans, drei Container mit fünfzigtausend Jeans. Der Kunde hatte immer noch nicht gezahlt. In Casa war heute das Fest der Arbeit, es war schönes Wetter, und alle, sogar die Frauen, waren draußen – Driss aber wartete bis vierzehn Uhr, um mit dem Motorrad zu Jean's Fabric zu fahren. »Um vierzehn Uhr ist es in New York neun Uhr morgens«, sagte er. »Um Punkt neun rufe ich an. Ich rufe einfach den ganzen Tag immer wieder an, irgendwann müssen sie ja abnehmen.« Sie hatten versucht, ihn davon abzubringen, ihn zu animieren, den Feiertag zu genießen, das könne er doch auch morgen noch erledigen – es war nichts zu machen: Um zehn vor zwei sprang er auf, schlüpfte in Flip-Flops und T-Shirt und strebte mit einem »Bis gleich« auf den Ausgang zu.

Sarah machte sich auf dem freien Liegestuhlplatz breit. Sie setzte ihre Kappe auf und stellte den Walkman an, in dem sich die Kassette von dem Typen vom Schwarzmarkt in Derb Ghallef befand – er hatte ihr, wie gebeten, alle Songs von Madonna überspielt, sogar ein paar Hits, die keiner kannte. »Exklusiv-Song, Lalla, nur für dich«, hatte er gesagt. Dann winkte sie einen Kellner heran. Ja, Lalla?, fragte er lächelnd, als er bei ihr war. Bevor sie sich die Kopfhörer auf die Ohren setzte, verkündete sie mit fester Stimme:

»Bring mir eine Flasche Wasser.«

Vor ihren Augen drehte sich schon alles von dem Baby im Bauch, zum Beispiel wenn sie zu schnell aufstand oder wenn sie sich übergeben hatte. Aber das, was sich vor allem drehte, waren die Kronleuchter, Hunderte von Kronleuchtern, die bald ihr gehören würden, wenn Driss sie heiratete, die sich über ihrem Kopf drehen würden wie die umherwirbelnden Kleider, die sie tragen würde, und die rotierenden Muster auf den Seidenteppichen und der Holzlöffel in der Tajine, der mit langsamen Kreisbewegungen das Rindfleisch, den Thymian und den Lorbeer mit sich zöge. Madonna sang in ihren Ohren, und Sarah warf hin und wieder einen Seitenblick zu Chirine, die Alain in den Nacken küsste; wie naiv von ihr, ihn zu küssen, obwohl er sie doch nicht heiraten würde. Eines Abends in dem kleinen Haus am Pool hatte Driss zu Sarah gesagt, Alain wolle fortgehen. Er habe bei einer Agentur angerufen, die Einwanderungen nach Israel organisierte; bald gebe es gar nichts mehr hier für die Juden in Casa, er müsse sich doch eine Frau suchen, und wenn er hierbliebe, würde er an seinem verdammten Karkoubi krepieren. Chirine wusste noch nichts davon. Sie wäre besser einfach auch schwanger geworden, dachte Sarah, anstatt vom Leben so hintergangen zu werden.

Sie wusste nicht, ob sie in der Sonne über diesem Gedanken für ein paar Stunden eingeschlafen war oder nur für knapp fünf Minuten. Fest stand hingegen, dass sie abrupt aufwachte. Plötzlich rüttelte eine hysterische Hand an ihr; und zwischen dem Lachen der Kinder im Pool und ihrem eigenen Lachen im Traum, wo sie im Ballkleid und mit ihrer roten Kappe auf dem Dach einer Villa in Dar Bouazza tanzte, hörte sie eine stockende Stimme, die schluchzte und ständig wiederholte: »Die Versteigerung, die Versteigerung.«

Sie setzte sich auf: Noch nie hatte Driss solche Augen gehabt. Sie schmolzen. Willenlos zerflossen sie auf den feuchten Fliesen im Sun, und in dem Thymiangrün waren sämtliche Farben des Atlas und das Gebrüll der Kinder, die einsam vom Gipfel der Berge stürzten. Beruhige dich, sagte sie, und legte ihm fest die Hände auf die Schultern. Sie spürte, dass sich der herunterhängende Kopfhörer ihres Walkmans in ihr langes Haar verwickelt hatte und an den Spitzen ziepte, nahm ihre Hände aber trotzdem nicht von Driss' Schultern: Er wurde von Krämpfen geschüttelt. Die Versteigerung, die Versteigerung, wiederholte er immer wieder, während seine Augen sich mit einem Wasser füllten, das sich anschließend in kräftigen Strömen über seine Wangen ergoss, die Ouzoud-Fälle auf seinem Gesicht aus Fels und Kratern, die Ouzoud-Fälle auf seinem Weltgesicht. Die Versteigerung, die Versteigerung, wiederholte er, und sie sagte erneut: Beruhige dich, Driss, beruhige dich doch, und wischte ihm mit dem Handrücken über die Wange, während sie die andere an seine Schulter geklammert hielt, denn, das wusste sie, wenn sie losließe, würde er sterben.

Was genau passiert war, erfuhr Sarah am Abend: Als Driss zum zweiten Mal bei dem New Yorker Kunden angerufen hatte, hatte eine Frau geantwortet – die Sekretärin. *I speak to ze manager*, stotterte Driss und stampfte unter dem lackierten Holzschreibtisch im sechsten Stock der leeren Fabrik in Sidi Moumen mit dem Fuß auf. Seit November hatte er seinen alten Kumpel vom Gymnasium, der für ihn den Vertrag mit dem Kunden ergattert hatte, schon hundert Mal angerufen. Ach, mach dir keinen Kopf, Bruder, antwortete der, die haben einfach keine Zeit gehabt, die Ware im Hafen abzuholen, es kann sich nur noch um Wochen handeln, ich schwör's dir, nächsten Monat, das schwör ich dir, nächsten Monat holen die ihre Jeans, und du kriegst dein Geld. Also wartete Driss. Aber im nächsten Monat waren die Jeans noch immer im Hafen, niemand hatte ihn bezahlt, und seinem Vater riss der Geduldsfaden – wo, verdammt, ist das Geld, Driss? Wo? Im

Laufe der Wochen ging der Kumpel erst gar nicht mehr ans Telefon. Und so hatte Driss begonnen, direkt bei der Firma anzurufen. Der Chef hat keine Zeit, beschied ihm die Sekretärin, jedes Mal, wenn er auf Englisch sein Anliegen vorbrachte. Wenn er sich aufregte, sagte sie: Richten Sie bitte ein Schreiben an uns, und legte auf. Das alles machte ihn rasend. Diesmal aber, viele Monate nach der Lieferung, nach dem Eintreffen der drei roten Container mit je fünfzigtausend Jeans im Hafen, die seit Casablanca dreißig Reisetage hinter sich hatten, nach seinen Wutanfällen auf den Spediteur und den Hafen, nach den Weinkrämpfen an Sarahs Brust in dem kleinen Haus am Pool, antwortete die Sekretärin: Den Chef? Aber sicher doch, ich verbinde sie.

Vielleicht rauchte der Chef, ganz oben in einem gläsernen Hochhaus mit Blick auf den New Yorker Hafen, eine Zigarre bei seinen Worten. Vielleicht schaute er gedankenverloren auf den Ladearm, der in den Nebel tauchte und darin versank, während er, dem Arm eines Riesen gleich, einen der Container vom Frachter hob. Vielleicht vermisste er den Novemberwind mit seiner Frische, vielleicht dachte er an den Hafenagenten dort unten, der in seiner gelben Jacke schwitzte, und vielleicht schaltete er mit einem lässigen Drücken auf die Fernbedienung gerade die Klimaanlage ein. Jedenfalls stellte Driss sich ihn genauso vor, als er hörte: Aber wir haben doch schon bezahlt.

Die Firma hatte tatsächlich zehn Tage zuvor gezahlt, weniger als ein Drittel von dem im November verhandelten Preis für die Bestellung der hundertfünfzigtausend Jeans, die größte Bestellung in der Geschichte von Jean's Fabric, und die erste für Amerika. Wie Driss zitternd erfuhr, während er den weißen Hörer auf dem Schreibtisch seines Vaters umklammerte, wurden alle Waren, die nach einem halben Jahr noch nicht abgeholt worden waren, zur Versteigerung angeboten. Der Kunde hatte die bestellten Jeans also zum taxierten Preis bekommen.

Hast du es denn endlich gemerkt, hatte sein Vater gelacht, als Driss ihn, stotternd vor Wut, angerufen hatte, um ihm die Neuigkeit zu verkünden. Wusstest du das etwa? Natürlich wusste ich das, du Dummkopf, und du kannst mir dankbar sein, dass ich dir nicht reingeredet habe, irgendwie musst du ja lernen, wie das Geschäft läuft. Und während sich sein Sohn vor Entrüstung fast verschluckte, hatte er hinzugesetzt: Jetzt beruhig dich mal. So groß war die Bestellung nun auch wieder nicht.

Im Sun gelang es Sarah, Driss zurück auf den Liegestuhl zu befördern und ihm ein bisschen Wasser einzuflößen. Wir rufen uns ein Taxi, sagte sie, wir fahren zu dir. Er wollte nicht. Ich will meinen Vater, diesen Hurensohn, nicht mehr sehen, nie mehr im Leben. Und so blieben sie einfach dort liegen, eng aneinandergeschmiegt. Die anderen waren irgendwann gegangen – kommt ihr klar?, murmelten sie mit besorgter Miene, die zusammengerollten Strandtücher unter dem Arm. Ja, geht schon, erwiderte Sarah und strich Driss über die Stirn. Gemeinsam hörten sie bis zum Sonnenuntergang mit geschlossenen Augen das Meer, die klappernden Sandalen der Frauen, die aufbrachen, das Ausspucken der Kellner, die sich inzwischen mit einem Glas Tee in der Hand über das Geländer am Strand lehnten. Hin und wieder zuckte Driss zusammen; Sarah legte ihm erneut eine Hand auf die Schulter, und er beruhigte sich. Als niemand mehr da war und es dunkel wurde, schlurfte der Wachmann mit seinem schwerfälligen

Körper an den aufeinandergestapelten Liegestühlen vorbei und forderte sie zu gehen auf, sie trotteten langsam Richtung Motorrad. Sie wussten nicht, wohin; also fuhren sie nach Hay Mohammadi.

28

Als Sarah und ihre Mutter in Casablanca angekommen waren, hatten sie zuerst in einem Haus in Oasis gewohnt – Didier hatte es aufgetrieben. Ein ganzes Haus nur für sie drei, sagte ihre Mutter immer wieder, nicht so teuer wie die schäbige Wohnung des dicken Joe in Cannes und mit zwei Schlafzimmern, ja, zwei, und das war verdammt nochmal besser, als sich das Sofa mit der verrückten Wahrsager-Rita zu teilen. In zehn Minuten Entfernung befand sich der Cercle amical des Français, und in dem winzigen Garten, erinnerte sich Sarah, hatte der ehemalige Mieter einen Rosenstock gepflanzt, der lippenrote Rosen hervorbrachte; wenn drinnen gebrüllt wurde, ging sie hinaus, sah den Rosen bei ihrem Gespräch zu und sprach selbst mit ihnen – sie presste die Blütenblätter zusammen und ließ sie wieder los, damit die Lippen Wörter bilden konnten. Dann hatte Didier das ganze, für das Geschäft vorgesehene Geld genommen, Moniques Ersparnisse, den Kredit auf ihren Namen bei der BMCI und war spurlos verschwunden. Die roten Lippen des Rosenstocks plapperten weiter, während Monique kreuz und quer durch Casa lief, um den Besitzer wegen der Miete anzuflehen, die Schule wegen der Bücher und der Kantine und die Leute vom Cercle wegen einer Stelle als Sekretärin oder Haushälterin; und nachdem sie begonnen hatte, mitten in der Nacht mit stark gepuderten Wangen auszugehen und alle Pokerrunden abzuklappern, flüsterten die Rosen für Sarah, die hinter ihrer Mutter in den kleinen Garten schlüpfte, noch immer. Abend für Abend wartete sie dort auf sie. Oft war sie nach einer Stunde eingenickt, die Haare in die Stengel und Dornen verstrickt, zuckte zusammen, wenn sie das Auto vor dem Gartentor parken hörte. Dann ging sie auf Zehenspitzen ins Haus zurück; ihre Mutter kam ein paar Sekunden später herein, mit ihr ein Mann oder zwei. Dann, eines Tages, waren die Rosenstocklippen verstummt. Monique hatte die Koffer gepackt, vor der Tür wartete ein Alter im Mercedes auf sie. Er fuhr sie in die Zweizimmerwohnung in Hay Mohammadi bei Carrières Centrales und sagte unterwegs: Zahl einfach das Wasser und den Strom, das kommt dann schon hin, und ihre Mutter antwortete: Danke, danke.

In Hay Mohammadi gab es keine Rosen, und daher hatte Sarah keine Lust mehr zu sprechen. Das traf sich gut, denn Abdellah wiederum redete, nachdem er sie eines Nachts ganz allein vor der Tür des schäbigen Hauses auf ihre Mutter hatte warten sehen, in einem fort. Du solltest nachts hier nicht draußen bleiben, hatte er gesagt. Er war damals noch nicht einmal zehn. Er balancierte oben auf dem Zaun – winzig, sein Fußballtrikot reichte ihm bis an die Knie – und kaute eines der Flash-Wondermint-Kaugummis, die er nicht losgeworden war. Seine Gesichtshaut war noch nicht so fleckig wie heute. Du bist doch auch draußen, erwiderte Sarah. Ja, versetzte er, aber ich bin ein Junge.

Er hatte ihr auf der Straße alles gezeigt. Was macht diese Nutte denn hier?, riefen die Fußballspieler, wenn sie die beiden an dem Feld vorbeischlendern sahen, mal teilten sie sich aufgekratzt einen Joint, mal lauschten sie schweigend dem Geräusch der Fantadose, die sie sich zukickten. Abdellah flüsterte: Beachte sie einfach nicht, und dann gingen sie unter den Pfiffen weiter. Die Jungs in Hay Mohammadi hatten nie aufgehört, ihr nachzupfeifen, wenn sie vorbeikam, sogar Jahre später noch. Nicht so schlecht war allerdings die Tatsache, dass sie sie nicht anrührten, wie es im Viertel sonst oft vorkam – von Abdellah wussten sie, dass sie Französin war und dass Französinnen auf der Straße gingen, das war einfach so, ja, dass sie, falls sie ihr auch nur das Geringste antäten, die französische Polizei am Hals hätten, sozusagen direkt die Todesstrafe. Das hatte sie zur Vernunft gebracht; die meisten trauten sich nicht mal mehr in ihre Nähe. Das Pfeifen hatten sie sich allerdings nicht abgewöhnen können.

Davon erzählte sie Driss nach dem Sun, mitten in der Nacht. Sie hatten das Motorrad vor der öffentlichen Schule abgestellt. Sie gingen an dem um diese Zeit leeren Markt vorbei, wo der Boden mit den knallrosa Joghurtbechern von Raïbi Jamila, mit Orangenschalen und von Turnschuhen zerquetschten Pfefferminzblättern übersät war. Sarah redete. Sie hörte gar nicht auf zu reden. Sie sagte: Ist dir das eben aufgefallen, als wir an dem Feld vorbeigegangen sind, haben die Typen gar nicht gepfiffen, ist dir das aufgefallen; wenn ich mit Abdellah unterwegs bin, pfeifen sie, bei Yaya auch, aber wenn ich mit dir unterwegs bin, pfeifen sie nicht. Vor den Reichen haben sie einfach zu viel Angst. Sie hätte ihn ein Leben lang auf diese Weise unterhalten, seine Gedanken von der fiesen Aktion seines Vaters ablenken wollen, sie holte noch nicht einmal mehr Atem, ihre hektische Stimme klirrte an die stummen Wellblechbaracken der Siedlung hinter ihnen – denn sobald sie innehielt, füllten sich Driss' Augen wieder mit Wasser, und seine Brust wurde wieder von Krämpfen geschüttelt, und fast hätten sich die Ouzoud-Fälle, die furchterregenden Ouzoud-Fälle, erneut ergossen – die Versteigerung, murmelte er, sobald es auch nur für eine Sekunde still wurde. Nein, sagte Sarah und packte ihn energisch am Arm, denk nicht mehr an diesen Idioten, denk nicht daran, hör mir zu. Sie zog ihn mit sich. Dann erzählte sie von den Polizisten, die noch schlimmer, viel schlimmer waren als sein Vater, die sie auf genau diesem Markt, wo sie sich einfach nur herumgetrieben und noch nicht mal geklaut hatte, festgenommen hatten. Läuft man so vielleicht herum, mit nackten Schultern?, hatten sie gesagt. Dabei hatten sie diese Schultern gestreift, und weil sie sich mit einer abrupten Bewegung losgemacht hatte, wollten sie sie wegen Unbotmäßigkeit auf die Wache bringen. Wie eine Irre hatte sie bis zum ehemaligen Saada-Kino laufen müssen; wenn man die geheimen Ecken dort kannte, war das der beste Ort, um sich vor der Polizei zu verstecken. Auch die Dealer suchten hier Unterschlupf, wenn sie ihr Karkoubi verschachern wollten, und ein paar Typen aus dem Viertel brachten Nutten mit her, schlüpften zwischen die Sitzreihen des Saals, in dem dreißig Jahre zuvor, als der Platz nur fünfzig Cent gekostet und die Leute Schlange gestanden hatten, noch Filme gezeigt worden waren. Echte Filme, erinnerte sich Abdellahs Mutter, Filme aus Hollywood, mit blonden Frauen und Männern im Anzug; manchmal, setzte sie flüsternd hinzu, haben sie noch nicht mal die Kussszenen herausgeschnitten.

»Ach ja?«, schniefte Driss.

»Ich schwör's dir.«

In der Rue du Lotissement sagte sie: Siehst du, da drüben ist das Kommissariat von Derb Moulay Cherif; seit ich hier bin, ist es immer geschlossen, wirklich immer. Sie sagte, als sie als kleines Mädchen hier mit Abdellah herumgehangen habe, hätten ein paar verrückte Alte ihnen zugebrüllt: Haut ab, haut ab, ihr Rotznasen, hier spukt's, hier spukt's! Sie ruderten wild mit den Armen und sahen mit den flatternden Ärmeln ihrer Djeballas aus wie Fledermäuse. Abdellah lachte bemüht, aber das war nur gespielt; auch er verging beim Anblick dieses Kommissariats vor Angst. Sarah traute sich nicht, ihm die Wahrheit zu sagen, nachdem sie gehört hatte, was einer der Alten aus dem Cercle ihrer Mutter zugeflüstert hatte – da drinnen würden angeblich die Gegner des Königs gefoltert.

So liefen sie bis zu ihr nach Hause, während sie mit ihren Geschichten fortfuhr, die kleinen Jungs, die sich hinten auf dem Feld prostituierten, und ihre Freier, die Yaya, wenn sie ihn in seinem Taxi vorbeifahren sahen, anspuckten und als Schwuchtel beschimpften. Das Mädchen, das auf der Straße vergewaltigt worden war, am helllichten Tag; als die Eltern davon erfuhren, beraumten sie ein Konsilium im Viertel an. Man wusste sich nicht zu helfen, um ihre Ehre jetzt, wo sie nicht mehr Jungfrau war, zu retten – wenn die Polizisten Bescheid wüssten, käme sie ins Gefängnis, und hier war es anders als bei den Reichen, man konnte sich das Jungfernhäutchen nicht einfach wieder hinoperieren lassen. Schließlich willigte der Typ, der sie vergewaltigt hatte, in eine Heirat ein, und allen fiel ein Stein vom Herzen.

Driss hörte zu, fassungslos, so wie er den Gesprächen seiner Arbeiterinnen zuhörte. Mit verstörter Miene versuchte er, die fremden Gepflogenheiten der Armen zu verstehen, und Sarah wusste genau, dass ihm, je mehr sie davon erzählte, von der enthemmten Gewalt, von der Tyrannei verzweifelter Polizisten gegen die stets gesetzlosen Bedürftigen, Hay Mohammadi immer mehr als das andere Ende der Welt erscheinen musste. Wenn Driss' Mund sich nach den ständigen Geschichten leicht geöffnet und seine Stirn sich in Falten gelegt hatte, wusste Sarah, dass er nicht mehr an die Versteigerung dachte.

Sie küsste ihn auf die Wange: Ach, weißt du, du machst noch andere Geschäfte mit Amerika. Er lächelte ein bisschen, und sie redete weiter, von den Kindern, die Klebstoff schnüffelten, von den Straßenhändlern. Und dann setzten sie sich vor die Haustür, und Sarah schaute zu dem Zaun, wo Abdellah vor Jahren zum ersten Mal mit ihr gesprochen hatte. Dahinter quollen die Mülltonnen über.

Sie konnte ihren Blick nicht mehr von diesen Mülltonnen wenden. Sie konnte nicht mehr sprechen. Da fragte Driss: Alles in Ordnung?

Sarah sah die Merendina- und Skittles-Verpackungen zwischen kaputten Plastikstuhlteilen herumfliegen, die Bananenschalen, die ratzekahl abgenagten Maiskolben, die schmutzigen Windeln – sogar nachts summten hier die Fliegen. In einer dieser Mülltonnen hatte man im vergangenen Jahr ein Baby gefunden, mit halbgeschlossenen Augen, kleiner als eine Sidi-Ali-Flasche; es hatte nicht mehr geweint. Bestimmt ein unverheiratetes Mädchen, hatte der Polizist gesagt, sie muss Angst vor einer Anzeige gehabt haben.

»Was ist denn?«, fragte Driss.

Sarah schaute zu ihm. Du bist komisch, sagte Driss, doch, du bist komisch, das sehe ich genau, sag doch, was ist los, warum bist du so komisch? Sag schon, sag. Er hielt ihr dunkles Gesicht in den Händen, er versenkte seine Augen tief in ihre, und sie spürte an ihrem Kinn den eiskalten Stahl der Rolex. Sag schon, wiederholte er. Und sie tat es. Mit schüchterner Stimme erzählte sie ihm die Geschichte von dem Baby in der Mülltonne. Sie erzählte ihm von blutjungen Müttern, Mädchen, die gleich nach der Entbindung im Krankenhaus denunziert wurden und mit Handschellen wieder herauskamen, aber auch von solchen, denen, humpelnd vor Schmerz, die

Flucht gelang, und die nicht wussten, wie sie das Baby verstecken sollten, die es, in eine durchlöcherte Decke eingewickelt, in Schränke, in Mülltonnen oder vor eine Villa in Anfa Supérieur legten. Sie sagte ihm, sie wolle nicht ins Gefängnis, sie wolle nicht, dass das Baby in ihrem Bauch in der Mülltonne landete.

Driss starrte sie entgeistert an, der Thymian in seinen Augen köchelte und köchelte, bildete Blasen mit dem heißen Öl der Tajine. »Was?«, sagte er. Sarah betete mit aller Kraft, dass er begriff, er, der bisher alles begriffen, alles gewusst und alles geliebt hatte, er, der seit den lippenförmigen Rosen ihr einziger Freund war, ihr Bruder. Sanft ließ Driss ihr Gesicht los. Seine verstörten Augen glitten von ihr zur Straße, dann von der Straße zum Zaun, wo die Mülltonnen überquollen. Sie sahen die Merendina- und Skittles-Verpackungen, die Maiskolben, die schmutzigen Windeln und gleich dahinter die Wellblechbaracke, in der Abdellah am Fußende bei seiner Mutter schlief, und all die anderen Baracken aus Wellblech und die ganze Barackensiedlung und in der Ferne die Straßen von Hay Mohammadi, wo die Typen in ihren Fußballtrikots rauchten, und ihre sechzehnjährigen Frauen, die in den Wohnungen die Kinder auf dem Arm wiegten, und die Polizisten und die Bettler und die erstickten Schreie derer, die auf den sogenannten Kommissariaten verprügelt wurden und sich noch zu schreien trauten, und die Arbeiterinnen in Sidi Moumen, und ganz Casablanca. Da antwortete er ihr.

»Einverstanden.«

29

Sie hatten den Plan beschlossen, als sie dort, vor der Haustür in Hay Mohammadi, saßen, sie hatten ihn hundert Mal verbessert, ausgefeilt, auswendig gelernt, hatten ihn sich gegenseitig bis um vier Uhr morgens immer wieder vorgesagt und beim geringsten Fehler abgebrochen – nein, sagte Driss dann, du hast eine Etappe übersprungen, und Sarah begann von vorne. Von Zeit zu Zeit hörten sie ein Rascheln in den Palmblättern hinter sich oder ein Wäschestück, das in der Barackensiedlung von den zwischen den Hütten aufgespannten Eisendrähten fiel, sie verstummten plötzlich, und Sarahs Hand klammerte sich um die Türklinke. Doch es war nie jemand da; im Halbdunkel lächelten sie einander an und gingen, zitternd vor Aufregung, weil sie ihn mittlerweile so gut beherrschten, wieder ihren Plan durch. Als es Zeit für Driss war, nach Hause zu fahren, nahm Sarah ihm das Versprechen ab, dass sie zurückkommen würden, sobald der Plan beendet wäre. Dann würden sie sich wieder hier hinsetzen, vor die Haustür, nur sie beide mitten in der Nacht, und dann würden sie lauter sprechen und einander womöglich sogar an den Händen halten; wenn die Polizisten kämen, um sie auszufragen, würden sie sich weder verstecken noch verhandeln. Sie würden ihnen noch nicht einmal hundert Dirham geben. Sie würden ihnen mit gelassener Miene die Hochzeitspapiere hinhalten.

Nur noch drei Wochen mussten sie warten. In drei Wochen

wären fast siebzig Tage seit dem Ende des Ramadans vergangen – das Opferfest würde beginnen. Sarah hatte diese Zeit des Jahres immer gehasst; dann nämlich stank es in ganz Casa drei Tage lang nach den Schafsgerippen, die vor den Garagen in Hay Mohammadi hingen, nach den Schlachtern, die mit blutigen Kitteln und gezückten Messern durch die Straßen liefen und »Schlachter! Schlachter!« riefen, und nach den Eingeweiden auf dem Boden, auf denen sie ausrutschte; das alles ekelte sie an. In diesem Jahr aber war sie mehrmals in das behelfsmäßig aufgestellte Zelt neben der öffentlichen Schule gegangen, in dem sich die Familien tummelten, um ihre Tiere zu reservieren. Sie hatte sich den Schafen genähert, die wie verrückt blökten, den Männern und Frauen, die sich vor dem Gatter drängten, die feilschten und das Fell anfassen wollten. »Wie viel für das hier?«, fragte ein Typ, der wie ein Wachmann gekleidet war; als er den Preis hörte, wurde er wütend: »Aber das ist doch winzig!« Der Schafhüter wirbelte zwischen den Bestellungen hin und her, mal handelte er mit empörter Miene einen Verkaufspreis aus und berief sich zur Rechtfertigung seiner Tarife auf den Koran, mal notierte er die Lieferadresse, die eine dicke Dame ihm mit Müh und Not diktierte, während ihr weinendes Kind an ihrer Djellaba zerrte. Sarah klopfte ihm auf die Schulter, während er sich um einen anderen Kunden kümmerte. Na, sagte sie, weißt du jetzt das genaue Datum vom Fest? Als er sie schon wieder in seinem Zelt stehen sah, verdrehte der Schafhüter die Augen zum Himmel: Oh Mann, ich hab's dir doch schon hundert Mal gesagt, Mädel, das kommt auf den Mond an! Du fragst mich das hoffentlich nicht jeden zweiten Tag? Natürlich kam Sarah jeden zweiten Tag wieder. Sie stellte die gleiche Frage, und sie ergötzte sich an der gleichen Antwort.

Auch Driss war ungeduldig. Wenn er sie spätnachmittags vom Gymnasium abholte und sah, wie sie mit der roten Kappe auf dem Kopf und dem Walkman über den Ohren auf ihn zukam, mit ihren nagelneuen Sandalen, die zwischen den anderen Sandalen der auf ihren Chauffeur wartenden Prinzessinnen von Anfa funkelten, lächelte er sie an. Auch sie lächelte ihn an, und so blieben sie auf dem Gehweg stehen und starrten sich dämlich an, allein auf der Welt mit ihrem Geheimnis. Um sie herum hupten die Porsches, damit sie aus dem Weg gingen – einmal war es Kamil, der ihnen aus seinem Cabrio einen angewiderten Blick zugeworfen hatte. Doch das war ihnen egal; in zwei Wochen, ja jetzt schon in einer wäre das Opferfest, und der Plan würde beginnen. Danach flitzten sie mit hundert Sachen zwischen den Autos hindurch, machten einen Abstecher nach Aïn Diab, in die Nähe des *chouay Americano*, wo sie sich fünf Monate zuvor zum ersten Mal geküsst hatten; sie hielten vor den Häusern von Oasis, Anfa Supérieur oder California – in dem hier werden wir wohnen, sagte Driss, nein, wir kaufen eher das da. Und wenn sie endlich in dem kleinen Haus neben dem Pool waren, streckten sie sich auf dem Billardtisch aus und träumten von den kommenden Nachmittagen, mit ihrem Kind, an ihrem eigenen Pool, auf ihrem eigenen Liegestuhl. Ich werde meinem Vater schon zeigen, dass ich ihn nicht brauche, sagte Driss, während er die Kugel Nr. 8 durch die Hände gleiten ließ, ich zeige ihm, dass ich von jetzt an auch ein Familienchef bin, der Chef meiner eigenen Familie, und was er denkt, ist mir scheißegal. Dann bin ich nicht mehr sein Sohn, dann bin ich selbst Vater, ein Mann; auch ich gehe dann auf Geschäftsreisen, ich bleibe nicht mehr einfach wie ein Idiot in Casa, um die Arbeiterinnen zu beaufsichtigen, ich fahre weg und komme mit Geschenken für dich und das Baby wieder, mit ganz vielen Geschenken, und du bist das glücklichste Mädchen auf der Welt, dann ist Schluss mit den Pennern, die dir in der Barackensiedlung nachpfeifen, ich hol dich da raus, weil ich dann auch ein Familienchef bin, der Chef meiner eigenen Familie. Sarah küsste ihn auf den Hals – was sind denn das für Geschenke, die du mir mitbringen wirst?

Am Tag des Opferfestes würden sich Driss' Eltern, aber auch seine Großeltern, seine Onkel, seine Tanten und ihre Kinder zur Opferung der Tiere um den Pool versammeln. Im Garten wären, wie jedes Jahr, ein halbes Dutzend Schafe – ein Schaf pro Familie, das bald vom Chef einer jeden Familie mit dem Messer geschlachtet werden würde. Dieses Jahr aber würde Driss' Vater in dem alten Honda des Schaflieferanten, der um sieben Uhr morgens vor dem Haus halten würde, ein Tier zu viel zählen. Er würde sich wundern, vielleicht feilschen und sich dann, nachdem er den Lieferanten befragt hatte, damit abfinden müssen: Driss hatte ein zusätzliches Schaf bestellt. »Warum dieses zusätzliche Schaf?«, würde er seinen Sohn fragen. Und da würde Driss es ihm verkünden – er habe um die Hand eines Mädchens angehalten. Nun sei er ein Mann. Und um den Beweis anzutreten, werde er nachher seine zukünftige Frau abholen, sie der ganzen Familie vorstellen, und dieses Schaf würde er eigenhändig schlachten, vor den Augen der Frau, die er liebte, vor den Augen seines Vaters, dem Dreckskerl, den er diesmal nicht um Erlaubnis bitten würde; denn jetzt, und alle sollten es wissen, war auch er ein Chef – der Chef seiner eigenen Familie.

30

In dem kleinen Badezimmer bei Sarah und Monique direkt neben dem Schlafzimmer hing ein rechteckiger Spiegel über dem Waschbecken; wenn sie die Jeanshosen anprobierte, die die Jungs ihr schenkten, musste sich Sarah auf einen Hocker stellen, um, in wechselnden Positionen, ihre stoffgepolsterten Hüften sehen zu können. Wollte sie die Wirkung der Schlaghosenbeine auf ihre Knöchel prüfen, musste sie ein Bein hochstrecken, wobei sie oft das Gleichgewicht verlor; meistens gab sie irgendwann auf und verließ sich auf die schmierigen Spiegel der Schultoilette. Doch am Tag des Opferfestes war keine Schule; also band Sarah die Schleife an dem gelben Kleid, das Driss ihr gekauft hatte, während sie ihre Oberschenkel an die feuchte Keramik des Waschbeckens presste. Beim Binden ließ sie ihren Bauch an- und wieder abschwellen, um zu prüfen, wie es sich wohl machte, wenn in ein paar Wochen eine *negafa*, die wohl schon aussähe wie eine Hundertjährige, um einen ihrer sieben Hochzeitskaftane einen Gürtel aus Perlen und Kristallen schließen würde. Vielleicht würde die alte Ankleiderin die Rundung unter ihrem Nabel bemerken, aber sie würde nichts sagen; sie würde einfach noch fester an der Kordel ziehen, um alle Zweifel zu glätten, und eine schwere Goldkette um Sarahs Hals legen.

Auf ihrem Mund und ihren Wangen hatte Sarah *aker fassi* verrieben. Außerdem hatte sie ein Holzstäbchen in das Kajal ihrer Mutter getaucht und war damit über den Innenrand ihrer Lider gefahren. Im Spiegel hatten sich ihre Augen wegen der pfefferhaltigen Mischung gerötet, sie tränten, aber das war nicht weiter schlimm; sie sah tatsächlich aus wie die künftige Frau eines Fassi. Sie schnappte sich ein paar falsche Perlenohrringe aus Moniques Schmuckschatulle und verließ, so zurechtgemacht, das Haus; jetzt musste sie vor der Tür auf Driss warten. Es war neun Uhr morgens, aber draußen stank es schon nach Blut und Fleischspießen. Hinter dem Zaun umringten die Kinder das Schaf, das sich die Familien aus der Barackensiedlung teilten; sie musterten es eingehend, wollten es mutig anfassen, näherten sich kurz, wichen aber beim leisesten Blöken sofort wieder zurück. Abdellah lehnte an der Wellblechwand seiner Baracke; seine Kif-Pfeife im Mund, beobachtete er die Szene. Als er Sarah vor der Haustür sitzen sah, nickte er ihr zu – *hayhay*, Lalla Sarah, gehst du zu deiner *hlel* oder was? Normalerweise fuhr ihm Sarah, wenn er so blöde Bemerkungen machte, über den Mund und zeigte ihm einen Stinkefinger – dieses Mal nicht. Abdellah hatte recht: Das Ganze glich praktisch einer Hochzeit. An diesem Vormittag hatte Driss sich gegen seinen Vater aufgelehnt, am Nachmittag würde er mit der öffentlichen Bekanntgabe seiner Verlobung sein Schicksal besiegeln, und weder sein Vater, dieser Dreckskerl, noch seine Mutter würden eine Reaktion wagen. Es gäbe keinen Weg mehr zurück. Sieben Tage und sieben Nächte lang würde man in einem Palast in Marrakesch die Hochzeit des einzigen Sohnes feiern, würde tausend Leute einladen, Gouverneure, Botschafter, Angehörige der königlichen Familie. Natürlich würde man sich an den mit Lamm und eingelegten Feigen garnierten Tischen das Maul zerreißen, und zwischen den Melodien der Oud-Spieler würden die Gäste einander zuraunen: eine Bettlerin, stell dir vor, und außerdem noch Französin, in so einer Familie, dabei war die ganze Nachkommenschaft bisher so rein, was für eine Schande – doch während der Feierlichkeiten würden Driss' Eltern ein verkrampftes Lächeln aufsetzen und hinter den Tamtams, den Rosen, dem Schmuck und den orientalischen Tänzerinnen den Aufstand ihres Sohnes, seine Machtergreifung verschleiern. Driss kam auf seinem Motorrad, es war zehn nach neun.

Sarah sprang auf und lief auf ihn zu. »Und? Hast du es ihnen gesagt?« Er nahm seinen Helm ab; seine Augen waren besorgt wie in schwierigen Situationen beim 1000-Meilen-Spiel. »Ja«, antwortete er, »da wären nur zwei, drei Dinge …«

Die zwei oder drei Dinge waren, dass sein Vater gelacht hatte, als Driss bei der Entdeckung des zusätzlichen Schafes stolz erhobenen Hauptes verkündet hatte, er stehe hinter dieser Bestellung und werde das Schaf am Nachmittag eigenhändig schlachten. Du weißt also, wie man ein Schaf schlachtet?, hatte der Vater gesagt und dem Lieferanten einen Geldschein zugesteckt. Dann hatte er, ohne eine Antwort abzuwarten, die Vornamen des Gärtners und des Chauffeurs gebrüllt, damit sie die Tiere vorantrieben, und war wieder ins Haus gegangen. Darauf war Driss nicht vorbereitet; er folgte ihm. Er sah, wie die weiße Djellaba vor ihm durch die Räume wallte, im Sonnenlicht funkelte, das durch das große Glasfenster einfiel, und plötzlich die Kurve Richtung Küche einschlug – mach mir einen Kaffee, befahl sein Vater dem kleinen Dienstmädchen, das auf der Arbeitsfläche mit offenem Mund vor einer Folge von *Marimar* saß. Ja, Sidi, antwortete sie und sprang auf. Dann ging er weiter. Driss gelang es nicht, den rettenden Satz zu finden, nach dem er verzweifelt suchte, den Satz, der zeigte, wie ernst es ihm mit seiner Schafsgeschichte war, ja überhaupt, dass es nicht einfach nur eine Schafsgeschichte war, und er lief weiter hinter ihm her bis zu dem kleinen Salon am anderen Ende der Villa, dort wo der große neue Panasonic-Fernseher stand, den Badr ein paar Monate zuvor installieren geholfen hatte. Sein Vater fläzte sich gähnend auf das aus Italien importierte Sofa, auf dem es sich seine Mutter in einer großen rosafarbenen *gandura*, den Kopf in ein Seidenkissen geschmiegt, bereits bequem gemacht hatte. Sie schaute dieselbe Folge von *Marimar*. Der Vater schnappte sich die Fernbedienung, schaltete auf einen anderen Sender um und ranzte seinen Sohn, der noch immer neben der Tür stand, an: Was läufst du mir nach?

Driss ballte die Fäuste.

»Ich werde ein Schaf schlachten.«

In diesem Moment tauchte das Dienstmädchen auf. Mit ihrem Tablett rempelte sie Driss an. Dann stellte sie es auf den Couchtisch und begann, den Kaffee, der noch in der Pressfilterkanne dampfte, in ein kleines, mit silberfarbenen Motiven verziertes Glas einzuschenken. Da hieb der Vater unvermittelt auf den Tisch, sodass das Dienstmädchen zusammenfuhr und die Flüssigkeit verschüttete. Du bringst nur ein Glas, wo wir doch zwei sind, du dumme Kuh, brüllte er. Sie wurde hektisch, versuchte, den Kaffee mit dem an ihre Schürze geknoteten Geschirrtuch aufzuwischen. Er trat ihr in den Hintern – hau ab. Und sie verschwand mit ihrem Tablett. Von nichts eine Ahnung, murrte er, bevor er den Kaffee zum Mund führte. Da redete Driss ihn an – Papa! –, und sein Vater wandte den Kopf.

»Was denn noch?«

»Ich werde ein Schaf schlachten.«

Er hätte es noch hundert Mal wiederholen können, bis es dem Dreckskerl in den Kopf wollte, dass er sich von ihm lossagte. Sein Vater lachte kurz auf; er drehte sich zu seiner Frau und tätschelte ihr die Schulter.

»Er will ein Schaf schlachten.«

Driss' Mutter hob den Kopf.

»Hä?«

»Driss will ein Schaf schlachten«, wiederholte der Vater. Ungläubig sah sie von ihrem Sohn zu ihrem Ehemann.

»Weiß er denn, wie man ein Schaf schlachtet?«

»Offenbar ja.«

Die Mutter ließ den Kopf wieder in das Seidenkissen sinken.

»Na, dann soll er es schlachten.«

Da kam das Dienstmädchen mit zwei Kaffeegläsern zurück. Während sie das erste Glas füllte, stampfte Driss mit dem Fuß auf, und während sie das zweite füllte, griff er, weil sein Fuß überhört worden war, nach der Vase auf der Kommode neben sich und schmiss sie auf den Boden, wollte sie in tausend Stücke zertrümmern. Doch die Vase ließ sich nicht zertrümmern – sie war aus Holz. Kläglich rollte sie über den Boden bis zu den Füßen des Dienstmädchens, dessen zierlicher kleiner Körper noch immer über den Tisch gebeugt war, den Arm halb angewinkelt, in seiner Bewegung unterbrochen. Driss' Mutter stand plötzlich auf; sein Vater war, wie der Arm des Dienstmädchens, erstarrt. Da erzählte Driss alles – dass er ein Mädchen heiraten wolle, dass sie Französin sei, dass sie nachher kommen werde und dass er vor ihr und allen anderen Leuten, jawohl, das Schaf schlachten wolle, um ihre Verlobung zu verkünden.

Seine Mutter lachte auf – hör mal, Driss, das ist wohl nicht dein Ernst. Du kannst doch nicht ohne unsere Zustimmung um die Hand eines Mädchens anhalten. Driss fing an zu schreien – doch, das ist mein Ernst! Doch das ist mein Ernst!

Mit dem Fuß stampfte er auf den Boden, hätte ihn kaputt trampeln wollen, die ganze Villa sollte auf dem Hügel von Anfa einstürzen, und sie sollte alle anderen Villen auf dem Hügel von Anfa mitreißen, und am Schluss sollte es in Casa nichts anderes mehr geben als den Pool und sein kleines Haus unter der großen Araukarie, wo er sich mit Sarah ein Refugium geschaffen hatte. Ich habe um ihre Hand angehalten, und nachher, vor allen anderen Leuten, werde ich die Verlobung verkünden!

Er sah, wie sich das Gesicht seiner Mutter verhärtete, wie sie wütend wurde. Sie sagte, er solle mit seinem Zirkus aufhören, sie wisse gar nicht, was in ihn gefahren sei, die Ehe sei ein ernstes Thema, schließlich heirate man nicht irgendwen, schon gar nicht, wenn man aus einer solchen Familie stamme, ja, wenn er unbedingt heiraten wolle, müsse er die Dinge in der richtigen Reihenfolge tun, ein Mädchen aus gutem Hause finden und ein Treffen zwischen den Eltern arrangieren. Eine Französin, ich glaub, ich träume, rief sie. Uns, den Nachkommen des Propheten, willst du eine Französin ins Haus bringen, noch dazu vor der ganzen Familie, am Opferfest. Du bist wohl auf den Kopf gefallen. Hör nicht auf ihn, sagte der Vater, und drehte die Lautstärke des Fernsehers auf – er weiß nicht, was er sagt.

Da feuerte Driss seine letzte Waffe ab: Sie ist schwanger. Plötzlich standen sein Vater und seine Mutter vor ihm, seine Mutter rüttelte ihn an den Schultern und wiederholte: In welcher Woche? In welcher Woche? Sie wandte sich zu ihrem Mann: Wen können wir wegen einer Abtreibung fragen? Driss brüllte: Nein! Nein! Ich werde sie heiraten, und wir bekommen das Baby! Ich werde ein Schaf schlachten! Seine Mutter begann zu weinen. Nicht genug, dass du uns mit einer

Französin Schande machst, du willst mir wohl auch noch das Opferfest mit einem Skandal ruinieren. Nach allem, was ich vorbereitet habe – die Dienstmädchen haben zehn Kilo Gemüse geschält, sie haben die ganze Woche lang gebacken, ich bin völlig erschöpft! Driss hatte Mitleid. Wie kannst du das deiner Mutter antun?, sagte der Vater mit angewidert verzogenem Mund. Zwei geschlagene Stunden hatten sie verhandelt, die Mutter hatte gedroht, an Kummer zu sterben, der Vater, das Opferfest abzusagen, so sehr schäme er sich, Driss knallte die Tür, kam wieder zurück, weinte, sagte, er werde das Haus für immer verlassen, und dann hatten sie eine Einigung gefunden. Driss würde kein Schaf schlachten, er würde nicht seine Verlobung verkünden und auch das Fest nicht ruinieren. Sarah aber würde während der Opferungen bei ihm sein; sie waren einverstanden, sie zu treffen.

31

W ie an jedem Opferfest sah man von Hay Mohammadi bis in die Innenstadt überall auf der Straße die Schlachter mit ihren langen, am Gürtel befestigten Fleischmessern; alle zehn Meter wurden sie von den Familien angehalten, die sich, umringt von brüllenden Schafen, in den offenen Garagen der Mietshäuser drängten. Manche Tiere waren bereits tot – sie hingen mit den Füßen an einer Stahlstange. Ihr Blut tropfte auf den Garagenboden, rann auf den Gehweg, ergoss sich in die Kanalisation. Manchmal weideten die Schlachter die Tiere direkt auf dem Boden aus und spritzten die Organe mit dem Gartenschlauch ab; dann wieder stopften sie die Schafe in den Aufzug, schleiften sie an den Füßen bis in die Wohnungsküchen. Es herrschte ein heilloser Lärm zwischen dem Freudengeheul der Frauen, den plärrenden Kindern, dem Geschrei der Schlachter und dem der Tiere. Als Driss auf den Hügel von Anfa einbog, wo die Straßen ruhig und adrett waren und die toten Schafe zwischen dem Hibiskus und den Gartenstühlen den Blicken entzogen, lächelte er erleichtert.

Er war nervös. Als er in der Garage vom Motorrad stieg, listete er immer noch all die Autos auf, die er vor dem Eingang hatte parken sehen: der Porsche von meinem Onkel, sagte er, der BMW von meinem Cousin, ein Range Rover, den ich nicht kenne. Kannst du dir vorstellen, sagte er zu Sarah, wie viele Leute da sind? Im Rückspiegel überprüfte sie, ob ihr Mund noch immer mit den roten Pigmenten des *aker fassi* überzogen war und untersuchte ihre Zähne. Ja, sie stellte sich sogar bestens vor, wie viele Leute da wären, und hier und jetzt, fünf Meter vor dem großen Abhang im Garten, den sie im vergangenen halben Jahr schon tausendmal mit ihm heruntergelaufen war, wurde ihr ganz mulmig dabei. Sie hatte Bauchzwicken. Das letzte Mal hatte sie als Kind im Cercle einen guten Eindruck auf Erwachsene machen müssen, die etwas Besseres waren als sie; wegen ihrer Mutter, die haufenweise Ehemänner auf die Toilette abschleppte, während deren Frauen mit der Zigarette zwischen den Fingern den Kindern beim Reiten zuschauten, hatte das damals nicht funktioniert. Wenn sie Monique und Sarah am Tennisplatz herumlungern sahen, verzogen sie immer angewidert den Mund; und einmal, als Monique für eine Bridgepartie das Spielzimmer betrat, war eine der Sonnenbrillengattinnen aufgesprungen und hatte sie wüst beschimpft. »Hört auf, uns das Leben zu versauen, ihr dreckigen Straßennutten, haut endlich ab!« Seither vermieden Monique und Sarah es, sich zu oft zu zeigen. Sie hatten sich in die Kulissen dieser achtbaren Leben zurückgezogen, aus denen sie hin und wieder hervorkamen, um mit klimpernden Wimpern die Männer auszunehmen. Los, mach dir keine Gedanken, sagte Driss und presste die Hand auf den Rückspiegel, damit sie ihr Spiegelbild nicht mehr sehen konnte. Du bist schön, setzte er hinzu, es sagen doch immer alle, dass du schön bist, und selbst wenn du hässlich wärst, hätten wir gewonnen. In meiner Familie hat noch keiner zum Opferfest jemanden mit nach Hause gebracht, ohne verheiratet zu sein, stell dir das mal vor! Noch nie! Ich sag's dir, die haben Angst, meine Eltern, Angst vor dem Skandal, den wir vorhatten, und jetzt, ich sag's dir, da bin ich sicher, haben sie gesehen, dass ich ein Mann bin. Da brauch ich noch nicht mal ein Schaf zu schlachten, siehst du. Ich bring am Opferfest einfach mit nach Hause, wen ich will; das darf man, als Familienchef. Er streckte die Brust heraus wie ein kleiner Prinz, und tief in seinen Augen glänzte der Thymian. Sie gingen in den Garten.

Während sie den Abhang hinunterlief, sah sie, wie sich ihre Sandalen ins Gras drückten – die neuen Ledersandalen, die er ihr gekauft hatte. Das war besser als geradeaus zu gucken, zu dem Pool, der so von Körpern verschluckt wurde, von Geräuschen, dass man noch nicht mal mehr das Knistern der Blätter in der großen Araukarie hörte – eines Abends während des Ramadans hatte Driss sie lauschen lassen: Hör doch, das knistert. Ebenso wenig hörte man das Wasser, das in der vollkommenen Stille von Driss' und Sarahs Nächten dem gedämpften Echo eines Glöckchens glich, das nur diejenigen, die hinzuhören, die – wie sie beide – dem wilden Lauf der Welt auszuweichen wussten, auch wahrnahmen; am Opferfest aber ertönten rings um den Pool Stimmen, aneinander klirrende Tabletts, das kehlige Wehklagen der Schafe. Sarahs linke Sandale drückte sich ins Gras, bevor die rechte auf die Fliesen trat; dort lagen ein paar nadelförmige Blätter. Sie hob den Kopf – sie waren angekommen.

Links vom Pool saßen etwa zehn Männer breitbeinig auf den Rändern ihrer Liegestühle im Kreis; manche rauchten Zigarre. Rechts standen ebenso viele Frauen und umschlossen mit ihren pinkfarbenen Fingernägeln kleine Teegläser, während sich die Kinder an ihre Waden klammerten; in der Nähe standen auf der über den langen Tisch gebreiteten bestickten weißen Decke *Baghrir* mit Honig, Gebäck, Tee und Sauermilch. Sarah konnte die Gesichter der Frauen nicht gut erkennen, wegen der Junisonne, die sich im Wasser spiegelte und sie übergoss, aber auch wegen der Dienstmädchen, die mit den Teekannen emsig vor ihnen auf und ab liefen, jedes leere Glas füllten und dann zurück zu der Männergruppe eilten, aus der ihnen von Weitem das Schlürfgeräusch der letzten Tropfen schwarzen Kaffees zu Ohren gekommen war. Sie hatten etwas Hündisches. Und plötzlich, mitten im Licht, wedelte eine Frau mit dem Arm und wirbelte die Staubpartikel über sich auf – Driss! Sie näherten sich.

Alle trugen über ihrer goldenen Djellaba das Haar offen, dessen breite Locken eine Spezialität von Momi war, dem jüdischen Friseur in der Rue des Landes. Das fiel Sarah an den Frauen, an Driss' Tanten und Cousinen, als Erstes auf, als sie sie zusammen mit ihm begrüßte. Manche hatten ihr langes Haar mit Henna gefärbt – man spürte noch den warmen Duft, wenn man näher kam –, und jede wartete mit einem mehr oder weniger intensiven Rotton auf, je nach der Menge ihrer weißen Haare; wenn diese noch spärlich waren und die Naturfärbung nicht zu dunkel, saugten manche Haare mit dem Henna die rote Farbe der Lehm- und Kalkwände von Marrakesch auf. Auf ihren Köpfen trugen sie die ockerfarbenen Stadtmauern der Medina, auf die der Schatten des Atlasgebirges und der unter der sengenden Sonne fliegenden Störche fiel, dachte Sarah, während sie zurücklächelte – ja, dafür musste man reich sein.

Wäre sie von dem Henna, dem Atlasgebirge und den Störchen nicht so angetan gewesen, hätte Sarah schneller begriffen. Sie hätte sich nicht von dem Minztee betören lassen, den das Dienstmädchen ihr servierte, während sie ihm mit einer lässigen Geste das Glas hinhielt, einer Geste, von der sie so oft geträumt hatte, dass sie sie schon tausendmal vollführt zu haben meinte, wie einen ihrem Körper eingeschriebenen Stammestanz. Die Frauen lachten, neckten Driss, erkundigten sich, was es Neues gebe, und Sarah ließ sich vom Glanz der Diamanten, die an ihren Händen schillerten, einlullen – ja, hier, bei den Reichen, war ihr Zuhause. Endlich war sie zuhause, im Kreise dieser Frauen, die ihresgleichen waren, sein mussten, und während sie den Vorgeschmack ihres wahren Lebens auskostete, übersah sie ihr verkrampftes Lachen, als Driss sie vorstellte – das ist meine französische Freundin –, ihre verzerrte Miene angesichts ihrer zerzausten Haare, ihrer bloßen Finger und die erstaunten, fast ängstlichen Blicke, die kaum auf ihr und den falschen Perlen an ihren Ohren zu ruhen wagten. Wenn sie gesehen, wenn sie verstanden hätte, wäre sie gegangen; aber von den Halsketten geblendet, sah sie nichts, und sie verstand nichts. Später, als sie zuhause war, hatte sie genau das gedacht; gedacht, dass nur die Reichen diese Dinge verstanden. Auch als Driss' Mutter auf sie zugekommen war, groß, rothaarig, erhobenen Hauptes, mit hochhackigen Schuhen, die auf den Fliesen klapperten, und sie ihren Sohn geküsst hatte, auch da hatte Sarah nichts gesehen. Sie war lediglich in der Farbe ihrer Djellaba versunken, smaragdgrün wie ihre Augen, wie die Steine an ihren Fingern. Dass die Mutter sie nur flüchtig begrüßt hatte, schmallippig, ohne sie richtig anzusehen, hatte nichts zu bedeuten; mit ihren dicken Locken und grünen Augen sah sie aus wie Lamia El Solh, die Frau des Prinzen Moulay Abdallah. Plötzlich rief sie: Alle sind da, wir können anfangen! Auf der Seite der Frauen erklang ein Freudengeheul.

Die Männer und Frauen schlenderten zu der Araukarie hinüber, hinter der sich ein überdachter Platz befand, wo für gewöhnlich Wäsche gewaschen und aufgehängt wurde – sie ließen am Pool ihre schwelenden Zigarren zurück, die leeren

Teegläser neben den zerknüllten, auf den Boden geworfenen Papierservietten, die voller Gries- und Zuckerkrümel waren. Ein Dienstmädchen hatte sich schon hingekniet, um sie einzusammeln – komm, sagte Driss, lass uns gehen. Unterdessen begrüßten ihn ein paar Männer, das Hemd offen über dem gebräunten Oberkörper, klopften ihm auf die Schulter: Na, Großer, wie geht's? Du machst hoffentlich gutes Geld? Sarah bedachten sie mit einem kurzen Kinnnicken; sie wiederum betrachtete das massive Silber ihrer Halsketten, das Leder ihrer spitzen Schuhe. Plötzlich rempelte sie ein Mann in einer Djellaba an und drängte sich an ihr vorbei. Während er zu den Schafen eilte, sah Sarah in seinem Nacken die Spur des schwarzen Färbemittels, wie auf der Stirn der Alten in den Friseursalons in Maarif. Das ist mein Vater, schnaubte Driss. Er ist immer noch wütend, aber das ist mir egal.

Sarah mochte den überdachten Platz, weil es dort immer nach Tide-Waschmittel roch. Neben dem Wäscheständer stapelten sich die orangefarbenen Kartons mit Waschpulver; der zusammengeklappte Ständer glich nun einem Thron, auf den sie sich träumte, die Haare exakt in der Farbe der Henna-Verpackungen getönt, und dann bei Mimo, Rue des Landes, mit dem Lockenstab gewellt, von einem Dienstmädchen mit Minztee versorgt, hoch oben über der Stadt. Und nach und nach, obwohl sie noch immer nichts anderes sah als die Störche und die goldenen Armreifen, hörte sie.

Sie standen unter der Überdachung und warteten auf das Opfer, neben Driss und Sarah redete ein Mann. Ein Apache habe um die Hand seiner Tochter angehalten – so nannten die Reichen manchmal die Angehörigen des einfachen Volks, Apachen. Ein Berber, fuhr er verächtlich fort. Ich weiß gar nicht, wie sie es angestellt hat, den kennenzulernen, wirklich, nach allem, was ich bezahlt habe, damit sie den richtigen Umgang hat. Aber siehst du, inzwischen kannst du deine Kinder vor nichts mehr beschützen. Ich habe zu meiner Tochter gesagt, wenn ich nochmal höre, dass dir ein Armer den Hof macht, nehm ich dir deinen Jaguar weg. Sie hat geweint, aber ich habe nicht nachgegeben: Heutzutage mischt sich alles, da muss man aufpassen. Driss schaute zu Sarah und nahm ihre Hand: Hör nicht auf ihn. Doch Sarah hörte. Der Mann fuhr fort: Wenn du erstmal solche Leute in deine Familie lässt, wirst du gleich von der ganzen Sippschaft ausgenutzt, die schieben dann immer deinen Namen vor. Und ehe du dich versiehst, kommst du bei Behördengängen nach ihnen dran. Die Welt steht kopf, das muss man sich bitte mal vorstellen! Die Welt steht kopf. Da ertönte ein herzzerreißendes Blöken.

Alle wurden still. Driss' Vater kam von der Araukarie und hielt ein Schaf an den Hörnern. Gleich geht die Opferung los, murmelte Driss. Das Schaf quiekte, verlangsamte seinen Schritt, ließ sich aber trotzdem unter die Überdachung schleifen.

»Warum rennt es nicht weg?«, fragte Sarah.

Driss zuckte mit den Schultern: »Vielleicht weiß es nicht, dass es einen Ausgang gibt.«

Drei männliche Gäste eilten dem Vater zu Hilfe. Zusammen drückten sie das wimmernde Tier zu Boden, das rücklings auf den Fliesen lag und mit allen vieren in der Luft strampelte. Jetzt hob der Vater ein Messer zum Himmel. Mit einer schnellen, sicheren Geste ließ er es durch die Luft schnellen und schlitzte ihm die Kehle auf. Alle jubelten.

Man wiederholte das Prozedere mit allen Schafen, die an die große Araukarie gebunden waren und jetzt der Reihe nach von einem Familienchef getötet wurden. Die Blutlache unter den Tieren hatte sich so rasch ausgedehnt, dass die Frauen einen Schritt zurückgetreten waren, weil sie ihre Schuhe nicht beflecken wollten; zwei Dienstmädchen wischten den Boden. Der Schlachter, der Gärtner und der Chauffeur kümmerten sich darum, die verendeten Schafe auf die Seite zu schaffen. Anschließend hängten sie sie mit den Hinterbeinen nach unten an den robusten Zweigen der kleinen Yuccas auf; unter den kräftigen, schwertförmigen Blättern bluteten die Tiere über rosafarbenen Plastikbottichen aus, die von anderen Dienstmädchen herbeigetragen worden waren. Niemand beachtete sie; doch gerade als ein alter Onkel das letzte Opfer vollzog, rief Driss' Mutter nach den Dienstboten. Mitten in der Aufhängung der Tiere herbeizitiert, erstarrten sie. Nun kommt schon!, rief sie und winkte sie heran. Dann deutete sie auf das zusätzliche, noch an der Araukarie befestigte Schaf und verkündete vor der geladenen Runde mit gönnerhafter Miene: Das hier haben wir für die Dienstboten bestellt. Alle priesen ihre Großzügigkeit.

Das Personal vollzog das letzte Opfer, und die Gäste kehrten an den Pool zurück. Die Armreife klirrten, das Licht der Diamanten prallte von den kristallenen Gläsern ab; man konnte sich diese Blendung, den Glanz tief in den Pupillen bewahren. Doch durch das viele Betrachten, vielleicht weil die Sonne inzwischen weitergewandert war, weil sie sich nicht mehr auf die gleiche Weise im Wasser spiegelte und weil ein Mann geredet hatte, sah Sarah jetzt, dass die Onkel und Cousins in unmittelbarer Nähe ihrer Rolex in der Nase bohrten oder sie geräuschvoll hochzogen; dass unter ihren Halsketten Rülpser lauerten, die sie stolz herausließen; dass die rote Farbe auf den Lippen der Frauen verschmierte, wenn sie sich schmatzend mit der Zunge über die Zähne fuhren, dass sie ihre Kinder wie Hyänen angifteten oder die Hälfte eines Grießkuchens auf den Boden spuckten, um nicht dick zu werden. Auf einmal sah sie sie so klar, dachte sie, sie aber, die sich untereinander gleichwohl argwöhnisch beäugten, beachteten nicht einmal mehr, dass in ein paar Metern Entfernung noch immer Schafe von den Yuccas baumelten. Sie sahen nicht, dass der Schlachter eines von ihnen abgehängt und auf ein Badetuch gelegt hatte. Er kniete sich daneben und setzte einen Schnitt an einem Bein; dann bückte er sich und beugte seinen Kopf hinunter. Er presste den Mund auf das Tier und blies mit aller Kraft, setzte hin und wieder einen weiteren Schnitt mit dem Messer, blies erneut, bis sich die Haut durch die Kraft seines Atems vom Muskel löste, und innerhalb von fünf Minuten war das Schaf rundum monströs angeschwollen. Nach und nach wurde es zerlegt. Auf dem saftigen Gras, neben Hibiskus und Rosen, unweit des Brunnens und des unendlichen Pools, wo die blinden Gäste bereits nach frisch gepresstem Orangensaft verlangten, neben Unmengen an rohem Fleisch, Muskeln und Knochen, lagen die Organe, die bald in Stücke geschnitten werden würden und einzeln in die Bottiche wanderten. Die Dienstmädchen, schon ganz außer Atem, trugen sie zum Poolhaus. »Als ich klein war, wollte ich nicht, dass sie sterben«, sagte Driss, der die Szene neben ihr mitverfolgte – unter der Überdachung sah man noch einen Rest der zartrosafarbenen, mit fließendem Wasser verdünnten Blutlache, die im Ablaufrost verschwand. »Ich habe gebrüllt, damit es aufhört.«

»Und jetzt?«, fragte Sarah.

Gerade war der letzte Bottich gefüllt worden.

»Jetzt, ach, ich weiß nicht. Es ist normal geworden. Vieles wird normal, wenn du es leid bist zu brüllen.«

Als sie den überdachten Platz verließen, sahen sie, wie der

Chauffeur die Hautstücke in einem Eimer forttrug. Während sie ihm zuschaute, spürte Sarah, dass ihr jemand auf die Schulter klopfte.

»Hilfst du mir, das Fleisch zuzubereiten?«

Zwischen ihren langen, lackierten Fingernägeln hielt Driss' Mutter das Schlachtermesser.

32

Sarah hatte sich nie länger in der offenen Küche des kleinen Hauses aufgehalten; meistens ging Driss die POMS-Dosen holen. Manchmal, wenn er während des Ramadans abends auf dem Sofa eingeschlafen war, sah sie sich aus Langeweile um, machte den Kühlschrank auf und holte ein Glas mit Essiggurken heraus, die sie anschließend auf einem der Hocker an der Marmorbar aß. Sie kaute gründlich, mit weit offenem Mund, und amüsierte sich in der undurchdringlichen Stille der Nacht über das Klacken ihrer Zähne, das Driss dieses eine Mal vielleicht wecken würde – Driss weckte sonst nie etwas, und auch diese Küche weckte nie etwas, sie blieb so regungslos wie der Warteraum der Mouquataa, wo Leute wie sie und Yaya in der drückenden Hitze darauf warteten, dass ihnen der Kaid, der sich in den Mittagsschlaf verabschiedet hatte, ihre Bescheinigung unterschrieb. Jeden Wochentag kam man wegen der Lebens- oder der Wohnsitzbescheinigungen wieder in die Mouquataa, zerschmolz fast in der Lähmung, während man drei, vier Stunden lang zwischen den von Alten und Schwangeren belegten Metallstühlen auf dem klebrigen Boden saß – das Einzige, was den Mittagsschlaf des Kaid verkürzte, waren Hundert-Dirham-Scheine.

Doch als sie am Tag des Opferfestes mit der Mutter hereinkam, hatten die Dienstmädchen die Küche inzwischen geweckt. Sie machten sich an der Bar zu schaffen, zerlegten die ausgebluteten Tiere; auf den Billardtisch hatten sie ein breites

Holzbrett gelegt, auf dem die Bottiche standen, und jetzt wuschen sie energisch Pansen und Gedärme in einer Schüssel mit Wasser, während ihnen der Schweiß von der Stirn bis zur Schleife ihrer Schürze perlte. Driss' Mutter schob sich kurzerhand zwischen zwei Dienstmädchen und drängte sie mit den Ellbogen zur Seite – macht Platz, sagte sie. Das ältere der beiden starrte sie ungläubig an: Lalla, sind Sie sicher? Natürlich bin ich sicher, los, Fatima, geh weg!

Nachdem die Dienstmädchen abserviert waren – sie blieben hinter ihnen stehen und sahen tatenlos zu – nahmen Sarah und die Mutter an der Arbeitsfläche Platz. Vor ihnen zwei auf der Seite liegende Schafsköpfe; obwohl sie verkohlt waren, sah man am Nackenansatz noch das getrocknete Blut der Enthauptung; und die Augen, grau und glasig, in der gleichen Form wie die Märzregentropfen, die über die Fensterscheiben der Taxis rannen. Außerdem ein paar aschfarbene Beine, deren Hufe noch rosig waren. Driss' Mutter holte tief Luft. Mit der Hand zog sie einen der Köpfe heran und versuchte, mit ihrem Messer ein Horn abzutrennen. Es gelang ihr nicht. Gib mir das kleine Beil, Fatima, sagte sie. Das Dienstmädchen, das ihr gegenüberstand, reichte ihr das Werkzeug; das erste Horn ließ sich sofort abspalten, das zweite ebenfalls. Jetzt hielt sie Sarah das Beil hin – du bist dran, sagte sie und seufzte: Ich nenne sie alle Fatima, das kann man sich leichter merken.

Es war gar nicht so schwer, die Hörner abzuspalten und anschließend mit der Zahnsäge, mit der sie mehrmals über den Knorpel fahren musste, damit das Stück sich löste, die Ohren abzutrennen. Es genügte, die inneren Augen zu schließen; die anderen, die richtigen Augen mussten natürlich offen und wach bleiben, damit man sich keinen Finger abschnitt, aber die inneren Augen, das wusste Sarah, musste sie schließen –

sonst sieht man das eingeübte, anerkannte Grauen der Welt und wird verrückt. Jetzt, sagte die Mutter, nimmst du dieses Messer da und schneidest den oberen Teil des Schädels auf, wie ich – Sarah ahmte alle Gesten einzeln nach, folgsam, wartete gefasst auf die Fragen, die vielleicht in dieser großen, ockerfarbenen Frau brodelten, auf die Warnungen, die Fallstricke. Das Hirn schabten sie mit einem kleinen Löffel aus. Die Dienstmädchen wuselten noch immer um sie herum, ließen die gewaschenen Eingeweide von Hand zu Hand gehen, die Lebern, die Nieren, die Herzen, auch die Zungen, trugen sie eilig nach draußen, hinter das kleine Haus, wo sie auf einem Rost gebraten wurden – der Fleischgeruch gelangte allmählich in Rauchschüben zu ihnen. Schließlich redete die Mutter.

»In welchem Monat bist du?«

Sarahs Hand gab nach.

Wie die Dienstmädchen vor ihr wollte sie gerade das ganze Hirn in eine mit Wasser und Essig gefüllte Terrine tauchen, als die schleimige Masse ihren Händen entglitt und die Arbeitsfläche bespritzte.

»Fast im dritten«, flüsterte sie.

Schon saugten rot-weiße Handtücher den verschütteten Essig auf. Sarah traute sich nicht, vollständig den Blick zu heben, wollte ihn aber auch nicht senken; also heftete sie ihn fest auf die blutigen Hirnfäden, die zwischen den hektischen Händen flatterten.

»Ich verstehe«, sagte die Mutter.

Mit ihrem langen Messer spaltete sie der Breite nach die Wangen ihres Schafskopfes und reichte ihn Sarah.

»Und abtreiben willst du nicht?«

Vor ihr zuckte eine der Fatimas zusammen. *Allah yahafdek*,

murmelte sie, und aus ihrem verschleierten Gesicht sprach blankes Entsetzen.

»Nein«, antwortete Sarah.

Sie setzte ihrerseits einen langsamen Schnitt zwischen Ohr und Schnauze; und sie spürte, dass sie, glühend wie der Rost in ihrem Rücken, der smaragdgrüne Blick umschloss.

»Nun, *hamdullah*«, sagte die Mutter nach einer Weile. »Es ist eine schöne Tat, es zu behalten.«

Sarah hob die Augen; ihre Schwiegermutter lächelte sie an. Alles an ihr lächelte, sogar der goldgewirkte Kaftan, sogar die Edelsteine und Diamanten.

»Wirklich, eine schöne Tat«, fuhr sie fort, »denn, ganz ehrlich, wenn ich es bedenke, gibt es unglaublich viele Frauen, die meinen Mann verführt haben und schwanger geworden sind, die Armen. Seine Arbeiterinnen vor allem. Sie sehen mich, sie sind eifersüchtig, und dann wollen sie ihm ein Kind andrehen. Was willst du da machen? Wir haben ihnen allen angeboten, abzutreiben, ihnen die Klinik zu zahlen, nur um ihnen einen Gefallen zu tun, wirklich, aus purer Großzügigkeit, und vier oder fünf von ihnen haben sich geweigert. Geweigert! Das muss man sich mal vorstellen! Ich weiß gar nicht, was sie sich dabei gedacht haben. Dass mein Mann sie finanziell unterstützen oder ihnen Häuser auf ihren Namen überschreiben würde vielleicht. Bei den Armen weiß man nie. Nun gut, möge Allah sie beschützen, er hat sie dahin zurückgeschickt, woher sie gekommen sind, und jetzt sitzen sie wieder in einer Barackensiedlung, mit einem Kind am Hals, ohne einen müden Dirham, ihnen blüht das Gefängnis, die Polizei, die jeden Tag an die Tür hämmert, und zu essen haben sie auch nichts. Komisch, denn eigentlich wussten sie doch genau, wer sie waren. Man muss schon vernünftig sein: Das alles – mit einer Kinnbewegung deutete sie zu den Dienstmädchen – ist doch nichts für Mädchen wie die. Ich weiß nicht, was die sich in den Kopf gesetzt haben. Sie hätten die Geliebten eines reichen Mannes bleiben und von seinen Geschenken profitieren können, stattdessen haben sie sich selbst in diese Misere gebracht. Kaum zu glauben, oder? Ich will dir nichts vormachen, manchmal denke ich tatsächlich an sie.«

Während sie träumerisch ins Leere schaute, löste sie mit beiden Händen den Schafskiefer vom restlichen Kopf und riss ihn ab.

»Aber wirklich, *tbarkallah*, du bist sehr mutig. Das ist keine leichte Zeit, die du da vor dir hast.«

Sie ließ die Kopfstücke los und legte Sarah sanft eine ihrer blutigen Hände auf die Schulter.

»Ich weiß nicht, was Driss beschlossen hat, aber wenn er dich heiraten und das Haus verlassen will, musst du einsehen, dass wir euch nicht helfen können. Wir werden gezwungen sein, ihn aus der Fabrik zu nehmen, bis er dich verstößt und das Kind aberkennt. Vielleicht kannst du ihn ja in deinem Viertel unterbringen? Es gibt da ein paar *ngafate*, die in den Kellern hinter Hay Hassani kostengünstige Hochzeiten veranstalten, mit einem kleinen, sehr anständigen Catering, das hat mir mein Gärtner, der jüngste von ihnen, erzählt. Aber ihr macht natürlich, was ihr wollt. Weißt du, ich bin ausgesprochen feinfühlig, es bricht mir das Herz, dass es mit meinem Sohn so weit gekommen ist, aber manchmal muss man erst so etwas durchmachen, um seine Kinder wieder zur Vernunft zu bringen. Das passiert leider häufiger; mit Gottes Hilfe begreifen sie es dann, und sie kommen zurück, und keiner redet mehr davon.«

Sie wischte sich die Hände an dem Handtuch ab, das von

der Schürze des rechts von ihr stehenden Dienstmädchens baumelte.

»Und natürlich, falls du deine Meinung änderst, in Bezug auf das Kind, rufst du mich einfach an, ich helfe dir gerne. Die Nummer hast du, *yak*?«

Und sie verschwand.

Sarah sah nur noch den verstümmelten Schafskopf und die Dienstmädchen vor sich, die sie sprachlos anschauten. Es war schwer, nicht zu weinen mit diesem verfluchten Rauch des Grillfleischs, der ihr in den Augen brannte. Auch, ein kleines bisschen, mit dem Geklapper der Messer und dem Gelächter draußen und diesen Leuten, die etwas Besseres waren als sie und sie nicht beachteten, und mit den enthaupteten Schafen auf dem Billardtisch, auf dem sie sich mit Driss geliebt hatte, ihren tropfenförmigen Augen und dem Geruch der Eingeweide; und in ihren Eingeweiden das Baby, das Baby, das irgendwann tatsächlich geboren werden würde, und jetzt wäre sie es, die ihre Tochter bei Rita, der verrückten Wahrsagerin, aufs Sofa legen würde, ja, vielleicht wäre bald sie die fette Nutte von Hay Mohammadi. Nur ruhig, ganz ruhig, murmelte das Dienstmädchen neben ihr und streichelte ihr den Rücken. Bring ihr ein Glas Wasser, forderte sie ihre Nachbarin auf und führte sie zu einem der großen grauen Sofas.

Während Sarah mit feuchten Augen, neben sich immer noch das Dienstmädchen, ihr Glas Sidi Ali trank, sah sie Driss durch das große Glasfenster schüchtern bei den Männern sitzen und jedes Mal husten, wenn er den Qualm ihrer Zigarren einatmete. Kurz hielt er sich aufrecht, mit erhobenem Brustkorb, bevor seine Schultern, als würden sie von einer Sorge erschüttert, schon eine Sekunde später wieder herabfielen, wie an dem Abend, als er, alleine auf der Sitzbank im La Notte, eine Pfefferminzlimonade getrunken hatte. Das wird schon, mein Mädchen, das wird schon, wiederholte das Dienstmädchen und strich Sarah übers Haar. Sie sagte ihr, sie bräuchte wirklich nicht zu weinen, ehrlich, ihr würde gar nichts entgehen; auch sie sei vor Freude ganz außer sich gewesen, als sie damals bei dieser Familie angestellt worden sei – sie habe geglaubt, sagte sie, dass die Misere damit endlich ein Ende habe, für sie, die vorher auf dem Boden geschlafen hatte, in der Küche einer Familie in Maarif, die sie noch nicht einmal bezahlt hatte; der Sohn der Familie hatte das andere Dienstmädchen vergewaltigt, direkt neben ihr. Ich hatte solche Angst, dass mir die Zähne klapperten. Aber hier ist es auch nicht besser, weißt du, es ist überall das Gleiche. Glaubst du, dass es einem hier besser ergeht, nur weil sie reich sind? Der Vater brüllt noch schlimmer als die Männer in meiner Straße in Hay Hassabi, seine Frau bezieht Prügel, wenn sie das Auto anschrammt, und wehe dem, der nicht nach ihrer Pfeife tanzt; als Kind ist Driss mit dem Gürtel geschlagen worden, weil er mit mir *Marimar* gucken und beim Erbsenpulen helfen wollte. Wirklich, Mädchen, hier ist es genauso wie überall sonst in diesem Land; immer gibt es jemanden, der dich unterdrückt. Unterdrückung, ich sag's dir, das könnte die Nationalsprache sein. Ich an deiner Stelle würde mir, wenn ich einen Pass hätte, ein Flugzeug nehmen und nach Frankreich fliegen. Angeblich sind die Leute dort alle gleich. Glaubst du das? Dort sind die Leute alle gleich.

33

Ein Junge hatte ihr gesagt, anderswo, ganz weit weg, gebe es Sand, der weich sei wie Samt und weiß wie Wolken, und er hatte von den Muscheln und dem Salzgeschmack gesprochen und von einer Musik der Wellen; sie hatte ihm nicht geglaubt. Sie hatte gesagt: Komm schon, hör auf mit dem Blödsinn, und er hatte erwidert: Doch, doch, ich schwör's dir beim Leben meiner Mutter, das stimmt, deren Sand da drüben ist wie Maymouna-Mehl. Das hat mir mein Cousin erzählt, fuhr er fort, der war in Amerika. Halt die Klappe, hatte Sarah geantwortet. Sie konnte ihn unmöglich solche Sachen erzählen lassen. Wenn es stimmte, was er sagte, wäre das viel zu schmerzlich – dieser Idiot musste doch wissen, dass man den Sand, in den man geboren wird, nicht verwandeln kann.

Driss, der auf dem ekligen Sand an Strand 56 in sein Notizbuch schrieb, verhielt sich noch idiotischer als der Kleine aus Carrières mit seinen Geschichten über Mehl und Amerika; anders war es nicht zu erklären, dass er kein einziges Mal zu ihr hinüberschaute. Als hätten sie niemals Seite an Seite im Dunkel ihres kleinen Hauses schweigend POMS getrunken; als wäre er, mit seinen Augen, seiner milchigen Haut, seiner Hakennase und seiner Rolex nie ihr Bruder, der Bruder ihrer Terrakottahaut und des zusammengenähten Kleids gewesen – ihr Zwilling, ein so passgenaues Spiegelbild, dass sie ein halbes Jahr lang inmitten ihrer aneinanderklebenden Haut, die den Horizont bildete, er gewesen war und er sie. Idiot, zischte

Sarah zwischen den Zähnen, immer wenn eine Welle laut genug toste, um ihr Gemurmel zu übertönen.

Schon als sie angekommen waren, hatte Chirine sie gewarnt: Driss sei schlimm drauf. Wenn er gekonnt hätte, wäre er gar nicht mit zum Strand gegangen. Aber Alain hatte stundenlang darauf bestanden, nun komm schon, Alter, für mich, tu's für mich, damit wir uns richtig verabschieden können – er ging weg, es war so weit. Er hatte alle nötigen Schritte bei der Agence juive unternommen, die ihm das Flugticket nach Israel gezahlt hatte – dabei ist er bisher noch nie über Ajun hinausgekommen, stell dir vor, seufzte Chirine. Also hatte er eine Woche nach dem Opferfest alle eingeladen, am Strand 56 zusammen ein paar Joints zu drehen, ein letztes Mal; Yaya hatte Kif mitgebracht, gratis für alle, und sogar ein bisschen Karkoubi, obwohl er seit zwei Monaten jedem, der es hören wollte, verkündete, dass Alain von ihm nichts mehr kriegen würde – er ertrage es nicht mehr, seine Zähne ausfallen zu sehen. Nimm schon, hatte er gesagt und ihm das Beutelchen mit den Pillen unter das Strandtuch geschoben, in Israel findest du bestimmt keinen Stoff wie den hier. Jetzt warf er Steine in den Atlantik und wiederholte: Du hast recht, Mann. Du hast wirklich recht, den Abflug aus diesem Scheißland zu machen. Driss wiederum mischte inzwischen für seine Partie Solitär die Karten; ob Sarah in einem Meter Entfernung wie eine amerikanische Schauspielerin auf dem Bauch lag oder auch nicht, war ihm verdammt egal.

Er hatte sie am Opfertag auf dem Sofa des kleinen Hauses weinen sehen. Es hatte nur einer Sekunde bedurft: als ihre roten Augen sich auf ihn hefteten, während er, eine inzwischen erloschene Zigarre im Mund, immer noch bei den Männern saß, ein Streichholz anzündete, zum Gesicht führte und dabei einen Blick zu dem großen Glasfenster warf. Als er Sarahs Tränen fließen sah, war er wie vor den Kopf gestoßen, die Zigarre sank kinnabwärts, das Streichholz flackerte zwischen Daumen und Zeigefinger auf – die wabernde Flamme schien ihr zuzuwinken. Hinter der Scheibe antwortete sie leise schluchzend mit einem Handzeichen.

Wir schaffen das nicht, du weißt, dass wir es nicht schaffen, stieß sie unter der Überdachung, wo sie sich gleich danach getroffen hatten, hervor. Sie lehnte mit dem Rücken an den Tide-Schachteln. Mit der Sandalenspitze zeichnete sie schwarze Spuren auf die feuchten, vom Blut geröteten Fliesen; Driss folgte ihrer Fußbewegung mit seinen Augen. Es roch nach dem künstlichen Jasmin des Waschmittels und den Gedärmen der Schafe, außerdem hörte man das Platschen der in den Pool hüpfenden Kinder.

Als sie ihm die Worte seiner Mutter überbrachte, hörte er mit entgeistertem Gesicht zu und atmete geräuschvoll durch die Nase, immer schneller, wie ein todgeweihter Ochse. Aber, stotterte er nach einer Weile, das macht doch nichts, ich könnte arbeiten gehen. Sie schüttelte den Kopf. Doch, fuhr er mit neuem Mut fort, ich rufe Alain an, ich kann mit Immobilien handeln. Das ist nicht schwer, was er macht, er bringt es mir bei, ich verdiene Geld, und dann nehmen wir beide uns eine Wohnung und ziehen das Baby auf. Sarah wandte ihr Königinnengesicht von links nach rechts. Nein, flüsterte sie. Gut, sagte er, gut, wir nehmen dir zuerst eine Wohnung, aber danach kaufe ich dir ein Haus. Ich werde viel Geld verdienen, so viel Geld, wie du willst, und erst haben wir eine Wohnung, später aber auch ein Haus, ich schwör's dir, ich schwör dir, dass wir ein Haus haben werden. Sarah schaute noch immer zu Boden. Nein, sagte sie wieder. Da begann Driss zu weinen. Ich schwör's dir, ich schwör's dir, ein Haus, ich versprech's dir, ich versprech dir, dass ich das hinbekomme. Er weinte wie außer sich. Sie küsste seine nassen Wangen, immer wenn er aufschluchzte, verfingen sich ihre Lippen in den Kratern seiner Haut. Ich schwör's dir, wirklich, sagte er. Ein paar Sekunden später ging sie, ließ ihn traurig vor sich hin wimmern, sein Körper krümmte sich über den Tide-Schachteln, seine Ouzoud-Fälle ergossen sich auf die Fliesen und würden vielleicht bald, dachte sie, während sie auf die Tür zu rannte, die Dreckschlieren wegschwemmen, die sie mit ihren nagelneuen, von Driss gekauften Ledersandalen gezeichnet hatte.

Sie hatten sich nicht wiedergesehen. Am darauffolgenden Montag nahm Sarah abermals ihre zwei Stunden Fußmarsch von Hay Mohammadi bis zum Gymnasium auf; auf der Höhe des Bahnhofs Casa-Voyageurs sausten erneut die Mofa-Typen, die Zigarette im Mundwinkel, über die Gehwege und hauten wie die Verrückten auf die Klingel, wenn die Fußgänger ihnen den Weg versperrten. Um voranzukommen, schlängelte sie sich zwischen den auf der Fahrbahn steckengebliebenen Autos durch; in der Mitte der Kreuzung standen, schweißgebadet in ihrer Uniform und mit hochroten Wangen, die Polizisten, pfiffen, was das Zeug hielt, und ruderten wild mit den Armen. Bei Sarahs Anblick ließen sie die zwischen ihren gelben Zähnen klemmende Pfeife fallen, bleckten die Zähne und lächelten, oh, was macht die Gazelle denn da, hast du dich verlaufen, oder was, komm her, na komm schon, warum hast du denn Angst; gelbe Zähne unter ihren geschürzten Lefzen, gelb wie das Sonnenblumenfeld hinter dem Sindbad-Park, das auf Driss' Motorrad an ihr vorbeigezogen war wie in einem Kinofilm. Diese Sonnenblumen hier, voller Zahnstein unter dem Zahnfleisch, zogen jetzt im Tempo ihrer Sandalen an ihr vorbei, die mehr und mehr beschleunigten und irgendwann losrannten, als sie spürte, wie die warme Hand eines Polizisten sie an der Hüfte zu packen versuchte. Schlampe, hörte sie, während sie atemlos den Boulevard Mohammed V. entlangraste.

Im Gymnasium flüchtete sie sich hinter einen Baum am Gebäude K, um eine Zigarette zu rauchen, die sie einem Straßenjungen abgekauft hatte; auf dem Schulhof hatten alle Mädchen mit ihren beim Friseur geglätteten Haaren nach ihrem Wochenende im Sun oder am Golf von Anfa gebräunte Haut, mit einzelnen helleren Stellen – zwischen den Schlüsselbeinen, wo ihre vergoldeten Halsketten gelegen hatten, während sie in der Sonne dösten, und am Handgelenk, wo sie ihre Rolex trugen. Sarah beobachtete sie mit großen Augen. Seitdem sie ein paar Tage zuvor bei Driss weggelaufen war, von der Sekunde an, da sie durch das Tor gegangen und, seit Monaten zum ersten Mal alleine, durch die leeren Straßen von Anfa Supérieur gelaufen war, hatte sie das Gefühl, diese Augen zu haben; weit aufgerissene, trockene Augen, die langsam in die sonderbare Welt blinzelten, wie die Augen eines plötzlich bebrillten Kurzsichtigen. Er war nicht mehr bei ihr.

Das ist er nicht, sagte Yaya, wenn sie auf dem Gehweg vor Jus Ziraoui saß und beim Geräusch eines Motorrads zusammenzuckte. Jeden Tag tauchte sie dort auf, wo Yaya gerade war – im Billard-Café, auf der Straße beim Rauchen –, und fläzte sich neben ihn. Was klebst du eigentlich so an mir, los, weg da; sie aber rückte nicht ab, und er gewöhnte sich dran. Man brauchte ja eine andere Haut, nachdem man ein halbes Jahr an einem Driss geklebt hatte, der der Horizont gewesen war und die Welt abgeschirmt hatte – wenigstens ab und zu, um sich zu erinnern, wie das war, auch wenn Yaya nach Thunfisch roch und sie das erst recht zum Weinen brachte. Oh, jetzt reicht's aber mit dem Geflenne, rief er und packte sie an den Haaren – sie saß so nah bei ihm, dass ihm eine ihrer Locken in die Nase hing, er musste niesen. Driss ist schon in Ordnung, fuhr er fort, während er den Rotz mit der Handfläche auf dem Gehweg verstrich, aber du wolltest doch wohl nicht so ein Leben führen, nur weil er in Ordnung ist. So wie du aussiehst, findest du einen anderen Reichen, vielleicht nicht ganz so reich, aber immer noch besser, als sich mit einem Balg in der Innenstadt abzurackern wie alle anderen. Ein Haus im CIL-Viertel, das wär doch was, oder? Mit deinem Aussehen könntest du bestimmt ein Haus in CIL bekommen. Dann lädst du mich aber ein, ja? Yaya hatte ihr den Schein für die Abtreibung in der Clinique des camélias besorgt. Driss, hatte er erzählt, habe seinen Eltern eine Szene gemacht, damit sie einen Termin in einer richtigen Klinik vereinbarten und nicht im Badezimmer einer Engelmacherin, von der sie gehört hatten und die außerdem Kosmetikerin in Maarif war. Das kostet ein Vermögen in der Klinik, hatte Yaya gesagt, zehntausend Dirham, damit sie es dir als Blinddarmoperation verkaufen. Aber du hast praktisch keine Chance zu krepieren, das ist das Gute dran, ehrlich jetzt. Der Termin war am darauffolgenden Montag, am Tag nach dem Abschied von Alain am Strand 56.

Nach dem Strand 56 hatten sie sich voneinander getrennt – Alain hatte sie alle nacheinander fest in den Arm genommen und ihnen seinen Tabakatem in die Ohren geblasen, ihr werdet mir fehlen, Brüder, ihr werdet mir fehlen. Chirine hatte sich auf die Seite gestellt, den Blick aufs Meer, um ihm nicht zusehen zu müssen; ihre Haut wurde vom roten Licht der Sonne überflutet, das sie mit ihren langen Haaren wie eine Indianerin aussehen ließ. Sie waren gemeinsam in das Taxi Richtung Anfa Supérieur gestiegen, und wenig später war Driss, ohne Sarah einen Blick zuzuwerfen, zum Parkplatz von McDonald's gegangen, wo sein Motorrad stand.

Während es langsam dunkel wurde, hatte sie das Viertel Gauthier durchquert, bevor sie an der Place des Nations-Unies den Weg nach Derb Omar einschlug; sie ging an dem Fischereihafen entlang, wo es überall nach Sardinen roch. Die Fischer befestigten ihre Kähne am Pier, noch immer die kleine weiße Schirmmütze auf dem Kopf, obwohl sich die Sonne seit einer Stunde hinter dem Meer verkrochen hatte. Driss hätte diesen Sardinengeruch nicht täglich riechen können. Er hätte die auf den Gehwegen klebenden Yoghurtdeckel, auf denen er ausgerutscht wäre, nicht ertragen, dachte Sarah im Weitergehen; auch nicht die Warteschlangen auf den Behörden, mit all den Leuten, die sich dicht an dicht hinter der Scheibe drängten und vor Hitze umkamen, während der Sohn eines Geschäftsmannes, der es mit Maiskonserven zu Geld gebracht hatte, an ihnen vorbeigestrebt wäre und dem Sachbearbeiter jovial die Hand geschüttelt hätte. Vielleicht hätte er sich eines Tages bei einem Motorradunfall das Bein gebrochen und wäre im öffentlichen Krankenhaus behandelt worden, zusammen mit einem Dutzend anderer Verunglückter im Gang, die jämmerlich stöhnten, weil das Ministerium nicht genug Geld für Schmerzmittel hat. Er hätte gearbeitet, und man hätte ihn bestohlen, so wie alle Armen bestohlen werden, und er hätte nichts gesagt; gegenüber einem Reichen, der tags zuvor mit dem Richter zu Abend gegessen hat, hält man immer still. Und er wäre verrückt geworden, so wie alle Armen aus Casa verrückt wurden, weil sie sich aus Verzweiflung prügelten, die Frauen auf der Straße bespuckten und vom Sand in Amerika träumten; genauso verrückt, wie es verrückt von ihr war, schwanger zu werden. Doch das alles sah er nicht. Die Wahrheit über Driss lautete, dass er, der dort oben auf seinem Hügel seine Uhren auf einem Billardtisch reparierte, der einzige Reiche war, der die Augen vor dem unten tobenden Kleinkrieg verschlossen hatte, diesem Kleinkrieg aus Herren und Sklaven, den sein Vater, seine Mutter, Badr, Chirine und alle anderen geschickt zu schüren wussten, sie, die noch verrückter waren als die Verrückten auf den Straßen, die eine hysterische Angst vor allem hatten, was das Gleichgewicht ihrer Königreiche zerstören konnte. Badr lachte, wenn Driss nach dem La Notte im 17 Étages betrunken war und ständig fragte, warum der Typ, der ihnen die Quiches servierte, erst zwölf sei, warum seine Augen immer blutunterlaufen seien und warum er nicht zur Schule gehe und warum er da, auf dem Boden der Bäckerei schlafe, wenn die Kunden wieder nach Anfa in ihre Villen gingen. Der wohnt doch hier, du Trottel, sagte Badr, und alle lachten, den Mund voller Blätterteig und Käse, und dachten wieder einmal, dass dieser Driss, der nie richtig verstand, wie die Dinge liefen, schon verdammt beschränkt sei. Er war der Letzte, der noch nicht dem Wahnsinn hier verfallen war.

Jetzt war sie zuhause; hinter dem Zaun hatte ihr Abdellah, als er sie kommen sah, ein paar kleine Gemeinheiten an den Kopf geworfen und sie weiter provoziert, als sie die Haustür zuschmiss, indem er den obszönen Text eines Lieds aus dem Viertel brüllte, bei dem er ein paar Wörter ausgewechselt hatte, um ihren Vornamen einzubauen. Normalerweise war sie in solchen Fällen noch schlagfertiger als er, und sie konnten sich gut eine Stunde lang lachend gegenseitig beschimpfen; dieses Mal hatte sie den Fernseher lauter gestellt, um seine Stimme zu übertönen. Sie hörte ohnehin nichts anderes als den Sand vom Strand 56, der in ihren Haaren knirschte, wenn sie sie gedankenverloren um ihren Zeigefinger rollte, und der, Sandkorn um Sandkorn, den Rhythmus des einzigen Gedankens bestimmte, der in ihrem Kopf kreiste: Morgen, in der Clinique des camélias, wäre alles vorbei. Und zum Klang ihres Gedankens, der Sandkörner vom Strand 56, der Beschimpfungen Abdellahs und der Nationalhymne, die im Fernsehen zu einer Montage der im Wind flatternden roten Flagge Marokkos gespielt wurde, weinte sie abermals, so wie sie jeden Tag geweint hatte, weil sie ohne ihn würde leben müssen. Doch sie wusste besser als alle anderen, dass man in diesem Land weder würdig noch frei leben konnte, wenn man arm war, und möglicherweise dachte Driss, der sich der Gewalt seinesgleichen zu beugen hatte, dass man auch bei den Reichen nicht frei und nicht würdig sei und dass es ihm nicht leidtue, sich von ihnen loszusagen. Doch die offenkundige Wahrheit sah er nicht: dass man die Ketten, die einen fesseln, besser vergoldet am Handgelenk trägt.

Er rief auf dem Telefon an, das er ein paar Wochen zuvor an der Wand neben dem Kühlschrank befestigt hatte und das so orange war wie ein Glas Fanta. Er hatte gesagt, wenn du angerufen wirst, bezahlst du nichts, und wenn du selbst anrufst, zahle ich die Rechnung; aber Monique begriff nicht, wie die Leute bei Maroc Telecom wissen konnten, wer wen anrief, und sie sagte, dabei werde man bestimmt ganz schön ausgenommen, und genau deshalb wolle sie nie ein Telefon haben. Sie hatte niemandem die Nummer gegeben. Sarah hingegen hatte sie allen gegeben, sogar Yaya, der ständig wiederholte, man müsse völlig durchgeknallt sein, um so ein Ding bei sich zu haben – das kann doch in jedem Moment klingeln, sagte er, einfach so, stell dir das mal vor. Er verbrachte eine Stunde pro Tag in der Telefonzelle am Boulevard Zerktouni, um seine Anrufe entgegenzunehmen, das reichte ihm. Sarah durfte ihn nicht in der Telefonzelle anrufen, um ihn nicht bei der Arbeit zu stören, aber ab und zu rief er sie an, weil er wusste, dass sie sich darüber freute. Jedes Mal wenn sie nach Hause kam, setzte sie sich im Schneidersitz vor den Kühlschrank und wartete, dass es klingelte. Manchmal war es Yaya, der sagte: Also gut, ich ruf auf deinem verflixten Telefon an, bist du jetzt froh? Manchmal war es auch Chirine, die sich so lange über Alain beschwerte, bis Monique irgendwann schrie: Oh Mann, leg endlich auf, meinst du, wir sind die Königsfamilie, oder was? Am besten aber war es, wenn der Apparat gar nicht klingelte. Sarah stand nachts auf, um ihn zu betrachten, während er, glänzend und orange, an der abbröckelnden Wand schlief, alle Stimmen der Welt, sogar die aus Amerika, in sich vereint, und er verband Sarah mit ihnen, so funkelnagelneu, dass er den Schimmel und den Mülltonnengeruch ringsherum verdrängte; und an ihren vor Staunen offen stehenden Mund setzte sie den Hals einer Fantaflasche.

Im Fernsehen waren soeben die letzten Worte der Nationalhymne verklungen – *Allah, Al Watan, Al Malik*, Gott, das Vaterland, der König –, es folgte eine kurze Stille vor dem Sonntagabendfilm; in diesem Moment klingelte es. Hallo?, sagte sie mit belegter Stimme. Er sprach in einem einzigen Atemzug. Er sagte nicht, ich bin's, Driss; er sagte sofort: Es ist morgen, um zehn, falls du dich nicht erinnerst, und du darfst nicht zu spät kommen, und du musst nach Doktor Bennani fragen. Ich erinnere mich, antwortete sie. Da sagte er: Wenn du willst, kann ich dir meinen Chauffeur schicken, aber er bringt dich hin, nicht ich, und wenn du willst, fährt er dich auch wieder nach Hause, aber er fährt dich nach Hause, nicht ich, ich mache etwas anderes, ich habe was anderes zu tun. Sie sagte, einverstanden. Er sagte, gut. Und danach erklang hinter ihr der Abspann des ägyptischen Films, in dem die Frauen in Ohnmacht fielen und die Männer Boxer waren, das war alles. Also sagte sie: Wir können eine Runde Motorrad fahren, wenn du willst.

Und so war es gewesen. Er war sie abholen gekommen, genau wie früher, und sie war hinter ihm auf das Motorrad gestiegen. Sie waren vorbei an Aïn Diab über die Corniche gefahren, während ihnen das Salzwasser die Wangen peitschte, und auf einmal waren sie in Tamaris und plötzlich noch weiter im Süden, vor den Eukalyptuswäldern von Azemmour, die im Wind nach dem Parfum von Giorgio Armani rochen. Und während sie ziellos weiterfuhren, schrie er über die Schulter, schau, schau doch, wie frei wir sind; wir können machen, was wir wollen, einfach was wir wollen. In einer Stunde waren sie in El Jadida, und sie fuhren durch die befestigte Stadt, vorbei an Bastionen und Zinnen, dazwischen hin und wieder zwei oder drei Straßenkinder, die im fahlen Mondlicht Ball spielten. In den schmalen Gassen musste Driss verlangsamen, winzig in der riesigen Festungsanlage, von der sie nun nicht mehr genau wussten, wo der Ausgang war und ob es überhaupt einen gab. Für einen Moment glaubten sie, dass es auf der rechten Seite stärker nach Jod roch, also folgten sie dem Geruch und stellten erfreut fest, dass die Erde unter den Reifen immer feuchter wurde, dass das Meer in der Nähe sein musste; doch nach ein paar Metern ragte vor ihnen ein großes, verrostetes

Fallgitter auf, durch das das Wasser hin- und herschwappte, und das sie gefangen hielt. Driss redete nicht mehr; er hatte gewendet und bahnte sich jetzt einen Weg durch das Gassengewirr, sie aber flüsterte: Wir können nicht einfach machen, was wir wollen, weißt du. Er schluchzte auf, wischte sich energisch über die Wange. Schweigend suchte er weiter nach dem Ausgang der Zitadelle, und unterdessen streichelte sie sein feuchtes Gesicht, die Krater und Dünen, die sie auswendig kannte und auf die sie mit den Fingerspitzen den Weg malen konnte, den sie mit ihm, ihrem einzigen Freund, ihrem Bruder, genommen hätte, wären um sie herum nicht so viele Mauern gewesen. Jetzt bog Driss links ab und – sie hatten gewonnen –, endlich der Ausgang, und erneut die weite Straße am Atlantik. Sie fuhren immer weiter. Eine Stunde, zwei Stunden vielleicht, schneller als die Zeit sämtlicher Rolex, manchmal hielt Driss an, weinte, wollte verhandeln, doch, doch, wir können das schaffen, hör zu, ich sag's dir, wir schaffen das, und sie küsste seine nassen Augen mit dem salzigen Thymiangeschmack, die bald mit den Rindertajines in den Villen der goldenen Wände, mit der Hochzeit oben auf den Tabletts, mit den getönten Scheiben des Rolls-Royce, fern von Polizisten und Dieben, verschwinden würden. Er schniefte, dann fuhren sie weiter.

Mitten in der Nacht hielten sie zwischen Bedouzza und Safi, vier Stunden südlich von Casa. Die Küste war von hohen Klippen umgeben, wie man sie in Marokko sonst nicht kennt, und dort blieben sie, hoch oben, eng umschlungen auf dem Motorrad wie ein König und eine Königin; sie hörten die Wellen unter ihren Füßen brechen. Ich weiß, dass du recht hast, sagte Driss. Seine Tränen waren getrocknet, seine Hände umklammerten den Lenker, und er starrte auf das dunkle Wasser, auf dieses Wasser voller Plastikflaschen und falscher ertrunkener Körper, die die Benchekrouns auf dem Gewissen hatten. Ja, seufzte Sarah; sie umschlang ihn noch enger, ihren Kopf an seine Schulter geschmiegt, ihre Terrakottahaut an seine milchige Haut geklebt, so sollte es sein. Und dann sagte Driss: Weißt du, wir können auch springen. Springen?, fragte sie. Er wandte die Augen nicht vom Horizont. Ja, herunterspringen, ins Wasser, in den Atlantik. Und er schaute sie an.

»Schlimmstenfalls ertrinken wir, bestenfalls kommen wir nach Amerika.«

Glossar

ahlane	hallo, hi
aker fassi	Lippenstift aus marokkanischem roten Mohnpulver
Allah yahafdek	Gott beschütze dich
Allah yahafedna	Gott beschütze uns
amine	Amen
baghrir	fluffiger, löchriger marokkanischer Pfannkuchen aus Gries oder Mehl
bent nass	Mädchen aus dem Volk (positiv gemeint)
briouate	marokkanisches frittiertes Blätterteiggebäck (in Dreiecken, süß und herzhaft)
chebakia	zu einer Rose gerolltes, frittiertes Gebäck mit Honig, Orangenblütenwasser und Sesam
chéchia	traditionelle Kopfbedeckung
chouafate	Hellseherinnen, Hexen
chouay	Grillmeister
darbuka	arabische kelchförmige Trommel aus Ziegenhaut und Ton
djellaba	marokkanisches Gewand mit Kapuze
fadschr	Frühlichtgebet, das erste der fünf Tagesgebete
Fiyya jouuʿ	Ich habe Hunger
fkih	Vorbeter, kennt den Koran auswendig

ftour	Frühstück
gandura	marokkanisches Gewand ohne Kapuze
ghriba	marokkanisches Sandteiggebäck
hamdullah	Gott sei gelobt
haram	nach islamischem Glauben verboten, Sünde
harira	marokkanische Suppe aus Tomaten und Kichererbsen mit Gewürzen (und ggf. Fleisch)
hayhay	Ausdruck des Erstaunens, etwa: Wow
hchouma	Schande, Skandal; auch: Schäm dich!
hlel	Freund, Liebhaber
Iftar	Fastenbrechen; das Mahl, das während des Fastenmonats Ramadan nach Sonnenuntergang gemeinsam eingenommen wird
inch' Allah	So Gott will
jabane	Süßigkeit aus Nougat, Honig, Erdnüssen oder Mandeln
jouj, 'afak	zwei, bitte!
jouteya	Basar, Flohmarkt, Altkleidermarkt
kassoula	faule Nuss, Loserin
La vache qui rit	französischer Schmelzkäse (Markenname), wörtlich: Die Kuh, die lacht
Lalla	Prinzessin / Herrin
mahlaba	kleiner Imbiss, der v. a. Milchprodukte anbietet (Sandwiches, Getränke)
makroud	süßes Gebäck gefüllt mit einer Paste aus Datteln u. a.
Marhaba binti!	Willkommen oder Hallo, meine Tochter oder meine Kleine!

Marimar	mexikanische Telenovela / Fernsehserie von 1994
Merendina	marokkanischer abgepackter Mini-kuchen (Markenname)
Merguez	maghrebinische scharf gewürzte Brat-wurst aus Lamm- oder Rindfleisch
Mesusa	jüdisch: schräg am Türpfosten ange-brachte Kapsel mit kleiner Pergament-rolle zur Erinnerung an die jüdischen Gesetze; auch eine Art Talisman
msemen	traditionelles Teiggebäck in der Pfanne gebacken
negafa	eine Arte professionelle »Brautjungfer«, Begleiterin der Braut bei einer marokka-nischen Hochzeit
ness-ness	»halbe-halbe«: halb Kaffee, halb Milch
ngafate	Plural von negafa
Sahur	im Fastenmonat: Mahlzeit vor dem Sonnenaufgang
Suk	Markt, Basar
Tadelakt	marokkanischer Kalkputz
talith	jüdisches Gebetsgewand
tbarkallah	Ausdruck der Bewunderung, wörtlich: Gott segne dich
viouzabi	Altwarenhändler
yak	Funktionswort zur Rückversicherung in einem Satz, vergleichbar mit »nicht wahr«, »gell«, »ne«, »oder«
yalla	Beeil dich!